紅磚港坪

鄭清文

短篇連作小說集

3

解嚴・民主篇

目次

追尋文學的極光
——導讀鄭清文《紅磚港坪》／彭瑞金——5
紅磚港坪的走讀／楊富閔——17
序，和幾點說明／鄭谷苑——23

解嚴．民主時代（一九八七～）

狼年記事——30
公園即景三則——56
重會（上）——97
重會（下）——137
小舞台——185
小舞台（二）——217

椅子——253
任乃蓉——277
今日拜幾——329
狗——350
紙飛機——374
夏子老師——388
終章：日出——433
後記／鄭谷苑——457
附錄／鄭清文手稿——459

追尋文學的極光
——導讀鄭清文《紅磚港坪》

彭瑞金

《紅磚港坪》是鄭清文最後的作品，但顯然是未完成的作品。鄭清文走得有點突然，他去世的前一個禮拜，和文友聚會時，還認真地向在場人士探尋若干台灣歷史事件的細節，都和他的「石世文」系列有關。他一向都是非常注意作品細節的作家，所以慢工出細活，作品量不算多。我在悼念他的文章中說，感覺上，他一直都在寫，只要開口向他邀稿，一定有邀必應，頂多說讓他寬限幾天，有些小細節還要再修改。他走了快一年，不想他的時候會錯覺他還在他的書房裡寫作。記憶沒錯的話，他的「石世文系列」作品，是他退休後就開始構思，動筆迄今恐怕有十年吧！他的寫作步調不急不徐，但節奏明確，石世文系列是個典型。《紅磚港坪》就是「石世文系列」的總體呈現。

李喬是鄭清文的文學至交，很得意地宣稱，自己七十歲以後，還寫了好幾百萬字，想寫、要寫、能寫的都寫完了。言下之意是為老友惋惜，認為鄭清文還有要寫的作品未完成就走了。全面讀完「石世文系列」之後，我不以李喬的看法為然。年輕、甚至盛壯之年的鄭、李二人的文學，都是相同的尋尋覓覓。尋找自己、尋找人生、尋找生命的意義。我曾經說過，李喬在他的「幽情三部曲」，甚至是《散靈堂傳奇》，都已經找到了清楚而明確的答案，我頗能體會他所謂的使命已經完成的心情，因為雙腳已明顯不若從前有力的李喬，心靈、思想上却已經暢行天地無阻。鄭清文不一樣。老年鄭清文，還是不斷地在尋找、在追尋。鄭清文認為，文學就是在找尋自己，尋找人生，那是不會有答案的，或者說人生的答案是存在的，人生的終極答案就像那極光，文學的極光，不是所有的寫作者追尋一生，就必然有幸目睹。

鄭清文自銀行退休後，不知道被多少人問過，他是否還在寫他的畢生鉅作——長篇。問的人可能基於兩種心理：一是，長篇才是一個作家完美的畢生之作，以鄭清文的文學功力而言，那是必然要有的輕易之舉。一是，「石世文系列」給人，「那就是了」的印象。讓關注鄭清文文學的人見獵心喜。據我所知，鄭清文從未給過明確的答案。同樣也是讀過「石世文系列」之後，我才完全瞭解他那微笑不答代表的意義了。一方面，固然是因為他對文學類型的認知和別人不同，他無法預料、預先設定「石世文系列」可能發展的規模，和他的「尋找」理論一樣，連他自己也不知道，何時或一定可以找到那人生或生命的極光。另一方面，大部分的人都認為，長篇小說或大河小說，一定要有歷史或家族史背景。「石世文系列」雖有家族史的影子，也有台灣近現代史的投射，但整個「故事」並不按照家族史或大歷史的脈絡在發展。

「歷史軸心」在這個系列裡，被壓扁了，讀者幾乎看不到它的軸心，但是家族和台灣史的影子却如影隨形無所不在。在結構上，既不是源遠流長的大河形式，也不是大樹幹式的由根及幹，由幹再分支，更不是建物式的照建築藍圖施工。它比較接近蔓藤式地；不斷地漫澳出來，葛藤交纏，像番薯藤一樣，有它的原始點，一旦藤葉繁茂、不斷地從葉目上分出新枝之後，彼此間既分不出層屬，也辨不出先後，只知道和石世文這個人有連結，連結到他的父、祖、伯、叔、伯母、阿妗、姑姑、嬸嬸、兄、嫂、弟、弟媳、侄子、姪女這些家族成員，也連結到姻親、同事、青梅竹馬的玩伴、上學後的同窗、鄰居、街坊，甚至是社區公園裡一起下棋的棋友、唱歌的歌友、聊天的話友，偶然在公園裡遇見的寫生小女孩，而這些像在蕃薯藤園呈現出來的，平面連結出來的眾生臉譜，又不乏其立體、有歷史縱深的個人生命故事或家族、或家園、或大時代、或某歷史、社會事件的「歷史」，就不只是每一枝分岔出去的番薯藤有故事，而是每一片葉子都可能有它的故事。鄭清文在「石世文系列」，是把每一片葉子當做獨立的生命在找尋。雖然，石世文是主角，但鄭清文不是只說、只找尋石世文一個人的生命故事，而是透過石世文這條藤，把和他同時，也是同空間存在的「生命」，都加以尋思、探索。這樣的「故事」是何其龐大的寫作「計畫」，叫他如何回答它是屬於怎樣類型的作品？也就莫怪他只能微笑以對了。

「石世文系列」的「結構」特色，在於沒預設的「結構」。正如生命之不可預設，順著石世文的生命藤走，誰能預測他的生命會遇上怎樣的人、怎樣的事？鄭清文寫「石世文系列」和一般小說家一旦架構好小說人物的命運，想好了人物、事件的情節，然後依計畫寫作的情形，很不相同。在某種程度上，他可以說是奉行寫實主義的精神，他不寫他不知道的事情，這不是說他的小說沒有想像、沒有虛構，而是另一種寫作態度，鄭清文的寫實主義是「我寫的、我負責」。他負的不是法律責任，而是人道責任，他的文學，他的小說既然是尋找自己、尋找人生，當然就是在尋索生命的真諦，這又豈容向自己造謠、說謊、作假？「石世文系列」的石世文，當然不是鄭清文，石世文是中學的生物老師，鄭清文一輩子都在銀行上班，是銀行家。石世文教書之外，是畫家，鄭清文不畫畫，只寫小說。不過依小說情節推算，石世文出生於一九三二年，在日治時代完成小學教育，剛進入中學，和鄭清文同年。他們都在小時候過繼給自己的表親，都在舊鎮長大。他們活在同一時代、同一空間。他們的生命歷程中，從生長環境而言，他們經歷過相同的人與事。他們同樣出生在勞動家庭，長大後卻蛻變為中產階級。這麼多的相同，只是要證明「石世文系列」寫實有據。

歐諾黑・巴爾札克（一七九九～一八五〇）被譽為法國寫實主義文學的開山鼻祖。他在一八三〇年代決心去分析闡明支配人生與社會的各項原則，揭示人類行為產生的各種原因，以及社會因此形成的各種風俗，寫成一套見證一八三〇年代大巴黎生活的《人間喜劇》。「人間喜劇系列」大致上分六大方向：私人生活、（相對於巴黎的）外省生活、巴黎生活、政治生活、軍隊生活、鄉村生活，也就是發動六大寫作收尋引擎去收集寫作題材。巴爾札克的寫作顛覆了過去文學創作、藝術表演只關注帝王、貴族及神職人員的「古典」思維。他的《人間喜劇》，雖然不如預期地寫出一百三十七部，但從一八二九年到一八四七年，一共完成了九十一部，裡面寫到的人物則多達二千四百七十二人。這些人物包括了貴族、官吏、士兵、主教、神父、銀行家、高利貸業者、車夫、乞丐、妓女、女僕……而且從都市到鄉村，從高階到低端，徹底打破了沙龍文藝的褊狹文藝。

鄭清文在「石世文系列」裡的人物屬性，以「三教九流」實在還不足以形容。其實和巴爾札克想藉由《人間喜劇》呈現巴黎的寫作意圖相同，不外是呈現他所經歷的時代和社會，它是怎樣的時代、怎樣的社會，就會有怎樣的人。由於「石世文系列」裡的人物，他們經歷的時間，有日治、有戰後，當它們被「壓扁」來看時，他們只是和石世文的身世，產生平面的連結關係，只是石世文這個生命體的人際網絡的一環，但只要把每一個生命鬆開來看，從各個生命體的生命經歷（史）看，它就可以上天下地，連結出一個完整而立體的時代來，而且「歷時」長遠。我認為這是鄭清文刻意的別出心裁，因為如果刻意或明確地立起歷史發展的主軸，由時代、歷史來看人生，那會被扭曲為操縱或主掌人生和時代、社會的是時間，是歷史，從歷史去解釋人的行為、風格，而不是人，也就不是從人的角度去探索人，還可以稱為人生探索嗎？石世文是整個系列的主腦人物，但他既缺乏英雄事蹟，也沒有坎坷的人生際遇，作者也無意將他塑造成悲情或英雄人物，作者只是以他作為整個系列的連結點，就是在暗示他想呈現的是大時代的故事，而不是某一個人的故事。石世文經歷的時代，也是作者本人經歷的時代，但寫的不是歷史，只是人的生活。

從石世文連結到虬毛伯，連結的就是像李姓家族這樣的、跨越戰爭和戰後世代的家族生活風情，但也由家族輻散出去，成為那個世代社會共同的生活風情。而李家或社會的世代相傳，又把李家和李家周邊的親友、鄰里街坊，甚至不甚相關的路人甲乙，將之立體化為一個時代或一段歷史。巴爾札克完成九十一部《人間喜劇》，並不是整齊的系列小說，有的還被歸類為隨筆，意謂只是隨手記下的人間故事，小說也是有長有短。不去特意用力加工的生命故事原型，不都應該如此嗎？不才是生命現象的「真相」嗎？《人間喜劇》如此，「石世文系列」也是如此。稱之為「石世文系列」是要接近作者寫作的真實情況，此系列非彼系列，和「系列小說」的定義並不相同。「石世文系列」的瑣碎問題，完全肇因於作者的表現觀念，試問活在同一世代甚至同一個家庭的人，就必然有生命的連結，會碰撞出生命火花？有值得記述的生命故事？萍水相逢的陌生人，就不可能擦出生命的火花嗎？

從長長的生命之旅去看（石世文至少是從一九三〇年代活到二十一世紀的人），有的是血脈根源或姻親關係相繫的親人，有的是互動良好或沒有互動的街坊鄰居，兒時戲水，玩朴子管的玩伴，一起到馬場町看被槍決的政治犯屍體的同學，戰時家人遭米機炸死的孤女，開麵攤的，混黑道的，當神棍的，銀行裡性騷擾下屬的上司，因失戀殺光理髮師一家人的副排長，被人連續故意撞死的掃街老夫妻，戰爭時的三腳仔，戰敗的日本人，二二八事件，白色恐怖，山豬坑事件，唐氏症，留學回來的法學博士不守法，魔神仔，算命，趁食查某，西方繪畫史，台灣老畫家和他的畫，校園之狼……如此列下去，還會有一長串的，出現在「石世文系列」裡的人、事、物。不過僅就上列就足以見識系列不僅無法分類排列，也無法輕易裡出頭緒。雖然所有的一切都是從石世文這個人輻散出去，但石世文不是這些人也不是這些事的軸心，更缺乏有機的連結。連結這些人和這些事的，只是石世文生活、存在的空間。如果從長篇歷史小說或講究小說結構的系列小說概念去看「石世文系列」，會有找不到頭緒的困惑，當然也會迷失在「石世文」這個人物的身世探祕的迷宮裡，但如果只是以翻閱時代（也是特定世代）風景圖的心情來翻閱石世文同時代人、經歷的歲月風情，又能鎖定和系列故事場景相同的地標。那麼，每一翻頁都可以連結出一篇讓人或會心一笑，或齜牙怒斥，或血脈賁張，或仰天長嘆，或垂首啜泣……的共鳴，系列不是主觀、預設意識形態或立場去表述，而是客觀且刻意隱去作者個人意識的許多人、許多事的亂集合。鄭清文可以說是有意地不提供他個人對歷史，包括人物事件的解讀，他要讓讀者自己去感知。所以，「系列」沒有主角，但每一個出現的人物都是一個角色，也都只上演他演出的部分，讀者不必問，某個書中人物的來路，也不必問某個書中角色的去蹤，他（或她）就是真實出現在「系列」的時空。同樣的，書中出現的事件，也沒有大事、小事，或主要事件次要事件之分，它就是真實出現在「系列」人物並存的時空。

四十年前，我第一次評論鄭清文小說，用的是「大王椰子」的意象，代表我對他的作品的理解，靈感來自他的一本小說集《校園裡的椰子樹》。但椰子樹有很多種，我拜曾經在台灣最南端鄉鎮的最高學府服務之賜，知道校園裡的椰子樹，絕大部分是不結椰果的大王椰子。很多比較「年長」的樹園，甚至公園，還有屏鵝公路的兩旁，都以大王椰子為行道樹。圓柱型的樹幹，宛如水泥灌注的電線桿，動輒兩、三層樓高。維基百科說，大王椰子學名王棕，高可達三十米，一九〇一年，由日本人引入。比較令人訝異的是，樹幹沒有分枝，上下粗細幾乎一致，葉子像筍殼一樣，瓜熟蒂落時會自然剝落，開花結果乏人注意，自然也乏人照拂，它就這樣直挺挺靜默地長在路邊、道側，經歷酷暑寒天不稀奇，就算颳颳風、大地震，它也沒有倒下，平時誰也不在意它的存在，發現它時，往往都是存在數十年的老欉，越看越令人敬畏，它是怎樣的「生物」可以這樣靜默挺立數十寒暑「不動」如山？越想越令人心中發毛，它是怎樣的「怪物」，可以這樣強韌地矗立人間？神木之所以為神木，是因為它長在人跡罕至，雲霧繚繞的仙境，設若不然，早已被當柴燒了，或是化為桌椅櫥櫃；大王椰子混居人間的能耐，連神木也不及。

雖然，後來學界和評論家都相襲以冰山理論詮釋鄭清文文學，多半指的是他用語簡省、表現素樸，讓人看得到的只是冰山一角，水面下百分之九十的，都被他藏了起來。我認為這只是他的表現手法，他本來就不是習慣用長篇累牘表達自己意見、想法的人，言簡意賅是他的表現手法與特色，如果冰山理論被詮釋為他思想上的藏私，就是誤讀了。據我所知，鄭清文那一代的台灣文學人，多少都有台灣文學宣教師的使命感，只有恨不得使出渾身解數把台灣文學宏揚出去，豈有藏私之理？在文學意象上，我認為大王椰子更為有理，它始終就是無遮無掩，昂然挺立在那裡。「石世文系列」的輕描淡寫，秉持的是鄭清文一貫的文字風格，只有用心體會他那大王椰子般的堅韌，才可以了解鄭清文終極的文學追求。

「石世文系列」除了壓平整個系列故事的時間軸，避免閱讀者對其「歷史」有過多的聯想，以還原每一棵大王椰子的生命位置外，鄭清文也刻意在人物的空間關係上予以淡化，以保持各個生命體的獨立存在，但並不表示這些故事是散裝的。他只是避免閱讀者便宜行事隨便撿一張舊鎮史、一張家族史、一張民族史、一張國族史之類的大包裝紙包起來，他採用的是小包裝。「皇民化時期的教育」是一張，「一九三〇年代出生的舊鎮人的童年、童玩、童趣」是一張，「二二八事件及其周邊」是一張，「白色恐怖及其周邊」是一張，「同學會」是一張，「公園即景」是一張，「台灣畫家及其畫作」是一張，「重逢十五、二十歲時」是一張、「小舞台」是一張……和系列被壓平壓扁的時間軸一樣，它形成了可以無限延伸的小說結構發展機制。系列中，每一個人物（和石世文的連結）和每一個人物生命的時間斷點，都具有再延伸的平台和機制，但它也可以就是斷點或終結的句點。像阿米巴一樣，是構成生命的基本元素，整體又是一完整的生命體。

以「虯毛伯」為例，它可以從〈童伴〉、〈土人間〉、〈阿子〉、〈大和撫子〉、

〈李宗文〉、〈李元玲〉……接出整個日治時代出生的一代人的童年，以及他們在戰後一生的發展。像李宗文在戰後商戰場上的爭逐，李元玲想進入學界發生的〈狼年紀事〉，〈大和撫子〉川口秀子代表的女性生命滄桑，〈童伴〉阿水、阿盛、陳明章、黃錫坤、金星、阿美……構成的終戰前後的舊鎮人的生命史，沒有一個不是可以繼續延伸出去的生命故事。隨著「石世文」這號人物的生命史推進，路上會有生命、故事，不斷地湧現，「系列」的沒有架構的小說結構，儼然已是無限龐大的寫作架構，但它也不是一座沒有完工的建物，每一個生命故事都有清楚的斷點，就每一個斷點而言，都是一個完整的生命故事。系列的每一個斷點，都留給閱讀者意猶未盡的無限遐思，就是鄭清文一貫的風格。如果有人想問他，故事的續集是什麼，他一定會回答，人間故事豈能說得完？

鄭清文在構想寫作「石世文系列」之前，就對系列的形式和內容，有了充分確切的掌握，不是隨興所至地任意寫。證據是他在序曲就讓石世文的姪女李元玲讀中文研究所碩班的研究題目定為〈《十日談》和《聊齋》的比較研究〉。我讀到這裡，不由得向鄭清文豐富的學養脫帽致敬。這兩本文學名著，一本是說不完的人的故事，一本是說不完的鬼故事。一本是西方文藝復興時期的代表作，一本是中國文學不問蒼生問鬼神文學的標竿。個別是人的故事和鬼（狐精、仙、妖）的故事就可連結成兩部巨著，沒有人會說《十日談》或《聊齋》是一部未完成之作，也沒有人說它們不可以無限擴充下去，「石世文系列」正是這樣的理念下形成的作品型態。

不過，鄭清文的「石世文系列」裡的人的故事，都烙有「台灣」二字的浮水印，一定都是發生在台灣歷史裡和台灣這塊土地上的人與事。這個印記是標示作者自己存在時空位置的標記，強調自己做為一個台灣作家關心的是台灣人與台灣事。他寫的不是泛人間的故事，即使他寫的這些故事經得起普遍人性的檢驗也經得起時間的考驗，也不會影響、改變他是一生都堅持只說台灣故事的台灣小說家事實。也許，鄭清文和所有偉大的小說家都一樣，一生的寫作都難免有或短或長的寫作歲月，躑躅在尋尋覓覓，尤其是鄭清文，一生從不對自己的寫作內容夸夸而談，也從不向人預示自己的未來寫作計畫是什麼？只是默默不急不徐地寫，套一句文友的話：鄭清文可惜了，還沒有寫出一部畢生代表作。我沒有仔細追究，指的是他的大部頭長篇，還是人稱的大河小說？相信讀了「石世文系列」的人，都會了解鄭清文在這個系列裡對文學、小說定義、形式的追尋，得到了怎樣的終極答案，可能就不必為他的文學抱憾，應該為他慶幸他晚年最後的終極之作，已然為他的文學找到了極光。

彭瑞金，靜宜大學台灣文學系退休教授。

紅磚港坪的走讀

楊富閔

鄭清文的小說風格獨樹一幟，將近六十年的寫作路走來，學界早已積累相當豐沛的論述文字，國內外諸多文藝獎項的肯定，在在說明鄭先生創作的經典意義。一名作家持續創作超過半個世紀，從一九五八年於《聯合報》發表〈第一課〉以降，直至此刻抵達我們眼前三十萬餘字的《紅磚港坪》：我們應當如何綜觀他的文學生命與寫作故事呢？《紅磚港坪》的適時出現，可以說是二十一世紀重新理解鄭清文創作的轆轤性作品，它在鄭清文創作脈絡具有超越「遺作」、「未完稿」等分類的位置意義，而定錨「紅磚港坪」作為全書命名亦相當精準，卻非一個斷點，它倒像一趟文學生命的走讀行程：我們可以於此出發，沿岸聆聽鄭先生說故事；可以乾脆縱身躍入河心體會水線高低，鄭的多少人物於焉登場、從此離去。《紅磚港坪》整部小說的結構得以成立，與小說家如何想像設計此一不尋常的場景，關係尤其密切：

大水河，公會堂那一段的港坪，也就是堤坡，呈ㄣ型。上面一段是較長的斜坡，中間有一條順著河流的通道，下面是一段較短，也較陡的斜坡。斜坡很特別，都是用紅磚串成的。（《紅磚港坪1》，頁二〇九）

紅磚港坪，外觀特殊，小說家反覆書寫，再三強調，它每每讓串流的故事都因有了港坪得到喘息，只是紅顏色的斜坡面，它將形成一種怎樣的視角呢？閱讀《紅磚港坪》即可發現，故事與故事之間其實總有故事，而故事也有屬於自己的故事，如同曾經漫漶但總有自己水路要走的大水河，我們必須學會放心跟隨鄭的敘事節奏，登上紅磚港坪，方能經由小說家的文字視線，走入這部以石世文為核心，時間跨度極大的舊鎮滄桑備忘錄：

公會堂的南側，流著大水河，在紅磚港坪的上方，種有幾棵大樹。從西端，也就是從媽祖宮通往河邊的大路那邊算起，有朴子樹、大榕樹、苦楝、榕樹、鳥屎榕，還有一棵已枯萎，只剩下半截樹幹的樟樹，和一棵合歡。

在樹下，放著一排石椅條，可以觀景，也可以坐涼。在大榕樹下，還放著一些石柱和石碑，是修建媽祖廟時，移到這邊來的。

坐在石椅條上，可以看到海山郡，也可以看到台北市。前幾天，就有不少人在這裡看著台北市遭到轟炸，起火燃燒。（《紅磚港坪1》，頁二五〇）

《紅磚港坪》的故事背景橫跨戰前戰後，小說家處理戰前戰後的敘事筆調並不相同，讀者不妨加以比較；而熟悉鄭清文的讀者，很快也得以在《紅磚港坪》找到諸多類似的題材、熟悉的形象、經典的場景；有趣的是，這些原本散落報刊雜誌的故事，因著「成書」而匯流來到《紅磚港坪》，當下彷彿我們（包括鄭先生），跟著一同站在河堤見證六十年來舊鎮、沙洲、大水河等書寫，它在小說家筆下的歷時變化。換言之《紅磚港坪》於我而言，更像一名做為台灣小說家關於「何謂創作」的一場自省，是我們喜愛的鄭清文在回望「小說家鄭清文」的寫作筆路，是一個關於怎麼寫的展現；也是一次關於寫什麼的集合。如此理解小說家何以將石世文做為醉心繪畫的身分設定，也就有了更為飽滿的象徵意涵：小說家對於人物寫作的傾心，與石世文對於畫人的理念其實遙相呼應；而做為「過繼子」的家族身分，與其漣漪擴散的人事牽絆，情場糾葛，乃至歷史暗喻，也就增添情節更具思辨的解讀空間。

眾所皆知，鄭清文的敘事語言相當節制，許多故事戛然而止，杳無水痕，小說家的點到為止，誠如他所私淑的冰山理論，有著一以貫之的美學信念，而紅磚港坪此一地貌無疑是方法論的再提升，新作我們可以藉由石世文的一次回鄉奔喪，她與舊識月桃來到堤岸，上與下之間，小說家給了我們觀看這部巨作的線索：

「這紅磚坪，一直伸入水中？」

「沒有錯，下面也是紅磚坪，一直到河底。水雖然不是很乾淨，不過洗過的地方顏色還鮮明。」（《紅磚港坪2》，頁五〇一）

水面之上是紅磚坪，水面之下還是紅磚坪。作為支撐鄭清文創作的新的方法論，它統合了過往我們熟悉的大水河意象，也內建了一組關於谷地的視角。深入水中的紅磚色提示了水勢的起落，生活經驗的提煉知察、生命最難以言說的，那些不能名狀的各種名狀，褪色中的紅磚仍是歷歷在目——差別是水色不再清晰。這顯眼的不常見的紅磚色，傾斜的四十五度，成為推動情節的重點地景。三十七萬字一路讀來，我們知道行到紅磚港坪得以遠望將臨的轟炸機，它能夠指引你判斷台北的方向是在哪裡；港坪上還能看見空襲過後的總督府，以及鐵橋上的白煙火車，當年嬉鬧的朴仔樹，朝鮮婆仔正在走來，還有石椅條上的呂秀好、林里美……

鄭清文藉由《紅磚港坪》寫活了諸多女形人物，全篇讀來我最揪心卻是做為過繼子的石世文，與其心理狀態的幽微變化。同名篇目〈紅磚港坪〉寫到石世文回到舊鎮參與阿雲姊的喪禮，他與阿雲姊當年一同過給了阿舅，然而此刻前來執行封釘儀式的卻非石世文，而是生家的親生大哥李宗文。換言之，過繼身分不單只是人物背景，而具有觀點設定的殊異功能；紅磚港坪曾有他們兒少嬉戲的身影，流轉在世文、宗文、友文之間的手足心事，以及世文如何找到做為過繼的發聲立場，小說家看似輕輕帶過，對於理解世文的心理狀態其實幫助甚大，同時也與開篇建造家族墓的精湛描寫連成一氣，成為全書系列創作耐人尋味的一道伏流，值得我們繼續探究。

鄭清文先生是我最欽佩的台灣小說家，他那句台灣作家要有信心，時常迴盪在我的耳際。回想這份文稿厚達一千多頁，放在我的背包陪我南下北上，半刻不敢鬆懈，我幾乎不捨得將它一次讀完，讀完某個章節，我就溯流而上，找出系列過往鄭的相關作品，如此看完《紅磚港坪》，竟已近乎看遍鄭先生的創作。突然我就察覺：會不會這正是《紅磚港坪》最理想的讀法，每個章節都像生命切片，讀者得以任意行走，拉出線面，動態地看到一張龐大且複雜的故事地圖，看到舊鎮故事的變與不變：

> 河的對面已經變了，而這邊也將改變。會怎麼改變呢？
>
> 紅磚港坪就要消失了。從舊鎮消失，從他的記憶裡消失。他走過台灣的一些地方，好像只有舊鎮有這種紅磚的河堤，其他的都是用竹籠或鐵絲籠裝石頭做成的石籠。實際上，舊鎮，從媽祖宮前面的通道走過來，有一段石階，上游也是石籠。如果這是台灣唯一的紅磚斜坡堤，也將要永遠消失了。（《紅磚港坪2》，頁四九五）

紅磚港坪不會消失。好幾年前我在台大後門，巧遇以傘為杖的小說家，那時我是名年輕的碩士班研究生，不知哪來勇氣，跑去向他搭訕，一問之下，這才知道他正要去的地方，正是我剛下課的台文所。我主動說要陪他走路，短短幾分路途，忘記我們是否有所交談，我的情緒十分雀躍卻是真的。如今倒像鄭先生引領著我重返小說現場，攀上紅磚港坪，連帶回顧起了他那創作生涯的過去到現在。閱讀《紅磚港坪》心情多次起伏，我何其幸運得以逐字逐字的讀，並與他對小說藝術終其一生、努力不懈的精神對話。我也可以寫六十年嗎？這才發現鄭先生早已沿著港坪走遠：大水河前、正榕樹下，石椅條上他安安靜靜坐了下來。

楊富閔，小說家，台灣大學台灣文學研究所博士候選人。著有《花甲男孩》等作品。

序，和幾點說明

鄭谷苑

大約二十年前，我的爸爸鄭清文從華南銀行退休了，很高興有更多的時間來寫作。低調的他，安靜的跟我說：「我一定要寫，有些東西只有我能寫。」從那時候，他不斷的構思，收集查證資料，和寫作。在過世前幾天，他還跟我說：「我還有二十幾個故事可以寫。」在整理他的文稿時，除了《紅磚港坪》所收錄的文章（大多是已經發表的）之外，還有只有構想的、有大綱的、寫一半的，還有幾乎完成的作品。無論完成與否，這些都是爸爸心中，他應該要來寫的東西。

他說「只有我能寫」的意思，和他描述自己成為作家的文章〈偶然與必然——文學的形成〉有類似的想法。那篇文章，主要是講根據成長時代背景、語文能力、求學、就業等人生歷程，表面上看來，他能夠成為一個作家似乎只是一件偶然的事，其實裡面有其必然性。而他退休之後「一定要寫」的，是從日治時代，經過二二八、戒嚴、白色恐怖、解嚴，到現在，台灣這塊土地和人們，所經歷和面臨的種種生命歷程。他認為自己夠老，能親身經歷這些時代，卻又夠年輕，他的語文能力足以用小說的形式來表達。「我的文學屬於台灣」，這是他得到國家文學獎時的致詞。而這，也是他對深愛的台灣，沒有選擇，必然要完成的工作。

雖然要寫的，是跨越幾個世代的複雜又大量的內容，但是他從一開始就沒有想要寫一個「長篇小說」。短篇小說是他最擅長的形式，也是他認為最合適的形式。他沒有寫完就過世了，當然很可惜。但是我想，就算他再活二十年，把所有想寫的都寫完，應該也就還是一個短篇小說連作的形式吧，不會是一個長篇。這才是鄭清文的做法。

在過去三十多年，我和爸爸每天聊天，我會問他：「今天做了什麼？」他會跟我說，看到某個事件或某個人，讓他覺得可以寫，要怎麼寫。或是今天想了一個什麼大綱，或是寫了初稿，或是已經半完成，可以給我看了。對我而言，他的每一篇作品，就是這樣慢慢成形的。他的作品，從來都不是畢卡索〈格爾尼卡〉這樣巨幅的大作。每一篇，都是一塊精緻的馬賽克磁磚，拼貼成台灣的故事長河。

在寫作的技巧上，爸爸喜歡用「呈現」的，不喜歡用「說明」的。他在多次演講中，他也說自己喜歡showing，不喜歡telling的手法。《紅磚港坪》就好像爸爸帶著讀著，走過這些歷史，走過這些土地。用showing的方式，對讀者說故事。

爸爸走得突然。但是很慶幸在他的整體架構下，大多數重要的作品都已經完成了。所以《紅磚港坪》收錄的作品，連後記的〈日出〉，共有四十篇。其中〈家庭會議〉、〈捉魔神仔〉、〈蚵仔麵線〉、〈紙飛機〉、〈夏子老師〉是已經完成未發表的。而〈小舞台二〉和〈日出〉這兩篇是未完成，由我根據他的筆記和半完成的稿件，來完成的。

在這些作品中，爸爸和我說過最多次的，應該是〈重會〉。他本來的題目是〈饑餓地獄〉。爸爸和我都很喜歡這個題目，但是最後在《文學台灣》發表時，改成了〈重會〉。喜歡「饑餓地獄」這個名字，是因為它很強烈，和很有畫面。張杏華的二哥是白色恐怖的受難者。被冤枉要槍決前，因為含冤憤憤不平，所以不吃行刑前的最後一餐，把一碗飯打翻在地上。他媽媽認為浪費食物的人，要下到饑餓地獄去，受到永世的懲罰。媽媽認為兒子在饑餓地獄受苦，所以也故意浪費食物，這樣她死後就可以去地獄，再見到兒子，甚至可以救兒子出地獄。鄭清文用這樣的故事，來表達對白色恐怖的抗議，對母子親情的悲憫，甚至對傳統信仰的質疑（所以在〈日出〉中，石世文向蔡文鈴說，也許她的二舅並沒有在地獄）。而〈重會〉這個標題，比較內斂，也比較符合爸爸的個性。

很多人都知道，鄭清文並不是一個多產的作家。《紅磚港坪》和其他很多未完成的故事，總共加起來的字數，也不到五十萬字。但是每一篇都是他細心思量，修改再修改的作品。每年過年，他會稍稍休息，不寫作。到了大約初五，他就會跟我說：「糟糕，已經五天沒工作了，已經七天沒工作了。怎麼辦。」我都會安慰他說，過年可以放假到元宵節。除了這段時間，他每天都是開心的讀書、構思、寫作。他走得突然。也許，做為一個作家，這是幸福的。因為到了生命的最後，他都還是充滿創作的能量，每天都不間斷的寫作。

當然，作為一個讀者，我心中充滿惋惜。他跟親近的朋友說到，他要來寫「鹿窟事件」。我也看到他已經收集好的一些資料。我不禁自問，不知道他寫出來的「鹿窟事件」會是如何有趣的作品？但是，爸爸寫作從來不缺題材。我想，就算他再活二十年，還是不會有「寫完」的一天。所以，所謂的惋惜，看來也是我的人生無可避免的一個必然。

鄭清文作品的特色之一，就是文字的精煉，有時候連情節也相對簡單。有評論家說他的作品「因為簡單，所以它可以含蓄得更多」。但是常常還是有讀者會問他有關作品的問題，想要他多做說明。有一次，我跟他說：「為什麼讀者要問你，其實你有畫一條虛線呀，就跟著虛線自己想，就知道了。」爸爸很喜歡這個說法。後來，有時候被問到，他就會跟對方說：「請跟著虛線走。」爸爸寫作了五十九年，留下很多作品。至於沒有寫完的作品，就請大家跟著虛線走。虛線，無限延伸。

鄭谷苑，中原大學心理系副教授，鄭清文女兒。

紅磚港坪（3）

解嚴・民主時代（一九八七～）

狼年記事

狼來了。

篤篤篤。

「哪一個？」

「老師，是我，李元玲。」

「進來。」

「老師。」

「怎麼又遲到了？」

「老師，對不起。」

「總是有個理由吧。」

「我騎機車，和人擦撞了。」

「騎車，那麼不小心。」

「老師，對不起。」

「妳今天來找我，有什麼事？」

「老師，關於我的論文。」

「妳先坐下，妳把外衣脫下吧。」

「是的，老師。」

狼來了。

「那是什麼聲音？」

「有幾個人在下面繞圈子。」

「在校園裡？」

「是的，老師。」

「什麼事？」

「他們說，校園裡有狼出現。」

「無聊。是系上的學生？」

「有一個，好像。」

「叫什麼名字？」

「是大學部的學妹，我不知道名字。」

「妳的論文，怎麼了？」

「老師，我還是想做比較研究。」

「比較什麼？」

「比較《聊齋》和《十日談》。」

「妳要知道，妳是國文研究所的學生。國文就是中國文學。妳研究的是中國文學，為什麼不能專心研究中國文學？難道中國文學還不夠妳研究？妳看看我後面書裡的這一些書，有多少本？妳一輩子還讀得完？妳要知道，中國有五千年的歷史，有龐大的文學資產，人類能想得到的，人類能寫下來的，全在裡面。妳用一輩子的時間，也只能讀很小的一部分。我說，妳一定要做比較，也可以比較中國的，妳可以比較唐朝和宋朝。其實，這也夠大了，妳可以比較同一個朝代裡的文人，像杜甫和李白。只這二人，妳就研究不完，也比較不完。為什麼一定要去比較外國的東西？外國的月亮，有更圓嗎？」

「老師，我只是想研究兩本書。我發現這兩本書，有許多相同和不同。很有趣，也很有意義。」

「妳說研究《聊齋》，我已很不高興了。妳說，《聊齋》真是文學？盡寫一些怪力亂神。妳還拿去和西洋的比較。這不是做學問的方法。」

「老師……」

「妳的眼睛很大，看來很伶俐的。沒有戴眼鏡。」

「沒有，老師。」

「古典美人，眼睛要細小一點。」

「是的，老師。」

不過，眼睛大一點，也好看。

「妳隱形眼鏡也沒有戴？」

「沒有，老師。」

「妳坐過來。對，妳把椅子搬過來。」

狼來了。

「妳的手很冰。」

「外面很冷。」

「妳沒有戴手套？」

「有。我收起來了。」

「妳沒有戴戒指？」

「沒有，老師。」

「來，我看看妳的手相。」

狼來了。

「妳的耳朵也不錯，厚厚的肉。」

「老師。」

「妳沒有穿耳孔？」

狼來了。

「老師，我是這樣想，我想從《十日談》去發現《聊齋》，再從《聊齋》去發現中國文學。」

「那是不可能的。從《十日談》去發現《聊齋》暫時不要說，想從《聊齋》去發現中國文學，就像從末節去了解根本。那是沒有意義的。」

「老師，王老師說一定要老師先同意。」

「老師，王文彥老師說，這個方法，可以嘗試一下。」

「王文彥是我的學生。他讀中國文學，說要出國留學。他說要去日本。日本的中國文學研究者，和中國大陸的學者有交流，那邊也有一些新發掘的材料，我勉強同意他。我想，也許他還可以從日本去中國大陸，也可以了解大陸的情況。他說要研究比較文學，我只能想到這裡。沒有想到，他由日本去法國，再去義大利，從美國回來。他拿的是美國學位。我很不高興。不過，他很懂得尊敬我這個老師，才大力推薦他回來母校教書。」

「王老師說，從中國和西方文學做比較，更能看出中國文學的精深博大。」

「不對。妳應該說博大精深。大看得見，深看不見，層次不同。現在，很多人亂用成語。每下愈況才對，偏偏說每況愈下。」

「老師。」

「妳手受傷了，怎麼不說？來，我來替妳擦藥。」

「老師，不用，不用，只有一點點擦傷。」

「這是紅藥水，不會痛。」

「謝謝老師。」

「妳沒有塗口紅？」

「我沒有，老師。」

「聽說大學部的學生都塗口紅。」

「我，有時也會塗，老師。」

「妳的嘴唇，厚厚的。以前的人喜歡小嘴，櫻桃小嘴。現代人，也會有人喜歡這種厚厚的嘴唇，對不對？」

「老師……」

「妳臉紅了，妳很容易害羞？」

狼來了。

「王文彥已同意妳的研究了？」

「老師，王老師說一定要老師先同意。」

「這一點……妳說下去。」

「是的，老師。這兩本書，都是短篇小說的形式．裡面有許多不同的故事，有形形式式的人物。從這些故事和人物，可以看出那些人物的想法，以及那時候的社會情況，和人民的生活方式。」

「老實說，我很不贊成妳研究《聊齋》。」

「……」

「蒲松齡是一個失意的讀書人。中國歷代有許許多多奇怪的，也可以說是不正經的書，就是這些失意的讀書人弄出來的。他們也讀過書，但是他們書沒有讀通，因為他們不重視聖賢書，所以寫了一些誨盜誨淫的文章。這比不懂字的老百姓，為害更大。」

「那老師，什麼是真正的，或者是正經的讀書人？」

「堂堂正正，不偏不倚。」

「大中至正。」

「妳說什麼?大聲一點。」

「大中至正。」

「對、對。」

「老師，好癢，請不要這樣。」

狼來了。

「妳說下去。」

「老師，我常想，小說能寫出廣大的民眾，寫出社會的廣大層面。」

「一個國家的構成，不是一般大眾，是少數的讀書人。用現代的說法，就是少數菁英。只有這種人，能不偏不倚，不做怪，才能寫得更廣、更深。《聊齋》寫的，都是一些不正經的事。」

「老師，寫什麼不正經的事？」

「男女的媾合。也許，應該說是野合。」

「老師有讀過？」

「有讀一點點。做研究，有時也需要讀一點……」

「老師，這兩本書，有許多相同，也有許多不同。男女關係便是研究異同的一個重點。男女關係，在文學作品中，佔有最重要的份量。」

「兒女私情，登不上大雅之堂，是聖賢書所不言的地方。」

「老師。」

「我看妳的手背，還有手臂都受傷了。還有其他的地方？」

「沒有，沒有的老師，沒有。」

狼來了。

「妳繼續講呀。」

「老師，我可以先談《十日談》嗎？」

「妳就說呀。」

「《十日談》是由一百個故事所構成的。從前，在義大利的翡冷翠流行黑死病，有十個人，三男七女逃避郊外，一共十天，白天由一個人主持，十個人各講一個故事，一共一百個故事。」

「為什麼女人較多？」

「或許西方比較尊重女性。早期，中國女性完全沒有社會地位。或許女人善於說故事。」

「女人也做主持人？」

「老師。」

「我看還是擦一點藥。」

「不用，不用，老師。」

「其實，我也是很尊重女性。我的學生，也以女生為多。」

「他們每天講故事，有時有一個共同的主題，有時主題不定，由主講人自由發揮。這表示嚴密中有鬆弛，能兼顧變化和平衡。」

「《聊齋》有多少故事？不止一百個吧？」

「有四百多個，老師。」

「妳看，西洋的東西，如何能與中國的相比？中國就是大。《聊齋》是一個人寫的，對不對？」

「對。」

「《十日談》都是十個人講的，對不對？為什麼一個人能做的，需要十個人？」

「老師，《十日談》也是一個人寫的。十個人講，只是講故事的方式而已。老師，不可以……」

狼來了。

「能簡單，為什麼不求簡單？為什麼要用那麼複雜的方式？」

「老師這樣子，我不能說話。」

「那妳等一下再說。」

「老，老師……」

狼來了。

「好了，好了。妳說。」

「老師，這是結構的問題。這也是形式的美。十個人，在十天中講了一百個故事。一百個，是一個完整的數目，也是完美的數目。這一百個故事，長度也差不多。」

「長度相當，有那麼重要嗎？有話長說，沒有話短說，不正是文章的道理嗎？有長有短，富於變化，齊一只能表示刻板。」

「老師，變化和齊一，互相配合。這正是《十日談》的優點之一。」

「這是妳的看法？還是王文彥的看法？」

「我向王老師提出，他也同意從這裡做起點，做更深入的研究。」

「那妳認為《十日談》比《聊齋》好，對不對？這樣子，我不能給分。」

「老師……」

「不要亂動。」

狼來了，狼來了。

「妳很固執。不要每一件事，都那麼固執。」

「老師，我不能說話了。」

「妳不要亂動，就可以說話。」

「老師。」

「妳不想討論，那算了。」

「老師，我不是這個意思。我可以說下去嗎？」

「妳說吧。」

「老師，我，我想要強調的，是同與不同，不是孰優孰劣。」

「這一點，妳不用辯解。妳以為我聽不出來？妳的話已明顯的定出優劣了。」

「老師……」

「我問妳，這二部書，哪一部成書較早？」

「老師，《十日談》較早，在一三五三年。《聊齋》是在清初，在一六八二年前後，遲三百多年。」

「不要講數字，講朝代。一三……年，是哪一個朝代？」

「……」

「做學問，不能這樣。妳怎麼穿那麼多衣服？」

「老師，不要。」

狼來了。

「妳把朝代講出來。這也是一種比較。」

「老師，這樣子，我不能想。」

「妳快說。」

「一三五三年，是元朝。」

「哪一個皇帝？」

「是，是第十一代順帝年代。」

「沒有錯嗎？沒有把握，不要亂講。」

「老師，不會錯。」

「那妳多說一些《聊齋》的長處。妳要知道，中國有一個優良傳統，就是不做批評。文人相輕，是做學問最不良的態度。」

「文字簡潔。節奏明快，描述生動。更可貴的是，人物眾多，普及各階層，把當時的社會和生活狀況，生動地描繪出來。」

「《聊齋》不是重要作品，我已說過。不過，我可以看出，妳多少已摸到了中國文學的邊。妳今天講了不少話，也發表了不少意見，好像這一段話，有一部分還有一點份量。」

「老師，不要。老師，真的不要這樣。」

「我只看一下。」

「不行，不行。我不能呼吸了，老師。」

「只看一下嘛。」

「老師。」

「妳坐好。」

狼來了，狼來了。

「妳要知道，《聊齋》不是正統文學，不是我們的研究範疇，是不值得研究的。」

「老師。」

「去年，有一個學生，不能順利畢業，妳知道嗎？」

「我知道，老師。」

「每一個學生，都希望順利畢業，順利拿到學位，對不對？」

「老師，我知道。」

「我也希望如此。妳繼續講，不過妳要了解我的想法。」

「老師……」

「我說，妳不要亂動。」

狼來了，狼來了。

「《聊齋》……」

「怎麼了？不要哭。妳快說下去。」

「《聊齋》題材多樣，長短不拘，寫法自由。不過有類似性高的問題。」

「我說不要批判。只講優點。」

「老師。」

「妳說類似性高，表示有些題材特別重要。比如，孔子一面講仁、講孝，就表示這是重大的主題。妳再說下去。」

「老師，《聊齋》觀察入微，描述社會百態，人物的描寫也很鮮活。」

「對，這些是重點。不過，我還要強調，對讀書人而言，《聊齋》只是雜書。在中國的傳統，讀書人三個字，是一種很重要的表徵。這一點，我要一再強調，希望妳能充分了解。至於文章簡潔，描寫生動，是文學的基本條件。《聊齋》在中國文學中，算是二流，三流，甚至不入流。不過，我不相信《十日談》可以和它相比。妳不要亂動。我本來就不同意妳的研究，不過我可以看出來妳相當用心！……」

「老師。」

「我看一下，妳這裡好像也有擦傷。」

「老師，沒有，不可以。」

「妳不戴胸罩？」

「老師，有一個同學……」

「哪一個？她說什麼？」

「對不起，老師。」

「妳不說？」

「同學說，戴胸罩……像裝甲車。」

「妳們還說什麼？」

「……」

「我不喜歡新的東西。」

「老師，我的論文……」

「妳的這很美，是班上……」

「我們班上，只有三個女生，老師……」

「不要亂想，也不能亂說。」

「是，老師。」

「妳用什麼衡量？」

「衡量什麼？」

「衡量這個。」

「捲尺。」

「聽說，還可以分級。」

「ＡＢＣＤ。」

「不要ＡＢＣＤ。」

「……」

「講甲乙丙丁。」

「甲乙丙丁。」

「妳屬什麼級？」

「Ｅ。」

「Ｅ是什麼？」

「……」

「我就知道妳不會。我要罰妳。」

「老師，很痛。」

「有人說，男人用頭腦思考，女人用胸部。我能了解。」

「老師，是戍。」

「有一點？沒一點？」

「沒有。有就是戍。」

「很多大學生，包括國文系的學生，分不出戊戍，真是天地不分，所以寫戊，常常多了點。這叫天地不分。妳知道戊戌政變？」

「老師，就是康有為、梁啟超他們發動的。」

「我反對他們。他們主張改革。改革就是否定傳統。否定中國傳統文化。」

「老師不喜歡任何改革？」

「改革就是反動。沒有改革，只有深入。孔子說仁，孟子曰義。這是人類的大道理，兩三千年來，無法改變。什麼改革？只有深入。仁義這二字的堂奧，便是全人類智慧的總結。所以我說，只有深入，沒有改革。」

「老師，孫中山先生，算不算改革？」

「我看妳很好辯，這不是做學問的正道。孫中山的功勞，是把異族趕出去，回歸正統。」

「老師，不要，好痛。」

狼來了。

「不要亂動。不動就不痛。接受深入，才是做學問的方法。」

「老師，不要，不要。」

「將來，妳很有可能當老師。這是很重要的道理。現在，這個亂世，很多人都不懂這個道理。」

「老師，不行，不行。」

「老師，不要。」

「妳肚臍，形狀好。」

「我騎車，比較方便。」

「妳們女生，都喜歡穿牛仔褲？」

「我會同意妳做《聊齋》的研究，不過這不保證及格。」

「老師，讓我……」

「妳，妳不能再拖。」

「老師，等一下，再等一下。」

「妳快說。」

「老師，中國傳統的倫理道德是什麼？」

「妳要考我？妳要詰問我？」

「老師，我只是想了解，老師和學生……」

「老師和學生是一種關係，男人和女人也是一種關係。」

「男女關係，只有夫妻關係，對不對？老師。」

「妳想研究的《聊齋》，不是寫了不少非夫妻的男女關係？」

「老師不是說不喜歡《聊齋》？」

「我對非夫妻的男女關係，想知道一點。」

「老師，西方的男女關係，是對等的。中國傳統，卻男尊女卑，是主從關係。」

「主從關係，有什麼不好？主從關係更能維持社會的良好秩序。對等就是對立。自由、平等的主張都是社會的亂源。妳看過去幾十年，台灣社會能那麼安定，妳就知道重點在哪裡了。」

「老師。」

「怎麼了？」

「男女關係，應該根據雙方的自由意志。」

「我一向如此。我有不尊重妳嗎？」

「老師，不要這樣，這樣會拉壞。」

狼來了。

「那妳自己弄。」

「老師，請等一下。中國傳統文學，女人都躲起來了。在《聊齋》，女人卻站出來了。大眾的社會應該這樣，這才是社會的真正面貌。」

「妳不會躲起來的吧。我看妳是會站出來的。」

「《聊齋》中，女人較主動了。」

「對。妳也應該主動一點。」

「《聊齋》中的女人，並不是真正的女人。她們是鬼，或者是狐。也就是說，不是女鬼，便是女狐。她們都在晚上出來，去找那些英俊的書生。老師，請不要硬拉。」

「妳說妳的。」

「……」

「怎麼了？妳不想說了？那妳回去好了。」

「……」

狼來了。

「妳說到女鬼、女狐。再說下去。」

「她們只能化身。她們只能用女鬼或女狐的身分去接觸男人，去迷惑男人。」

「妳可以是女鬼，或女狐。我都可以接受。」

「老師不是很討厭怪力亂神？」

「妳知道，那只是假借。實際上，她們都是女人。」

「老師、女鬼、女狐，也有很兇，很壞的。老師不怕嗎？」

「不怕，不怕。妳就是女鬼，或者是女狐，都沒有關係，只要妳主動一點。」

「老師，書是這樣寫的。不過，那只是讀書人的一種綺想而已。」

「綺想很美，能實現更美。對不對？」

「老師，我還要講一個故事，講實現之美。」

「妳不要再拖了。實現就是做，不是講。妳不要做緩兵之計。妳現在就做。」

「老師，這個故事很重要。《聊齋》裡出現的是女鬼，是女狐。《十日談》裡出現的是，年輕貌美的少女。」

「不會很長吧。」

「不會，不會。我只講故事大綱。」

「妳說，快說。」

「《十日談》有一百個故事。男女十人，為逃避黑死病，到翡冷翠郊外避難。」

「妳已說過了。」

「其中，第五日的第四個故事。」

「妳快說。」

「有一天，天氣很悶熱，女兒告訴父母，她想到陽台睡覺，想聽夜鶯的叫聲。父母同意。那天晚上，她的情人從下面爬上來，和她睡在一起。翌日早晨，父母去陽台看女兒是否睡好。一看，女兒跟一個男人睡在一起，睡得很熟，手緊抓著夜鶯。」

「妳是說，妳也想抓夜鶯？」

「沒有，沒有，老師。」

「那讓我先看妳的。」

「老師……」

「怎麼了？」

「老師，《聊齋》裡還有一個故事。」

「妳又要拖了？」

「老師，這個故事很重要。」

「妳坐過來。」

「坐在老師身上？」

「不行不行。」

「為什麼不行？」

「我要先講完，要老師先了解故事的內容。」

「妳不用說，我完全了解。」

「老師，這個故事太不一樣了，也太重要了。」

「……」

「《聊齋》裡，有一篇故事叫〈犬姦〉。一個女人，丈夫出外太久，找了一隻狗來。」

「什麼？狗？」

「那個女人太寂寞了，又不敢隨便找另外的男人。」

「妳很寂寞？」

「我不是講我自己，我只是講故事。」

「妳如願意當那女人，我願意……」

「不行，不行。老師怎麼可以……」

「狗只是一種形式。鬼或狐也是一種形式。」

「老師不可以。」

「我說過，這只是形式。」

「老師，老師知道那個女人和狗的下場？」

「什麼下場？」

「他們被拖出去示眾，又被處磔刑。老師，什麼是磔刑？」

「妳真不用功。磔刑就是分屍。」

「不行。我不願意被拖出去示眾，也不願意被分屍。」

「那我們不玩狗和女人。妳先躺下來，躺在這裡。」

「這裡？沙發上？」

「對，沙發上。」

「老師，拉鍊卡住了。」

「我來弄。」

「不行，不行。太用力，會拉壞。」

「哎呀。」

「老師，怎麼了。」

「妳怎麼抓我？」

「老師，我沒有抓老師呀。」

「妳看，這不是抓痕？」

「老師，對不起。我一定心亂了。」

「快拉下。」

「沒有辦法，老師，我真的拉不開。」

「把它扯開。」

「不行，不行。」

「快一點。」

「拉鍊卡住了，拉鍊壞了。」

「妳快，我……」

「老師，對不起，拉不開。」

汪，汪，汪。

「老師怎麼了？」

汪、汪、汪。

狼來了。

「老師，對不起。」

汪、汪、汪。

「老師，老師不能那樣子。」

「我，我願意當《聊齋》裡面的狗。」

汪、汪、汪。

「老師，都是我不好。」

「我，我忍不住了。哎呀。」

「老師，怎麼了？」

「夜鶯哭了。」

「夜鶯哭了？」

「夜鶯飛走了。」

「夜鶯飛走了？」

「不要再說，什麼都不要再說了。」

「老師……」

「妳可以做這個題目。」

「真的？老師。」

狼來了。狼—來—了。

公園即景三則

唱日本歌的阿媽

石世文住家附近，有一小公園，叫福住公園。他出去坐公車，或坐公車回來，都會經過那裡。

早晨，有很多附近的居民在那裡運動。有人在散步，有人打拳，有人揮劍，有人跳舞，有人打坐，也有人遛狗。有一個流浪漢，還在滑梯下睡覺。

這時候，也會有六、七個，有時多一點，有一群阿媽，圍著榕樹下的石桌，低頭看著樂譜，小聲哼著。她們所哼的，全是日本歌。

她們聚會的日子，是禮拜二和禮拜五，有時禮拜天也會出來，可以讓幾個還在上班，年輕一點的婦女也可以參加。

她們的年齡，多在六十以上，有一兩個可能超過七十。她們的頭髮，大部分白多於黑，有的已稀疏了，也有一兩個還是滿頭烏亮。她們都穿便服，不過都很整齊。

她們靜靜的看著樂譜，有的小聲哼著，有時也會指著樂譜，問旁邊的同伴，等那些運動的人陸續散去，有的去上班，有的去買菜，她們才開始齊聲唱起來。不過，她們還是放低聲音。有時，她們唱〈莎勇之鐘〉、〈青色山脈〉，有時也唱〈誰不思念故鄉〉。

在戰時，石世文唱的，大部分是軍歌。有些歌詞，他並不完全了解，只是跟著唱。他比較喜歡的有〈若鷲之歌〉（小鷹之歌），現在還可以哼出來。

這些歌，都在歌頌日本軍的英勇，聖戰必勝，軍人應視死如歸，並以為天皇犧牲是一生的光榮。

有些歌，上級生還把歌詞略微修改，加入帶有情色味的詞句。「領了御賜的香菸，明天決心赴死」，改成「明天決心要幹」等等。

那時，隔壁阿財伯家，是木器店，戰時歇業，租給日本人做補給站，有一個叫大橋的日本人，喜歡唱一首〈誰不思念故鄉〉。他在屋裡唱，也到河邊唱，唱著思念故鄉的原野，故鄉的落日，和小時候的諸多親友。

〈莎勇之鐘〉是電影主題曲，歌詠一位原住民少女，在颱風天，送日本人出征，不幸墜入溪谷而亡的故事。電影由李香蘭主演。她來台灣拍片，轟動整個台灣，那首歌也流行起來。

《青色山脈》是戰後初期的日本電影片名，也是主題曲。那時，日本電影還未被禁，曾經在台灣上映。〈青色山脈〉一首歌，充滿著輕鬆愉快的青春氣息，曾經轟動一時。

「石老師。」

有一次，石世文從公園經過，莊太太叫住他。莊太太住在同一條巷的最後一家公寓的二樓。

「石老師，你可以幫助我們將這首歌譯成中文？」

那首歌叫〈海〉，歌詞的大意是：

遠處，松林將盡的地方
白帆的影子浮上
漁網，高高的曬在海邊
海鷗，低掠波浪
　看，白天的海
　看，白天的海

「松林是日本的景色。不過，台灣人已真久不能自由接近海邊。」

莊太太說。

那幾位阿媽，年齡都比石世文大，日文也比他好。雖然，他使用中文比她們多，也不習慣做翻譯，尤其是歌詞。而且，他自己也不善於唱歌。他聲音不好，音也不準。這首歌，他小時候唱過。

「石老師，你坐這裡。」

莊太太說，指著玉瑟的旁邊。

玉瑟很快挪開，留下很大的空間。

「玉瑟，安怎了？和玉琴姊同款了？」

林玉瑟也住在附近，在路上也會碰到，以前並沒有打招呼，後來和里美一起出去，碰到了她，里美還和她說了一些話。

「妳們二人，真奇怪，碰到異性，就不自在。」

「我敢有安呢？」

林玉瑟說。

「石太太，你們家石老師，好像不認得我。」

有一次，莊太太對里美說。

「那會？」

「他走路不看人？」

「他不習慣看女人，尤其是美人。」

「石太太，妳心肝無好，嘴也無好。」

「石老師，我們來去見一個人。」

另外一次，莊太太說。

「見誰人？」

「玉琴姊。」

「玉琴姊？」

「玉瑟的阿姊。」

她們姊妹住在一起，只有二人。林玉瑟在銀行上班，和里美是同業，聽說想提前退休。她們姊妹都沒有結婚。林玉瑟沒有結婚，主要是想專心陪玉琴姊，另一方面，較早期，銀行女職員一旦結婚，就要辭職。

「什麼事？」

「有一首歌，請你幫她譯成中文。」

林玉瑟出來開門

「玉琴姊呢？」

「在浴室。」

那一首歌叫〈火車〉。

一下山間，一下海邊
現在通過鐵橋
不久，穿過墜洞的
一片黑暗，駛入曠野

這首歌，很久以前，石世文也唱過。從景色看，很像火車在台灣的山野奔馳。不過，第三節有出現「籠」，是日本特有的畫面。

它的節奏也是輕快的，像〈青色山脈〉，也像〈丟丟銅仔〉。

「阿姊。」

等了一下，林玉瑟去敲浴室的門。

阿琴姊一看到石世文，連忙往後退了兩步。

「阿姊，石老師來幫助我們，把〈火車〉譯成中文。」

「譯中文做什麼？」

「看中文安怎唱。」

「我唱日文。」

「沒有關係，妳唱呀。」

「……」

「石老師，和我們真熟。」

現在山中，現在海濱
現在要過鐵橋了

……

阿琴姊唱了兩句，聲音就哽住了。

「對不起，我要進去一下。」

阿琴姊說，又走進浴室。

阿琴姊的未婚夫是個醫生。有一次，他們一起坐火車，從台北去中部，也就是未婚夫的故鄉，是他帶她去見他的父母。他們一起唱這首歌。他們約定，結婚之後，要坐火車去阿里山度蜜月。他們喜歡那輕快的旋律，也看到了那些風景。

還未及結婚，她的未婚夫被槍斃了。

未婚夫被抓，無法見面，完全不知情況。大家都很焦急，到處打聽。有人提議，叫她去找局長。沒有不能解決的事。聽說，有人把飾品賣出去，甚至有人賣房子。聽說，也有人真的把家人救出來了。

對方要求她的身體。

剛才，石世文第一次看到阿琴姊，她雖然已可以做阿媽了，皮膚還是白淨淨，皺紋也不明顯，眼睛還是烏黑晶亮。

這是一種很困難的決定，未婚夫如果真的被釋放出來，她要如何面對他？她當時也曾經想過，情況那麼急，幾乎天天有人被槍斃。就是未婚夫不會原諒她，甚至不要她，她也必須做。

未婚夫還是被槍斃了。

「彼的是什麼人？彼的敢是人？」

莊太太說得臉都漲紅了。

「不要講未看過，想也無想得。那有彼樣人。」

同樣的事，發生在另外一個女人身上。

她是太太，不但自己犧牲，對方還要求她把女兒獻出來。結果一樣，男人還是被槍斃了。

那個太太寫了一張告狀，去中山北路攔住蔣介石的車。蔣介石下令，把那個局長槍斃了。這一件事，石世文也知道。可能是在當時的報紙看到的。他還記得那個局長姓包，官階是少將，名字已忘掉了。

「阿姊，有要緊無？」

阿琴姊出來，雙眼都哭紅了。

石世文不太了解，莊太太為什麼帶他來。

未婚夫被槍斃之後，雖然有人來提親，她已決定不結婚。未婚夫死得太慘了。而且，她認為自己的身體已經髒了，無法去面對任何男人。自此以後，她很少出門，走路都低著頭，不敢看人，更不敢看男人。

她父母也很擔心。現在，父母都已過世了，是妹妹林玉瑟在陪她。

阿琴姊也是高女畢業。從她未婚夫的案子，石世文想到，明霞阿姨的「彼氏」，很可能有關。時間，身分，案情都那麼相近。他想問，阿琴姊也許和明霞阿姨有認識，但又覺得不妥當。明霞阿姨的「彼氏」逃到香港去了，而阿琴姊的未婚夫卻被槍斃。

「阿琴姊，妳又在洗手了？」

阿琴姊，不但洗手，一天還洗澡幾次。她說，怎麼洗，都無法洗乾淨。

「石老師，阿琴姊講她的身體髒，你安怎想？」

「心不髒，身體就不會髒。」

「阿琴姊，妳有聽到？石老師是男人，正派的男人。妳不會怪我，怪我帶他來看妳？他講，心不髒，身體不會髒。這是男人的看法。」

阿琴姊還是低著頭。

「阿琴姊，妳要記住這一句話。」

「身體的犧牲，和生命的犧牲同樣，都是很高貴的。」

「不但不髒，而且是高貴的。阿琴姊，妳舉頭看石老師。」

阿琴姊抬起頭，看了石世文一眼，又低下頭。

「阿琴姊，妳的手給石老師看一下。」

「不要。」

阿琴姊說得很小聲。

「阿琴姊，妳的手很乾淨，妳的心很乾淨，妳的身體也很乾淨，對不對？」

「……」

「阿琴姊，妳要唱歌嗎？」

阿琴姊低著頭，搖了一下。

「石老師，以後有空，也來和我們一起唱歌。」

對石世文，唱歌是一件相當困難的事。

「多唱幾遍，你就會愛唱。」

莊太太說。

石世文，有想過，莊太太為什麼要他加入她們唱歌？她想把阿琴姊帶到很寬闊的世界？

那以後，有時候，石世文也會去參加她們唱歌。

「石老弟，你也唱日本歌？」

老周在公園掃地，停下來問他。

「你不喜歡日本歌？」

石世文在當預備軍官，有一次，和另外一個預備軍官坐軍車出營區，那人對他說了兩句日語。

「報告長官，請問您是哪一國的軍官？」

「唱日本歌，簡直像烏鴉叫。」

老周回答石世文。

石世文小時候看戲，烏鴉是一種不吉祥的鳥。

「台灣有烏鴉嗎？」

「呃。開始，我的確很討厭，後來也慢慢習慣了。」

「我聽你哼過那些調子。」

「就像看電影，看西洋片，有些主題曲，不會英文，也會跟著哼。」

石世文也有同樣的經驗。

石世文剛搬過來，公園南側還有一排小吃店，是違章建築，老周牛肉麵也在其中。違章建築被拆，有些在附近另找店面，有的搬到別處，有的在公園的一角，擺一個活動攤子，繼續營業。至於老周，自己認為已有年紀了，乾脆收起來，在公園裡當志工，幫忙打掃。

「老周，你打算選里長？」

「里長？別開玩笑。」

老周說，太太在郵局工作，賣郵票，薪水不高，不過生活並沒有困難。以前，老周開店，在放假日，或下班後，太太也會來店裡幫忙。他不再開店，另外一個理由，怕太太太累。

老周牛肉麵，在福住公園一帶相當有名，還有不少顧客是從外地來的。老周收店以後，在店裡幫忙的小陳，也是周太太的親戚，說要在附近開店，要用老周牛肉麵的招牌，也答應付給老周一些權利金。老周說，用他的名義可以，不收錢，不過要做好，不要有損這個名義。

小陳重新開始，老周告訴他，肉多放一點，調味料像胡椒、辣椒、麻油、醋、米酒、蒜頭等等，要多準備一些，讓客人能夠自己加。還有，更重要，碗盤桌椅，都要弄乾淨。

石世文認識老周，是因為住在附近，又去吃過幾次牛肉麵。實際上，他們成為好朋友，有另外一個原因。

老周喜歡收集瓷器，收店之後，說要整修住家，把其中的一些碗盤搬出來賣。石世文看到一件很特別的盤子，是腰子形，長的一邊只有二十公分左右，上面畫著一隻貓，是黑貓白肚。牠的眼睛是黃的，兩個瞳孔在眼睛的上緣，那眼神，好像在盯著你，好像要看穿你的內心。

石世文一看，就買下來了。

隔了兩天，老周和太太來家裡找他，說賣錯了盤子，想贖回去。他們說，那是太太的紀念物，是戰後一個日本人，要回日本時，送給她父親，父親留給她做紀念。日本時代，周太太的父親在庄役場工作，住在日本人宿舍附近，有時她的母親也會過去幫忙他們做一點家事。老周願意出五倍的價錢買回去。

石世文照原價，將盤子退還他們。大概過了兩個月，周太太送來了一整條的日本鮭魚，說是跑單幫的人帶回來的。

「是坐飛機來的。」

周太太還特別強調。

老周告訴過石世文，因為唱日本歌的事，曾經和太太吵架，還動手打了她。

周太太喜歡唱歌，在煮飯的時候唱，在洗衣服的時候也唱。有時，也會唱日本歌，尤其是戰後還可以在台灣看到的日本電影的主題曲，像〈青色山脈〉、〈相逢有樂町〉。

「吵死了。不要唱！」

老周大聲叫喊。

太太停了一下，又繼續唱。

「不要唱那種死鬼子的歌！」

反攻，反攻，反攻大陸去……

開始，周太太唱得很高昂，而後放慢，唱得有氣無力，好像放唱片，沒有把唱機的發條捲緊。

「不要唱！」

「年輕，明朗的歌聲……」

晚上，夫妻二人正準備上床睡覺，周太太又唱出〈青色山脈〉。

「妳是故意的？」

「這首歌，有什麼不好？」

「不要唱，不要唱！」

「你為什麼那麼討厭日本歌？」

「妳到底是哪一國人？」

「我出生的時候是日本人。難道日本鬼子有殺過你的親人？」

「這不是個人的事，這是國家民族的深仇大恨。如果不是日本鬼子，我們也不會流落到台灣來。妳不懂嗎？」

「台灣，有什麼不好？」

「不要唱。」

起來，不願做奴隸的人們……

這首歌在戰後初期，在台灣，也有不少人唱過。

周太太剛開始唱，老周就用力摀住她的嘴。

「妳想死呀！」

「你要悶死我？你想殺我？」

周太太用力把老周的手扳開。

「起來，起來，起來……」

忽然，老周抓住她的衣領，用力打她一巴掌。

「你沒有能力打共匪，只有能力打女人，對不對？」

「妳這個女人……」

隔天，周太太把家裡所有的日本貨，包括電視和冰箱全部賣掉了。

「妳幹什麼？」

老周又舉手起來。

「妳還想打我？我說得沒有錯，你只有能力打女人。」

「妳到底幹什麼？」

「抵制日貨，抗日到底。我無辦法，讓日本鬼子的影子在家裡。」

以後三天，他們沒有交談過一句話。到了第四天，老周把太太賣出去的東西，全部重新買回來，而且都是原來的牌子，都是日本貨。以後，老周也不再管太太唱什麼歌了。

「其實，不管什麼歌，聽熟了，就不會感到討厭，有時，無意中還會跟著哼幾聲，一哼出來，才發現那是日本歌。你說奇怪不奇怪？石老弟？」

這時候，在公園裡唱歌的婦女，有的在收歌譜，卸眼鏡，有的已站起來，準備離開了。

莊太太向他舉手，用手指碰了阿琴姊一下。阿琴姊也向他舉手，不過動作很小。

「石老弟，我要告訴你一個祕密。」

石世文看著老周，沒有插嘴。

「我把電冰箱等買回來那個晚上，我太太很激烈。她又有了。」

他們已有兩個男孩，老周問她要不要拿掉。她說要生下來。第三個，剛好是女孩。

「我們給她起一個名字，叫和美。我太太堅持這個名字。後來，我們知道中部有一個小鎮，就叫和美。你覺得？」

「很不錯。」

「你看過她吧？」

石世文看過她，長得很秀麗。

「她幾年級了？」

「高三了。你有替人畫像，對不對？她畢業之前，你能替她畫一張？」

「為什麼？」

「我和太太，都很喜歡這個孩子。我們都很希望，能把她最美麗的時刻畫下來。」

「可以照相呀。」

「有，有照過，不過，我們更希望你能夠畫她。」

過了將近一個月，石世文經過公園，發現阿琴姊和那些阿媽一起坐在石椅上，低頭看著樂譜，莊太太望著他，輕輕舉手，微笑著。

劈甘蔗

「一點天，二點地，三，三點玉皇上帝。透龍！」

在公園的圍牆外，在伸出來的阿勃勒枝葉下，有一個甘蔗攤，是一輛力阿卡，上面擺著一綑一綑的黑皮甘蔗，有的已削皮，切成小段，裝進透明的塑膠袋。賣甘蔗的叫阿水。

石世文從公園裡面經過，看到有人在劈甘蔗。那不是林宏成嗎？他手拿著甘蔗刀，把刀擱在甘蔗頂端，好像在想什麼。

「一點天，二點地，三點，三點，天呀，地呀，透龍！」

林宏成手握尾端彎曲，像鷹嘴的甘蔗刀，站在一個小木凳上。他穿著高中的學生制服，把上衣衣襬拉到外面，眼睛紅腫，額頭亮亮的，好像是汗。

他拿著刀，一邊點，一邊唸，念到透龍，就用力劈下去。看來他已劈了幾根甘蔗了。劈甘蔗，以前曾風行過，大街小巷，聚集幾個人，買一根甘蔗，一邊叫，一邊劈。現在，已退燒了。

劈甘蔗，先把甘蔗立起，依照人和甘蔗的高度站好，拿甘蔗刀，在甘蔗上端點著，有的還唸口詞，也算是一種儀式。

林宏成站在小木凳上，甘蔗已高過他的頭了。現在，甘蔗比以前長，是種植技術進步？還是品種改良？甘蔗太長，劈起來有些不順手。

「一點金，二點銀，三點金銀滿地。透龍！」

以前，也有人這樣唸。

「一點金，二點銀，三點，幹，曲痀甲隆背。透龍！」

也有這種唸法。

林宏成先將刀尖點在甘蔗頂端，再倒轉用刀柄壓著，最後刀背輕擱，舉起刀，同時手一轉，刀刃朝下，用力劈下去。刀刃經過，劈出甘蔗皮，露出白色蔗肉。將露白部分截斷，是劈者所得，剩下部分，換人繼續劈，劈到底端為止。露白越長，所得越多，從上面一次劈到底，叫透龍，整根甘蔗歸劈者。

劈甘蔗，通常由幾個人合買一根，劃拳，輪流劈。

這種遊戲，曾經風行一時，很多人喜歡，有青少年，也有大人，他們喜歡揮刀和劈開甘蔗的感覺，尤其是透龍的快感。

這種遊戲，幾個人聚集一起，一邊叫喊，一邊劈砍，劈過的甘蔗，不管輸贏，還可以一起啃吃。

這種遊戲會退燒，主要是那一把刀。刀，可以傷人，也可以傷自己。而且，被劈過的甘蔗，形狀不完整，能吃的就少多了。有人認為這是一種浪費。

林宏成一個人站在小木凳上，旁邊圍著幾個人看著。

「一點天，二點地，三點，爨勹甲飯手。透龍！」

也許劈斜了，只劈下不到十公分的皮。

「幹。阿水，換一把刀。」

「阿成，你已劈三根了，不要再劈了。」

「阿水，你是賣甘蔗的，對不對？」

「對呀。」

「換一把刀。」

「這刀子沒有問題。」

「換一把刀。」

阿水換了一把刀給林宏成。

「再來一根。」

「這一根，你還沒劈完。」

「再來一根。」

「不要再劈了。」

「為什麼？」

「吃不完了。」

阿水將劈過的甘蔗，削去皮，剁成小段，裝在塑膠袋裡，已有七、八袋了。

「阿水，不要哆嗦。你以為我醉了？」

「真的，不要再劈了。」

「我會付錢，吃不完的，榨汁。」

甘蔗車上，擺著五、六瓶甘蔗汁。阿水也賣甘蔗汁。

「拿一根長一點的。」

「那麼長，不好劈。」

「拿高一點的椅子來。」

石世文繞過公園的門出去，林宏成瞄他一眼，又拿起刀。

「一點天，二點地，三，三，黑天暗地。透龍！」

林宏成舉起刀，用刀一劈，也許用力過猛，也許甘蔗沒有穩住，也許放手太慢，他好像劈到了自己的手。

「哎。」

林宏成輕哼一聲，舉起手掌看了一下。

「怎麼了？」

石世文靠近一步。

有人劈甘蔗，只是利用那一把刀，點來點去，不用手扶。林宏成是不是故意？

「我看一下。」

血流出來了，是在食指接近虎口的地方，傷不嚴重，不過血在流著。

「我來包紮。」

石世文掏出手帕，拉起林宏成的手。

「不用了，我捏一下，血止了就好。」

林宏成眼睛紅紅的，淚水從眼角流下，靠近，還可以聞到一股酒味。

「宏成，你喝酒？」

「老師，陳志勝死了。」

「我知道。」

「子彈從他的心臟穿過去。」

林宏成，用手指指著自己的心臟，用力戳下去，

「我知道。」

林宏成和陳志勝都是石世文的學生，再過半年就要畢業了。他們二人，經常在一起，一起玩，一起打球，打乒乓球。陳志勝還當過校隊。

蔣介石過世以後，不到半年，社會呈現一種不安寧的氣象，好像傳染病，陸續發生多起搶案。報紙和電視，都不斷高呼：「治亂世，用重典。」

是亂世嗎？為什麼？是什麼造成的？

依照老周的說法，在中國的歷史上，每一個朝代，都出現過沒有治理國家能力的人，就自然造成亂世。

難道蔣介石死了，社會就立即失去重心？石世文也曾經想過，蔣介石死後，社會的確呈現一種疲憊現象，有一點像金屬疲勞。

警方開始行動了。他們搬出「懲治盜匪條例」，只要是搶劫，一律交軍法審判，速判速決，不管是結夥搶劫，或單獨作案，一律判死刑。

陳志勝住在市場附近，父母開一家電器店。他去銀行，看到一個婦女領錢出來，搶了一綑鈔票，十萬元。

「搶錢！搶錢！」

婦女一邊追，一邊叫，民眾也加入追捕。陳志勝一邊跑，一邊撒錢，結果，一塊錢也

沒有拿到。他被捕，立刻被判死刑，並槍決了。有人說，那是搶奪，不是搶劫。

老周說，應該是最高當局下令，應該是蔣經國。

在多起搶案中，有一起，是四人共同作案。其中有一個搶犯，是某副司令的兒子。他們仗勢，在警局，胡言亂語，還向警察討水要茶。你們敢辦嗎？實際上，警方也在遲疑。有人報告上層，蔣經國下令嚴辦。

陳志勝被殺，聽說和這個案子有關。警方要嚴辦將軍的兒子，先來一個示範。個人搶奪都被殺了，結夥搶劫可以不辦嗎？可以不判死刑嗎？

「這一夥公子哥兒，不知死活，依仗權勢，胡作非為。他們不知道，只要上面想辦，連陳儀大將軍都殺了，副司令算什麼？」

老周說。

「老弟，你知道法院是誰開的？」

老周的聲音越來越低。

石世文也聽別人說，法院是國民黨開的，也是蔣家開的。

石世文也在電視上看到，人犯被押去執行的場面。他看到四個人被押上軍車。有三個人是結夥搶劫，另外一個人是陳志勝。他們都低著頭。陳志勝已全身無力，是兩個憲兵把他拖上車的。

那天晚上，石世文幾乎失眠了。

石世文也聽說過，陳志勝搶錢，是因為母親招會被倒了，是惡性倒會。她被倒了一百多萬。她整天哭著，飯也不吃，也無法看店。

陳志勝是因為氣憤？還是因為要補償母親的損失？

「為什麼？」

林宏成大聲叫著，手裡還拿著甘蔗刀。

「快把傷口紮好。」

「老師，陳志勝才十八歲呀。十八歲又一個月，比我只大半年。老師，如果是我，也會被槍斃？」

「我也不清楚。」

「為什麼？」

「聽說，法律不止一種。引用不同的法律，會有不同的判決。」

「聽說，他們是用最嚴厲的法律？」

「應該是吧。」

「老師，倒會和搶劫，有不一樣？倒會也是一種搶劫呀。」

「法律上，是不一樣。」

「那些法律，是用來殺人的？」

「那法律就變成一把刀，一枝槍了。」

林宏成看著手裡的甘蔗刀。甘蔗刀晃了一下，亮出青光。他把地上的甘蔗撿起來。

「林宏成，不要再劈了。」

林宏成擺好甘蔗。

「一點天，二點地，三點無天無地。幹恁祖媽卡好了。」

林宏成用力劈下，人也搖晃一下，腳也踏出小木凳。他把刀子丟在地上。

「為什麼把法律變成刀，變成槍？」

「有時，還不用法律。」

「什麼？」

「不用法律，只用命令。只用嘴巴說一句話。」

「老師。」

林宏成用力抓住石世文的手臂。

「老師，陳志勝死掉了，真的死掉了。」

「我知道。」

石世文也用抱力住林宏成。

「老師，我怎麼辦？」

「你要替陳志勝活下去。」

「……」

「你一個人，要活二人分。現在這世間，有一些人，是要活二人分，三人分。你懂嗎？」

「……」

「你懂嗎？」

「我，我懂。」

「阿成，你的甘蔗。」

阿水已把甘蔗削皮，切好，裝在塑膠袋裡。

「你去賣好了。」

「什麼？」

「送給你賣好了。」

林宏成說。

看，那個人

石世文發覺，老周的眼神有點不自在。

石世文和老周坐在公園裡的榕樹下聊天。老周望著公園南側的入口。

那個人從入口進來，走到二人面前，向老周拋了一眼，嘴角牽動一下，似笑非笑，像在向老周打招呼。而後，維持著直挺挺的姿勢，往北側的門出去。

「石老弟，你看那個人。」

石世文曾經在電視上看過他，也在附近的路上看過他。

那個人，中等身材，外表清瘦，皮膚白皙，眉毛略粗，臉上冷冷的，少有表情。他穿著淡灰色，短袖中山裝，熨得平整，雖然年紀很大了，七十多歲了吧，走起路來，還是挺直著腰身，好像怕弄縐衣褲。他的皮鞋，都擦得烏亮，人走過，發出的篤的篤的聲音。還帶有，一點風。

他的頭髮，白多於黑，不過梳理整齊，應該有抹了一點油，從中偏左，清清楚楚的劃開。

「你知道他去哪裡？」

「去哪裡？」

「他去吃烤鴨，吃北平烤鴨。巷口有一家『北平樓』，烤鴨很有名，你去過？」

「去過兩次。」

「味道如何？」

「吃，是我最弱的一部分。聽說，『北平樓』的師傅，是清宮的御廚。」

「老弟，你相信嗎？很多餐館，喜歡做這種宣傳。你算算看，清朝結束，到現在幾十年了？那時候，拔鴨毛的小廚，現在多少年紀了？」

「聽說，他們跟溥儀到滿洲，再轉到台灣來。」

「溥儀被捕以後，比較有名的師傅，不是去香港，就是去外國。不過，有到台灣來的，現在不是死掉，也太老了。也許，有徒子徒孫吧。」

「那個人，喜歡吃烤鴨，人還那麼清瘦。」

「有些人吃了會胖，有些人，怎麼吃也不會胖。體質有關，心情也有關。」

「他心情會不好？他看來無憂無慮的。」

「那就很難說了，你看，他像什麼？」

「高貴的紳士。」

「老弟，你很會開玩笑。外表上，有些人看起來像紳士，有些人像菩薩。你說，他像不像菩薩？」

「菩薩？」

「不然，像救世主。」

「救世主？」

「你有沒有看過電視？」

「電視？有呀。」

「有沒有看到他在電視上說了些什麼？」

「他在電視上說，他沒有害過人。他救了很多人。」

「沒有錯、他的確說過。」

「你知道他是誰？」

「你說。你說你看過電視。」

「情治人員。」

「老弟，你說話很有技巧。什麼情治人員？不過，這也難怪。他是一個特務，應該說是一個劊子手。」

忽然，老周把聲音降到最低，看看北側那邊的門。

「老弟，大概是有人說他害死了很多人，他出來為自己辯護，說他不但不害人，而且救了很多人。你看，他對自己所做的事，一點都不掩飾，一點也不歹勢，還感到得意呢。」

老周說，又看看那個人出去的方向。

老周告訴他，那個人是中級幹部，只能算是小頭目。做決定的是上級，執行的是中級幹部。有時，執行者比下令者更可怕。他們為了達成任務，為了邀功，執行過當，害死不少人。

那個人辦過不少政治案件，其中，最悲慘的，可說是「山豬坑事件」。他上電視，主要也是在說明這一個案件。

有一些人不滿政府，攜械躲入山豬坑。那是一個很荒僻的山區。政府派兵，把整個山圍起來，把附近的居民全部抓起來拷問。

「拷問，就是刑求。最可怕的是，把沒有的事硬說成有。就是屈打成招。」

山豬坑的居民，大部分是農民和礦工，平時安分守己，只因為突然有不滿政府的人躲進來，他們就被認為和叛徒有牽連，也就等於叛徒。有的被認定知情不報，有的協助叛徒。幾百個村民，除了少數，有的被判死刑，有的無期徒刑，有的有期徒刑。不知多少人，因此家破人亡，整個山豬坑可說幾乎遭到滅村。

「那個人，當時是指揮官。老弟，你知道他如何救人？」

「如何救人呢？」

「根據那個人的說法，那些人是集體武裝叛亂，都要判死刑。那些村民，卻為叛徒掩護，也犯了叛亂罪。那個人，設法減輕他們的罪狀，把應判死刑的，改無期徒刑或有期徒刑。把一些罪狀較輕的，判無罪。」

老周說話的時候，臉部緊繃，臉色有點發白，額頭還留著汗，嘴唇也輕微發抖。

「山豬坑事件」，石世文也聽過。

「這些事，以前是不能講的，講了是會殺頭的。」

老周說，還用手在脖子上劃一下。

「那個人說那些話，是為了表示政府的寬厚？還是表示他個人的仁慈？」

「他想為自己脫罪。」

「有可能。不過，他根本不認為自己有罪。」

老周的聲調，有時高，有時低。石世文曾經聽過一個朋友的說法，這叫空襲警報。警報一發生，人就躲起來，警報解除，人又跑出來說話了。

「那個人的說法，是他把三變二，變一，變零。實際上，他是把零變成一、二、三。老弟，你懂我的說法？」

「我懂。」

「山豬坑的居民，都是很單純的農民和礦工，有的人還不識字，為什麼成為叛亂分子？」

老周說話的時候，眼睛轉動著，看那個人出去的方向，有時也看那個人來的方向。也看看四周，看看在公園裡走動的人，甚至看看在公園外的巷道行走的人，和駛過的車輛。

「那個人，還不停地向別人說，也向自己說，他曾經救了不少人。最可笑，最可悲，也是最可恨的，說久了，連他自己也相信了。」

「老周……」

老周為什麼說這些話呢？而且在公園裡面。

「老弟，你害怕了？其實，我也害怕。照理，我是比你應該害怕的。」

「呢。」

「老弟，我們認識，已十多年了，我相信你，我也相信你相信我、」

「我相信，不過……」

「現在，已解嚴了，小蔣也死了……」

「可是，體制還在呀。」

「老弟，你說的沒有錯，體制還在。這才是重點。有人說，人人心中有警總。」

「老周，外省人也怕外省人？」

「怕呀。外省人也殺外省人呀。以人口比例，被殺的外省人，比台灣人多很多呀。」

「為什麼？」

「外省人會爭，台灣人不會爭呀。」

「爭什麼？」

「爭位子，爭權力，爭利益。有人想爭，有人就要把它消滅。」

「那些東西那麼重要嗎？」

「權和利，認為不重要的人，恐怕不多吧。不止是重要。不爭不行。你不爭，別人爭。你不除去別人，別人除去你。」

「呃。」

「老弟，你教生物的？」

「對。」

「我女兒說，新的公獅，把舊的公獅趕走，佔有母獅，第一件要做的，就是先把原有小獅子咬死。真的？」

「課堂有教這些嗎？」

「我不知道是不是課堂上教的。這會是真的？」

「應該是真的吧。」

「為什麼？」

「想留下更好的種。不過，也有不同的看法。」

「外省人，也不只是一種人，是很多種人。我們來自不同的地方，也有各種不同的因緣。獅子的方式，很乾脆，人就複雜多了。老蔣說……」

老周忽然又看了四周，把聲音降低。

「老蔣說，不是敵人，就是朋友。實際上，他所做的剛好相反。不是朋友，就是敵人。老蔣是一個疑心很重的人。他還會將朋友當做敵人呢。」

「呢。」

「復員，老弟，你知道什麼叫復員吧。」

「我知道。」

「復員，就是解甲歸田。戰爭結束，有些人想回家。國民黨怕這些人投共，就在半途埋伏，把他們殺死了。」

「會有這種事？」

「我有兩個堂弟被殺了。」

「呃。」

「戰爭結束了，他們只是想回家看看父母。我四叔做過小學的校長。他們也想，或許，有機會可以再升學，讀大學。」

「呃。」

「我的四嬸也因此生病，死掉了。」

「呃。」

「老弟，你什麼都不知道，實在太幸福了。」

「他們有來調查你嗎？」

「有喔。至少有五、六次。」

「你怎麼回答？」

「我說他們被共產黨打死了。我說，他們要回家，共產黨要拉攏他們，他們不肯，共產黨就把他們打死了。在亂世，我們都學會了說謊。還有要把壞事說給共產黨就好了。」

「他們相信嗎？」

「他們寧願相信吧。」

「那個人有來找你？」

「沒有直接找我。我有感覺，他知道。我總覺得，他躲在什麼地方看著我。」

「現在還有那種感覺？」

「對。」

「你還怕他，對不對？那你為什麼說呢？」

「有一天，我突然失蹤了，也許，我突然死了，這些事，就會被埋掉了。」

「有對太太說過？」

「沒有。」

「為什麼？」

「怕她說出去。」

「也沒有對別人說過？」

「沒有。以前，不能說。我認識的人，外省人較多。我也不想對外省人說。」

「為什麼？」

「我不敢相信別人。打小報告，是有獎金的。很多外省人，你真的不知道他們是誰。」

「你有沒有感覺，那個人救了你？」

「什麼？救我？老弟，你又來了。」

「對不起。」

「如果，他們查出來，我知道堂弟的事，我是會有事的，那些日子，我曾經失眠，無法睡好，怕他們來找我，我說錯話，更怕拷問。我怕無法忍受，我曾經想過自殺。」

「現在呢？」

「好多了。至少，比以前安全了。現在，他們似乎更在乎台獨，已不那麼關心共匪了。」

「聽說，小蔣生前說過，他是台灣人。」

「我也不知道他的真心。」

「台灣應該獨立嗎？」

「不可能。」

「為什麼？」

「太小了。」

「世界上，有很多國家比台灣小。」

「要跟中國比，不是跟其他許多國家比。你贊成獨立？」

「獨立比較好。」

「這是可以了解的。不過，沒有那麼簡單。」

「你想念那邊？」

「當然呀。其實，我最想念的是母親。已四十年了，不知道她還活著？」

「也許，可以回去看看。」

「就是能夠回去，我心裡也害怕。」

「為什麼？」

「變化太大了。也許，我母親真的已不在了。」

老周說，看著北側的門。

「那個人，快回來了？」

石世文看看手錶。

「我看，快了。你看，那邊有一個老蔣的銅像。」

在三棵大樹下，在榕樹、大王椰子，以及水皮黃的樹蔭下，有一個「工」字型的水泥台，上面放著一個漆黑的老蔣的銅像。為什麼把他的銅像放在樹蔭下，被那幾棵大樹困住？又為什麼漆成黑色？

「那個銅像，是斷臂的。為什麼中正路不能分段，銅像卻可以斷臂？」

石世文問老周。

「我也不知道。沒有人舉發，不然也會釀成大事。」

「你是公園管理員，你也有責任。」

「我只是義工，不是管理員。現在，不會有事了。」

老周說，又看看北側的入口。

「老弟，你猜那個人回來，會走銅像前面，還是後面？」

「他來的時候，是走後面。」

「你注意到了。」

「你看，有人把可樂的罐子放在銅像後面。」

「這些年輕人真不像話，明明那裡就有垃圾桶。」

「以前，聽到蔣總統三個字，都要立正的。」

「以前，有一個大將軍，接到老蔣的電話，把電話放低，然後用力併攏雙腳，打響皮鞋。」

「那個人回來了。」

這一次，是石世文先看到。

那個人回來了。他走路的樣子，還是上身保持著挺直，不過肚子有點突出，仔細看，背也有一點彎，只一點點，是不是剛吃了烤鴨的關係？他提著一個小紙袋，上面印著「北平樓」。老周說，裡面裝著烤鴨，因為他太太腳不方便，他要帶回去給太太吃。他說，以前他們都是一起上餐廳的。

那個人，走到兩人面前時，向老周瞄了一眼，嘴角漾了一下，而後還如老周所預測，經過老蔣的銅像的背後，由南側的門出去。

「老弟，你看到了，他還是走銅像的後面。」

「為什麼？」

「理由很簡單，銅像前面是中庭，沒有樹木，現在太陽又那麼猛烈。」

「呢。他怕太陽？」

「可以不曬，就不必曬。老蔣走了，還有小蔣。現在，小蔣也走了，那些人，已忘掉他們了。他只是其中的一個人。」

老周停了一下。

「以前，聽到老蔣，不管什麼稱呼，不管是總統，總裁，領袖，都要肅立。像那個人，又是沾盡兩蔣的光，好像已完全忘掉他們的存在了。」

「老周，你知道已經有人做了老蔣的神像，供奉起來了？」

「做成什麼樣子？」

「和台灣一般的神像一樣，中國皇帝的造形，穿著龍袍，戴上珠冠。」

「他一直想做皇帝，現在也算遂了心願了。台灣人民真窩心。」

「聽說，他是基督徒。」

「老弟，你覺得，他們應該把他做成耶穌的樣子？」

「耶穌只有一個。」

「你以為，他會保佑人？」

「會嗎？」

「活著，不但不保佑人，還殺了不少人。這種人，會保佑人嗎？」

「不保佑，還做它做什麼？」

「不管走到哪裡，神只保佑廟公。老弟，你懂我的意思嗎？」

「那個人，是廟公嗎？」

「他只是倒茶的。」

「什麼？那誰才是廟公？」

「孟大將軍。」

「孟大將軍？」

「你不知道孟大將軍？他殺了那麼多台灣人，卻不斷升官。從小將軍一直升到大將軍。」

「我知道你的意思了。我最近經過他家門口，看到圍牆又加高了，上面還裝了通電的電線。」

「不做虧心事，晚上也不必關門。就是這個意思。小蔣死了，局勢可能會改變。殺人的，怕別人殺他。他以為別人都和他一樣。」

「會嗎？」

「台灣人太善良，不懂得警覺。」

「也不懂得恨。」

「不懂得恨，包括不敢恨。」

「沒有錯。我也有這種感覺。」

「有人為小蔣做神像？」

「還沒有聽說過。」

「今天，我說話太多了。」

老周說，伸伸舌頭，望著那個人出去的方向。

「老弟，警總還是存在的。」

重會（上）

為了駛入美好的大洋
我掛起小船的帆
前進，背向險惡的海域

但丁《神曲》〈煉獄〉

「你是石世文老師？」

「是，是。我是石世文，妳哪一位？」

「我……」

「妳，妳是杏華，阿花嗎？」

以前，電話沒有很普及，他們沒有通過電話。

「我……」

「阿花。」

「我……」

「好久了。」

「三十六年了。」

「最近好嗎？」

「好，好。你不住舊鎮了？」

從壽山去台北，坐公路局的巴士，要經過舊鎮。張杏華坐巴士，經過舊鎮時，她想或許會在車上碰到石世文上來，或者看到他在車站等車。實際上，也有過一次，只有一次，她看到他上車，在前面的位子坐下。

她從壽山去台北，都會坐在後面，是怕碰到他嗎？

她有想，走到前面和他打招呼。但是，她就是沒法動。

「你搬去台北，多久了？」

「二十，二十三、四年了。」

「好快呃。」

「阿伯……阿姆好嗎？」

張杏華還記得，文鈴去見石世文的時候，他也問過家裡的事。那時，父親已過世。

父親喜歡泡風呂，日本式浴桶，在一個很冷的冬天，在泡浴中，心臟病發作，那時叫心臟麻痺，過世了。

「阿母也過世了。」

「呃。」

「你呢？」

「都還好。」

「世文，我想去看海，你可以陪我嗎？」

「看海？」

「我住台灣，四周是海，除了基隆，我沒有看過海。」

有人說過，台灣四周是海，人不容易接近海，台灣有三分之二是山，入山卻要入山證。

「呃，什麼時候？」

「你開車嗎？找一天，你沒有課的時間。」

「下禮拜三。」

「禮拜三，真的可以嗎？」

張杏華從桃園市坐公車，石世文去火車站接她。

「世文，你還認得我？」

張杏華穿著三十六年前，在結婚前夕，她去找石世文時所穿的衣服。白色襯衫，深藍色長裙，綠色毛衣，挺直站著。

「妳變不多，瘦了。」

石世文向前一步，雙手拉著她的手，看著她的衣服。

「怎麼可能，老了。肚子大了，穿起來太緊，我改了一下，還是緊。」

「妳看我？」

「頭髮少了，白髮也出來了。」

「老了。」

「都老了。」

「杏華，阿花。」

「怎麼了？」

石世文把她拉近。

「妳身體好嗎？」

「很好呀。」

「妳的手也瘦了。」

「我的手很粗，對不對？」

「我知道，我知道。妳很辛苦，也很勤勞。洗衣服，也磨豆子。」

「不磨豆子了。現在還在做田呢。」

「呃。妳想去哪裡？」

「我們可不可以先去基隆？」

「可以，可以。本來，我就想去淡水，或基隆。」

「台灣是不是是一個很美的地方？」

車子在高速公路上行駛，兩邊是山巒和小山谷，雖然已是秋末，眼睛看到的，還是一片蒼綠。在山坡上，在雜木中，長著不少羊齒類植物，應該是蛇木，還有更多，是相思樹。

「那是什麼？」

張杏華指著山坡上。

「夜總會。」

「什麼？」

「對不起，那是墓仔埔。」

「我二哥住的是貧民區。」

「呃。」

張杏華想到二哥。她也想到和家人去福壽山找二哥墳墓的事。

「阿花。」

石世文忽然抓緊她的手。

「沒有關係。我們有找到二哥的墓。他已不再做街友了。」

她們幾個姊妹在亂草中找了很久，才找到簡陋的墓碑，把骨頭挖出來，重新安葬。

「那就好了。」

「那時，阿母已過世了。」

「伯母待我很好。」

「她對每個人都這樣。」

做豆腐，磨豆子，都會留一些豆漿，分給鄰居。

「妳說，伯母讓妳來找我？」

石世文指的是那個晚上的事。

「對。」

「那個年代的女人……」

「阿母，我要去找世文。可以嗎？」

「妳明天就要結婚了。」

「可是，我……」

「妳想？」

「嗯。我不知怎麼做？」

母親教她，還拿一塊深褐色的布要她墊在臀部下面。那是外媽在她出嫁時給她的。

石世文伸手，擱在她的大腿上，而後輕輕的摸她的小腹。

「世文，開車要小心。」

「我會。」

石世文說，把手縮回去，重新雙手握住方向盤。

張杏華抓了石世文的手，放到自己大腿上。

「基隆快到了？」

「過了隧道，就是市區了。」

「世文，你知道哨船頭？」

「掃船頭？哨船頭？我聽過，卻不知道正確的位置。我來問一下。」

石世文停下來，問了幾個人，都不知道。

「阿花，有什麼事？」

「在哪裡，沒有關係。聽說，在那裡，國民黨的軍隊一登陸就開槍打死了很多人。」

「妳是指二二八？」

「對。」

「我再去問一下。」

「不用了，反正在基隆。」

「請問哨船頭在哪裡？」

「不知道。」

一個年輕人。

「請問哨船頭在哪裡？」

「那裡就是。」

一個年紀比較大的老人指著，火車站對面。

「哪裡？」

「那一帶就是。」

石世文開車，把老人所指的一帶，繞了一下，也沒有看到有什麼特別的。

三十五年前，蔡根木帶她來基隆，去委託行買幾件衣服，那時候她也在這附近看到海。那時，不能談二二八，因為環境，也因為蔡根木的身分，她只是看著海，茫茫的看著海。她知道國民黨的軍隊殺了很多平民，也聽過哨船頭，卻不敢問。

「海水好髒喔。」

他們又回到海邊。

水上漂浮著油漬，紙屑，塑膠袋，寶特瓶，還有一些雜物。

「這裡是港口，很多船，也很多人。」

「世文，那是什麼？」

張杏華指著右前方的岸邊。

港灣裡停泊不少船隻，有的靠在岸邊，有的泊在水上，有大型貨船，有小舢舨，也有貨櫃船。以前，要去日本，或其他地方，都是由這裡坐船出去，他看著外海，在戰時，聽說不少船隻，一出港口，就被美軍的潛水艇擊沉，也死了不少人。

「世文，那些船……」

「那是軍艦。」

「軍艦是做什麼用的。」

「打仗用的。」

「打誰？」

「打敵人呀。」

「聽說，那些軍人，叫國軍的那些軍人，根本不會打仗，和日本人打仗，往內地跑，和共產黨打仗，往台灣跑，叫什麼轉進，不會打敵人，把台灣人當敵人殺掉。殺掉很多人。」

「阿花……」

「世文，你有聽說過，國軍登陸時，用機關槍掃射打死了很多平民，打自己人？就在哨船頭。還用鐵絲，穿過人的手掌，好幾個人串在一起，丟進海裡？」

張杏華的聲音有些沙啞。

「我有一個同事，姓李，現在已退休，專門寫作。他要寫二二八的故事，曾經訪問一個鐵路工人，虎口有傷痕，是鐵絲穿過的痕跡，問他傷痕怎麼來的，那個人只說是不小心弄傷的，怎麼問，都不肯說出真相。」

「現在已解嚴了，不是嗎？」

「心理上，還沒有解嚴。」

「唉，多可怕，已四十多年了，還是不敢說，雖然也已解嚴了。」

「可怕是雙重的。這件事本身，還有，就是為什麼不敢講的心理？」

「就是從這些地方丟進海裡的吧。」

張杏華已走到堤岸邊緣。

「小心。」

石世文拉住她。

「我不會掉下去的。世文，你看！」

「我是怕有人把妳拉下去。」

「誰？」

「一些冤魂。」

「你相信嗎？」

「這個……」

石世文笑著說。

「那也好。一了百了。不過，不會了。聽說，在基隆，每年做醮，就是為了超渡那些冤魂。」

「聽說基隆做醮，特別盛大。」

「基隆的冤魂，特別多，也特別慘。」

「沒有錯。」

石世文說，一手抱住她的小腹。

「世文，你還畫畫？」

「畫。」

「可以畫這些景色？」

「太複雜。像這樣有時我會先照相。」

「你有帶照相機？」

「有。」

「幫我照一張。」

「在這裡？」

「對。」

「妳不怕？」

「怕什麼？」

「有一隻手伸上來。」

「可能是親人呀。怕什麼。我還想見他呢。」

「不行，不行。」

「怎麼了？」

「禁止攝影，繪畫和描述。」

石世文指著一塊告示牌。

「那……」

「阿花，我們去廟口……」

「廟口？好。」

蔡根木帶她來基隆，也帶她去廟口。廟口前面，和附近的街道，有許多小吃攤，人還不少。蔡根木買了兩塊刈包，一人一塊。刈包，基隆人叫虎咬豬。

「妳是虎，我是豬？」

「為什麼？」

蔡根木輕輕摸著她的大腿，一直笑著。

「妳來咬我。」

張杏華的臉，整個漲紅起來。

「阿花，妳想吃點什麼？」

他們一邊走，一邊看。

「我不餓。」

「已快中午了。」

「我真的不餓。」

「阿花，這是基隆廟口有名的甜不辣。」

「甜不辣」是日語。這裡的是炸魚漿。父親喜歡炸的食物，尤其是油炸豆腐，豆腐是自己家做的，自己炸，那時是用豬油炸的，很香。上次，她和蔡根木來，也吃過甜不辣，還包了一些回去給父親。

「世文，我真的不餓。」

「那我去買一點，等一下，可以在路上吃。」

「世文，我想去廟裡看看，你自己去吃一些東西。」

「我陪妳。」

他們走到廟口，有小攤子在賣香燭。

廟叫「奠濟宮」，奉祀開漳聖王。張杏華是壽山人，講漳州腔，石世文是舊鎮人，接近泉州腔。

張杏華看著開漳聖王，祂的臉很斯文，表情也很祥和。

「世文，你不拜？」

張杏華看石世文挺直的站著，把遞香給他的手收回來。

「給我香。」

石世文拿了香，跟著張杏華拜了三下。

「世文，你不信神嗎？」

「神在心中。」

「有人說，敬神不求神。你是不是也這樣？」

「敬神，不求神，對。在台灣很多人只求神，求發財，求當選。敬神，就是心中有一些準繩，什麼可以做，什麼事不可以做。」

「我了解。不過，我舉香的時候，我可以更集中，也可以更堅定。」

「只要不求財，不求官，求平安，我是不反對。」

「你不拜祖先？」

「我拜父母，我拜他們，好像我在和他們講話。至於祖父母，我沒有見過，我就以父母的立場，同樣拜他們。」

「你更重視親情。」

「對，就是親情。世界有幾十億人口，親人只有幾個。」

從廟裡出來，除了甜不辣，蚵仔煎，石世文又買了兩捲潤餅。父親愛吃，張杏華也愛吃。她記得，以前母親還在，每到尾牙，母親就會做潤餅。

「世文，我要吃虎咬豬。」

張杏華說，臉有點熱。

「虎咬豬？」

「就是刈包了。」

「好，好。」

石世文去包了兩個回來。

「神只保佑，不處罰？」

坐上車，張杏華問石世文。

「神，當然會善惡分明呀。有的神，是會懲罰人的呀。以前，我住舊鎮，就有大眾爺廟，大眾爺下面有七爺八爺。八爺是負責抓壞人的。我知道，城隍廟，在大廟上方就掛著大算盤，在計算人間的善惡。」

「呃，真的？那為什麼有很多壞人，還在世上橫行？逍遙？」

「有人說，不是不報，時間未到。不過，妳的問題，我無法回答。我只能說，我相信神在心中。」

「神是無力的嗎？」

「不是神無力，是很多人心中沒有神。或許，他們心中有神，只是保佑發財和當選的神。」

「唉。」

張杏華長長的嘆了一口氣。

「阿花，妳今天是出來看海的，對不對？」

「對呀。」

「為什麼想看海？」

「海可以讓人的心胸寬闊起來。」

「其實，拜神也應該是這樣的。」

「呃。」

「妳看，那就是海。」

在小山巒和小山巒之間，遠遠的，可以看到一條線，淡淡的藍色，那就是水平線。

「那就是海？」

張杏華在基隆港看到了海，現在看到的海好像不一樣，至少看不到髒。

「妳喜歡嗎？」

「這邊的海，寬廣多了。」

車子穿過山巒地帶，到了海邊。

「那是野柳，妳想看看？」

「野柳，好。」

張杏華沒有來過野柳。

他們把車子停好，走到海邊。

「有味道，那是什麼味道？」

在基隆，她也聞過，不過那邊的好像雜著汽油味。

「海水的味道，也就是海的味道。海水裡面有鹽，也就是鹽的味道。」

「這種味道……」

「妳不喜歡？」

「沒有不喜歡，只是沒有想到。也許，我喜歡。」

「阿花，來看，這是女王頭。」

風很大，海浪拍打著岸邊。石世文緊拉著張杏華的手。

「脖子怎麼那麼細？」

「風化的結果。」

「會斷掉嗎？」

「有一天，會。」

「世文，幫我照一張。」

「跟她？」

「對呀。」

「為什麼？」

「你不是說，頭快斷了？在斷頭之前……」

「……」

「怎麼了？」

「這裡也不能照相。」

「沒有禁止牌呀。」

「里美說，他們銀行攝影組來這裡照相，還被阿兵哥抽了底片。」

「這是很有紀念性的。」

「妳想到了什麼？」

「法國有一個美麗的皇后，上了斷頭台，是不是？」

「英國也有，女王或皇后，他們是用砍頭的。」

「斷頭台，砍頭，都是人殺人。對不對？他們連女王、皇后都殺了，聽說她們都是美女。」

「對。不過，那是歷史。」

「每一個人都有歷史嗎？」

「歷史只是一種選擇。」

「國民黨說，共產黨很壞，所以要殺掉。這也是一種選擇？」

「共產黨也殺國民黨呀。」

「現在，不是也有人繼續殺人？」

「世文，真的不能照？」

「不要動。」

石世文看了四周。

卡嚓。

「阿花，妳過來看。」

「這個銅像，是誰？不是那個人？」

「他是個漁夫，下海救人，救過很多人，有一次，自己卻溺斃了。」

「這裡嗎？這個海嗎？」

「對。」

「救人的人可以做銅像，殺人的人也可以做銅像？」

「這種銅像不少呢。」

石世文放低聲音。

海風吹過來，很冷，張杏華用手掠一掠被風吹散的頭髮。

「阿花，這裡的海，是不是和基隆港的不同。」

「很不同。這裡海水很乾淨，還有風大，海浪大，海水捲來捲去，還有潮聲。潮聲像音樂。我喜歡這裡。」

張杏華說，伸手摸摸銅像。

「我喜歡他的眼睛。」

張杏華退一步看著。

「阿花，小心。」

張杏華倒退時，鞋子卡了一下，晃了一下。海就在眼前。

「我會小心。」

張杏華笑了一笑。

「阿花，妳的牙齒很美。整整齊齊，有一點淡淡的黃。」

石世文在三十六年前就說過同樣的話。

「你以前說過。」

「真的很美。」

「年紀大了，牙縫也大了。也沒有以前那麼亮了。」

「妳的牙齒還是很美。」

「難道你只喜歡我的牙齒？」

「我喜歡妳的全部。」

石世文說，又抱住她的小腹。

「一樣生，百樣死。古早人講的。」

「阿花？」

「死有好死，也有無好死。」

「阿花，妳又亂想了。」

「一塊鐵可以做銅像，對不對？」

「對。不過……銅像是……」

「我沒有那麼正確。銅像應該是銅做的，對不對？一塊銅也好、一塊鐵也好，放在牆子腳，會怎樣？」

「大概會生鏽，腐掉。」

「台灣是不是這樣？很多生命在生鏽，而後腐掉？」

「不要那麼悲觀。」

「我的二哥，我的父母，我自己，還有文鈴，我的女兒，不都是已腐掉，或很快就要腐掉的鏽鐵？」

「阿花，妳上車，我帶妳去另外一個地方。」

「看海？」

「對，那邊的海岸也很不錯。」

石世文摟住她，送她上車。

「我父親中風，三天就走了。」

張杏華說，將頭擱在石世文的肩膀上。

「那是什麼？」

張杏華忽然指著擋風玻璃的左上角。

「什麼？哪裡？」

「那裡。」

張杏華再指一次。

「蒼蠅。」

「怎麼會有蒼蠅？」

「開門，人進來，蒼蠅也進來。」

「人進來，牠也進來？」

石世文舉手，好像要打牠。

「將車窗打開，讓牠走吧。」

石世文打開車窗，用手揮了三次，牠才飛走。

「日本人是狗，外省人是豬。狗去豬來。狗會咬人，也會看家，豬只會吃，吃了就睡，睡了就吃。」

父親說過幾次。

「克啦，髒。」

日本警察田中進來，看到豆干上停一隻蒼蠅。

「嗨，嗨。田中桑，對不起。」

父親向田中鞠躬。

「那是食物呀。」

在下班後，田中會來店裡買豆干。那是剛烘好的，帶有一點炭燒焦的氣味。田中一家人都喜歡豆干。有時，父親預先知道也會留幾塊下來，等他來買。

「田中先生，街上有很多蒼蠅，只飛進來一隻。」

父親說，揚手趕蒼蠅。田中是熟客，平時，父親也會和田中說笑一兩句。

「克啦，又一隻。」

「一加一，等於二。」

父親笑著說。

「嗨。」

父親伸手迅速一抓，抓到一隻，拿到田中面前。蒼蠅還在動。

「你這野郎。」

田中叫了一聲，手一揮，打到父親的臉。

「對不起。」

「站好。」

田中叫著，臉都紅了。

「田中桑，我們這裡的蒼蠅都洗過腳。」

父親直直的站著，一手捏著蒼蠅，一手指著店裡面的工具，地板和下水道。父親是個愛乾淨的人。

「什麼？你說什麼？」

「我們店裡的蒼蠅是洗過腳的，不用穿鞋子。」

那是戰時，連豬皮都要徵收，用來做皮鞋的時代。

「馬鹿。」

「嗨，嗨。」

「以後小心。」

田中說，轉頭就走。

「要豆干嗎？」

隔兩天，田中又來了。

「你的手。」

「我會洗手。」

父親用肥皂洗手，洗了兩分鐘，把豆干包好，田中沒有說好，把錢放在木架上，拿了豆干就走開。

父親想將錢退還給田中，田中已快步走開了。

以後，田中有再來過，每次都問父親今天蒼蠅有沒有洗腳，有沒有穿鞋子。然後，放了錢，拿了豆腐，走開了。不久，他被徵召，派去南洋，戰死了。

日本投降，戰爭結束，有些鄉民被日本警察欺負的，去找日本警察報復，也有台灣警察，父親沒有參加。

日本警察打人，每次都叫人站好。二哥被槍斃時，是站著的嗎？聽說有人真的站著，憲兵會用力踢他的腳彎，讓他跪下。

「阿花，快到了，妳在想什麼？」

「對不起，這裡是？」

「旅館快到了，碧海大飯店，我提過。可以嗎？」

「那個淡豬肝色的嗎？」

「對，對。它就蓋在海邊，可以嗎？」

「可以，可以。」

「一個房間？兩個房間？」

石世文把車子停好，拉著張杏華的手，走到大門口。

「一個房間。」

張杏華低下頭，輕聲說。

「阿花，妳這套衣服，是不是以前穿過？我記得那個晚上，妳就是穿它。」

石世文關好房門，從後面抱住她，一手輕摸著她的小腹。

「世文……」

三十六年了，石世文怎麼一下就認出來了？在那個晚上之前，她也曾經穿過那件衣服。但是，畢竟太久了。

「我的肚子出來了，裙子變窄了。我改了兩次。」

她感覺奇怪，石世文為什麼又摸她的小腹。她雖然只知道兩個男人，蔡根木和林有成，他們都是先摸她的胸部，而後從小腹摸下去。石世文的手停在小腹上。

「哎。」

石世文忽然抱住她，把嘴壓在她的臉上。

「怎麼了？」

「我喘不過氣。」

「呃。對不起。妳身體還好嗎？」

「世文，你開車很累，我來幫你按摩。」

「妳會按摩？」

「我常常幫母親按摩。」

張杏華說，脫掉毛衣。

「阿姆很辛苦。」

「在這個時代，每個人都活得很辛苦。」

「阿花，我要脫衣服嗎？」

「我母親並沒有脫衣服。」

「那我……」

石世文說，把外衣都脫掉。

「我手很粗，你不用脫內衣褲。」

她替母親按摩時，母親也沒有脫衣服。

「妳手很有力。」

「我磨過豆子。後來也做田。」

「妳的手結了繭。」

「你不舒服？」

「很舒服，像細砂紙。」

「細砂紙？你太太在銀行上班，手很幼，對不對？」

「她沒有替我按摩過。」

「世文，我很想你。」

「我知道。我也很想妳。」

「世文，我很老了。女人老得快。」

「沒有，沒有。我母親，四十歲時，頭髮在後腦打髻，看起來，比妳現在老。不過，我從來就不覺得她老。」

「你的太太比我年輕吧。她叫什麼？」

「里美。」

「看樣子，你和她來過這裡？」

「來過一次。」

「什麼時候？」

「今年春天。」

「什麼？」

「怎麼了？」

「你們住這個房間？」

「怎麼了？」

「那裡有水漬的痕跡，好像一個眼睛。」

石世文看著床上方，靠近天花板的牆壁。

「哪裡？」

「那裡。」

張杏華再指一次牆面靠近天花板的地方，有一塊淡淡的，水漬的痕跡。是淡淡的褐色，像個眼睛，眼球偏一邊，像斜視，像睥睨，像輕視，也帶有一點憎忿。

「呃。你選這個房子？」

「不是。他們排的。」

「好巧。」

「每個房子都一樣，我沒有見過水漬的痕跡。妳介意嗎？」

「我……」

「要換個房間？」

「不用換了。」

「妳真的不會介意？」

「世文，你想過我嗎？」

「想。」

「什麼時候想我？」

「在畫畫的時候。有時，在晚上……」

「和里美在一起的時候？」

「有時，也會想。」

「為什麼？」

「好像熱不起來。」

「是你？還是她？」

「她比較多。久了，我也熱不起來。」

「你有畫過她？」

「沒有。」

「為什麼？」

張杏華叫了起來。

「她不認為這是重要的事。」

「畫畫嗎？」

「嗯。她不大了解我很喜歡畫畫。不過，她也不會妨礙我。」

「她不了解，卻很尊重？」

「可以說尊重，也可以說不管。」

「她什麼都不管？」

「她喜歡我替人補習。」

「很多老師都在補習。」

「數學最吃香，還有英文。我教生物，也有人補習。」

「世文，你躺下來。」

母親，後來身體不太好，也會躺下來讓她按摩。

「趴著嗎？」

「對，先趴著。」

「妳也替他們按摩？」

「沒有呀。」

蔡根木死得太早，林有成，她不會替他按摩。

「阿花。」

石世文轉身，仰臥，伸手抓住她的手臂。

「怎麼了？」

「阿花，我來替妳按摩。」

「什麼？」

「妳把外衣脫掉。」

「世文……」

張杏華把裙子和襯衫脫掉，一一摺好，只剩下內衣，胸罩和內褲。

「怎麼了？」

張杏華一躺下，石世文就摸她的小腹。

「你的手，有點冷。」

「妳不是開刀生小孩？」

「那時候，很少人開刀。開刀費用較高。」

「這是什麼？」

石世文指著她的內褲。

「血。那天晚上留下的血。本來，我不想洗，也叫母親不要洗。可是，有味道，後來我還是拿出來洗了。」

「現在還有味道？」

「男人。第一次也流血？」

「不會。」

「這公平嗎？」

「為什麼？」

「只有女人流血，卻不知道對方是不是也第一次。」

張杏華想起蔡根木，問她，怎麼破了。她說了一個大謊。

「讓我聞一下。」

「……」

「有味道。」

「哧。那是現在的身體的味道。」

「我喜歡身體的味道。」

「世文，你讀生物的，是不是？」

「是？」

「我問你，O型和AB型的，生出來的小孩，會是O型。」

「不可能。」

「會是什麼型？」

「A型或B型吧。」

「你是什麼血型？」

「O型。妳呢？」

蔡根木是AB型，蔡文鈴是O型。

「怎麼了？」

「你見過文鈴，對不對？」

「對。他們剛開店的時候，我去看過他們幾次。」

「他們怎麼沒有講？」

「我只是遠遠的看著。」

「呃。」

「怎麼了？」

「沒有，沒有。我要去洗澡。」

「不是要我幫妳按摩？」

「我要先洗澡。」

「要洗澡嗎？」

「那一次，我去找你，也是洗了澡再去。」

「呃。」

張杏華以為石世文會一起去，他沒有。

「該你了。你聞一下，有什麼味道？」

「有，有肥皂的味道。」

石世文笑著說。

「什麼？」

張杏華也笑起來了。

「有香料的味道。」

「輪到你了，多抹一點肥皂，加很多香料的肥皂。我喜歡肥皂的味道，哈。」

張杏華穿著旅館的浴袍，一邊擦著頭髮。

「我會。」

石世文笑著說。

張杏華坐在床上，繼續擦頭髮。她聽到浴室裡面的水聲。

「好了，好了。」

石世文出來，也穿著浴袍，也一邊擦著頭髮。浴袍下面，和她一樣，什麼都沒有。

「我來幫妳按摩。」

石世文說，撲向她，把她壓倒在床上。

「世文，你現在壓的，不是里美喔？」

「是阿花。」

張杏華仰頭一躺下，就看到牆上的水漬。這時候，那水漬好像動起來了。沒有錯，那種眼神。

「世文，你把燈關掉，把窗簾拉起來。」

「為什麼？」

「我是害羞的人。關好，兩層都關好。」

「呃。」

「世文，你真的想我？」

「阿花，我要開燈。」

「世文，你真的很想我？」

「妳是我第一個女人。」

「呃。這很重要嗎？」

「我一直想，妳怎麼會做那種事。」

「你應該懂。我二哥被打死了，活活被打死了，有什麼可怕的？」

「我懂，所以我想妳。」

「可是現在……」

「現在，現在怎樣？」

「台灣有一句話，冷茶、薄酒、老查某。」

「冷茶、薄酒、老查某？」

「你沒有聽說過？那是最無味的三種東西。」

「可是妳，變化不大。」

「不要騙人。」

「真的。妳更成熟了。」

「我的身體像破窯。」

張杏華想到中國有一個故事，一個叫王寶釧的女人，守破窯十八年，等著丈夫回來。王寶釧等了十八年，她可是三十六年，剛好一倍。

「破窯？」

「從頭髮看起好了。頭髮稀了，白了，臉皺紋很多，尤其是眼角，皮膚鬆了，皺了，乳房垂下來了。小腹脹大了，以前的裙子要放寬，有的不能放寬，要丟掉可惜，只好塞在衣櫃裡。今天這一件衣服，是那個晚上穿的，我改了兩次，怕裂開，裡面還墊了一塊布，再縫起來。」

這時，石世文又伸手摸她的小腹，已不只一次了。

「破窯……」

石世文沒有回答，將嘴壓住她的嘴，再從肩膀，乳房，一直吻下去。

張杏華，開始閉著眼睛，感覺有點喘不過氣。睜眼一看，就在他的頭部那邊，看到了牆上的汙漬。它本來不很清楚，經過石世文一提，她就有感覺，那個眼睛，那個像楊戩的眼睛，雖然很淡，卻感覺越來越清楚的豎立的眼睛。好像是在盯著她。那眼神，好像在生氣，也好像在譏笑。

「唉。」

張杏華嘆了一聲，眼淚也滾滾流出來了。

「阿花，怎麼了？」

「好好喔。」

「什麼好好喔？」

「能這樣，實在好好喔。」

她說，眼水又不斷流出來。

「阿花，是真的嗎？」

「當然是真的。」

「妳的眼神有點不對。」

「不對？你看出來了？」

「什麼事？」

「那顆眼睛。」

它好像在監視，也好像在譴責，同時也好像在訕笑。

「妳想到誰？」

「里美。」

「妳比她先呀。」

「是排隊買車票？」

「妳比她老，我是先認識妳的身體。」

「先有用嗎？」

「世間事，有很多偶然，也有很多必然。」

「我碰到你是偶然？」

「可以說是偶然。我去壽山教書，那是分發去的，這就是偶然。」

「那什麼是必然？」

「一個寒冷，冬天的晚上，有人冒著雨，去找我，是必然的。那是妳一個人決定的。」

「世文，那天晚上，如果我留下來，說要替你煮飯，生小孩，你會留我？」

「呃，妳離開之後，在雨中，我有一股衝動，我想追過去。」

「不過，你沒有。」

「這樣子，會引起很多麻煩，會帶來重大災難，妳和我，甚至我們的家，還很有可能惹來殺身之禍。」

「你想得太多了。」

「真的，我想太多了。只想不做。這叫優柔寡斷。」

「我可以忍受，我們一家人都可以忍受。其實，最壞的，都已經發生過了。」

「當時，妳有沒有想走回來？」

「有。我心裡想，不過腳卻一直往相反的方向。有些地方，我們都一樣。」

「不一樣，你來找我，有勇氣來找我，就是不一樣，我是做不到。」

「在那個時代，做，就像二哥那樣？」

「他自己，一定認為應該那樣的。」

「妳也是。可惜，那種人不多。」

「聽說，在非洲，獅子會攻擊水牛，水牛是成群的，身體又龐大多了，把獅子圍起來，獅子一定會被踩死。只要一次，獅子就永遠不敢碰水牛。可是，連一次也做不到。你是讀生物的，你有什麼看法？」

「你二哥，就是不一樣的水牛。」

「你已結婚，有家庭，今天，你出來，也是需要勇氣的。」

「這，不能和妳相比。」

「我很高興，真的很高興。真的，我有一種幸福感。」

張杏華知道，這種感覺很可能是短暫的，是會過去的。會很快過去的，因為她不可能長久和他在一起。

重會（下）

「阿花，這是什麼？」

「傷痕。香菸的燒傷。」

「什麼？為什麼？為什麼燒在這個地方？」

「世文，你當時有沒有看清楚我的身體？」

「時間很短，不過我有看到。妳脫衣服的時候，還有躺在榻榻米上的時候。」

「現在，我的身體，除了皺紋，還有很多傷。傷癒了，還會留下痕跡。」

「阿花，妳可以告訴我，是誰弄的？」

「是我自己。」

有一天晚上，林有成想用繩子綁住她的雙手，像綑豬那樣。

「你做什麼？」

「我要燒妳。」

林有成嘴裡叼著一根香菸。

「你跟誰在一起？誰在指揮？」

有一個軍官問林有成。

「你要燒我嗎？」

一個高大的人問他，嘴也叼著一根香菸。

「沒有呀。」

「你要老實說。」

那個人抽了一口菸，菸頭火亮了一下。

「真的沒有。」

「你不肯說？」

「真的沒有。」

「你不肯說？」

「沒有，真的沒有。」

另外一個人把他的手壓在桌上，那個人用香菸燙他的手背。

「哎喲。」

「不要叫，下一次，燒你的生殖器。」

林有成聽說過，有人真的燒了生殖器。燒手臂已經無法忍受了。

「後來，有沒有燒他生殖器？」

石世文問。

「沒有。」

「為什麼？」

「大概認為他真的不知道吧。」

林有成，後來被判刑，因為在法庭上叫了一聲「蔣總統萬歲」，沒有死，減了刑，被關了三年半。

「真的嗎？」

「林有成說的。」

「妳說，他把妳綁住？」

「對。他說，在審問時，至少有兩個人，一個壓住他的手，一個人燒他。其實，那時候，就是叫他伸手出來，不要動，他也不敢動。他怕我亂動吧。」

「那妳？」

「你要做什麼？」

張杏華問林有成。

「我……」

「你要燒我？」

他說不出來。

「燒我手背？」

「……」

「我知道，香菸給我，我自己來。」

「……」

「他們有沒有燒你的生殖器？」

「沒有。」

「為什麼？」

張杏華問林有成。

「他們只是嚇我。」

「你要燒我嗎？」

「……」

「我自己燒。」

「……」

林有成解開繩子，把香菸給張杏華。

「很痛嗎？」

石世文問。

「世文，開水有幾度？」

「一百度。」

「香菸的火有幾度？」

「三百度。不止，可能有六百度。」

「我，尿都洩出來了。」

「為什麼自己燒？」

「他想燒我。他想燒的，應該是燒他的那些人。他不能。他想燒我，又好像下不了手。」

「所以妳自己……」

「這樣子可以減少他的罪惡感，我這樣想。」

「他有嗎？」

「好像沒有。他喜歡玩這個疤痕，就像玩拼圖一樣。」

「那妳為什麼燒這個地方？」

「這裡叫鼠蹊部？」

「鼠蹊部應該在上面。這裡是大腿的內側，是最私密的地方，不打開大腿，幾乎看不到。」

「他的遭遇太可憐，我想這樣，可以給他一點安慰。另外，也表示我的真心，因為這裡，只有他看得到。」

「他有珍惜妳的心意？」

「好像沒有。是不是有一種人，被人欺負，就想找另外一個人來欺負？有時候，他還捏我的脖子，使我幾乎不能喘息。有時，我想，他真的會捏死我。」

「我不是很清楚。感覺上，有人會做這種事。」

「除了他，只有你一個人看到。」

「阿花……」

「你有看到流血？」

「有。」

石世文想去摸她。

「流血是小傷，不過是大事。」

「對女人，是大傷，也是大事。」

「其實，還有一個人看到。」

「還有一個人，誰？」

「二哥。」

「二哥？」

「二哥就躺在我身邊。二哥沒有穿衣服，人很瘦，頭髮散亂，臉色黃帶黑，可以說皮包骨。他摸著我的傷痕，阿花阿花，他一直叫著我的名字，一直流淚。」

「那是夢吧。」

「是夢，也是幻覺，我醒過來，我知道摸我的是林有成，不過我看到了二哥。我在林有成身上看到了二哥，看到了二哥的苦難。當然，不只是林有成跟二哥。」

「阿花，真的……」

石世文說，吻了她的疤痕。

「呀。」

她身體抽動一下。

「怎麼了？」

「太突然了。」

「唉，妳太苦了。」

「這是不是罪？」

「妳是說二哥？」

「我說我自己。」

「這個，只是做夢。」

「可是，是我二哥呀。二哥睜大眼睛看我，就是他呀。他餓得只剩下骨頭了。」

「他現在怎麼了？」

「他？」

「林有成。」

「中風，過世多年了。他也是可憐的人，也是死比生好的人。」

「妳和他，沒有小孩，他不會不滿？」

「他很不滿。不滿我不想再生小孩，也不滿我不和他正式結婚。」

「妳堅持只住在一起？」

「只是同居。」

「為什麼？」

「和不生小孩的理由一樣。」

「唉，我明白了。不過，妳好像只說了一部分。」

「這樣嗎？」

「我有感覺，妳沒有說完。」

「有人勸我，去辦結婚手續，我們已同居那麼久了，一般人都認為我們是夫妻，可以辦，也應該辦。他分到一些土地，大概有六分多地，二千坪，是一大財產。還有一些山地。你覺得？」

「這一點，我沒有意見。我尊重妳自己的決定。我感覺，很多事，妳比我會做決定，實際上，妳已做了很多很好的決定。」

「我對他們說，林有成有兒子，文鈴是他的妻。我的，將來也留給文鈴，結果是一樣的。」

「他們怎麼說？」

「錢是拿在手裡才算的。」

「西洋人說，在手裡的一隻鳥，比兩隻在樹林裡的，更有價值。」

「沒有錯，抓在手裡的鳥，才是自己的。這就是我和你現在的情況。」

張杏華說，聲音又有些沙啞了，不過，她的耳朵又熱起來。

「妳為什麼不想和他生小孩？我一直想這個問題。」

「我有文鈴。我只想把文鈴照顧好。結果，我有一點遺憾，沒能讓她多讀一點書。」

「可是……」

石世文又摸她的小腹。

「一定要和每一個男人都生小孩？」

「當時妳有想到？」

「我做了。」

「不怕？」

「阿母有教我，我沒有照做。」

「現在有沒有想？」

「有點可笑，不過不能笑。」

「阿花？」

「怎麼了，一下前進，一下退縮？今天，可以的話，要生幾個都可以。哈，哈，咳咳。」

「阿花，我想畫妳。」

張杏華注意到，剛才進旅館時，看到石世文帶了畫具。

「以前，你畫過。」

「好久沒有機會了。」

「嘴巴不接吻時，才吟詩。好像是莎士比亞說的。只想畫畫？」

「妳說什麼？」

「嘴巴不接吻，才吟詩。」

「妳說是莎士比亞。妳讀過他的作品。」

「我喜歡他。我喜歡讀文學。」

「妳還讀其他的？」

「我讀過《紅樓夢》，讀過《傲慢與偏見》。我不懂英文。中譯本，至少讀過三種。

我也讀過《紅與黑》，還有《約翰．克里斯朵夫》、《雙城記》，還有《基督山恩仇記》。還有……我也讀托爾斯泰。」

「呃。」

「我不能上學，但是可以在家裡讀小說。」

「妳讀過不少書。」

「我二哥喜歡讀書。他教我讀書。他有很多書，也有日文的。我讀日文，只讀到小學四年級，當時跑空襲，並沒有真正讀書，不過已有一點日文基礎。二哥也有一套《莎士比亞全集》，日文的，小冊子，是淡青色的封面。好像叫什麼逍遙翻譯的。」

「好像叫坪內逍遙。戰後，在舊書攤，我有看到。妳讀日文？」

「很少。我可以慢慢讀，一本書，可以讀半年。不過，還是讀中文方便。」

「只讀小說？」

「還有馬克思的書。」

「讀那種書？怪不得。」

「不過，我讀不懂。我只記得二哥說，有良心的人都應該讀馬克思。我讀了一部分，不懂。我不知道二哥有沒有讀懂。他也因此喪命。後面，在二哥被捕之後，有的書被一起帶走了。母親害怕，把剩下來的都燒掉。我偷偷的救了一部分。只是一小部分。」

「真沒有想到。真沒有想到妳讀那麼多的書。」

「你有讀過馬克思？」

「沒有。」

「為什麼？不敢讀？」

「我讀的是師範學校，思想要純正，這是無形的要求。」

「沒有偷看？」

「沒有，不知道去哪裡找書。」

「二哥說，文學書可以塑造一個人。我不知道文學書對人影響有多少，不過，我喜歡讀，現在，只要有時間，我也會讀。」

「我有讀過《基督山恩仇記》。」

「你喜歡它？」

「很喜歡。至少從頭到尾讀過兩次。」

「你可以說，喜歡哪一點？」

「先報恩，再報仇。有仇能報，很爽快。」

「哦，我也喜歡這一點。先報恩。不過，有很多人，有仇無法報。」

「妳有讀過美術方面的書？」

「沒有。」

「妳等一下，我去拿過來。」

「去哪裡拿？」

「有的，放在後車廂。」

「我可以看你的畫。」

張杏華指著剛才拿上來的畫具，裡面好像有畫紙。

「可以，可以。」

有幾張畫，都是素描，有的塗上淡淡的水彩了。都是人像，看來都是畫她。有幾張，是畫她在溪邊洗衣服的畫面。有時，她回到壽山，那條溪，以前她洗衣服的那條溪，現在已變成污水溪了，流的是黃褐色的污水。還有兩張，是裸體，一張是背面，站姿，看不到臉。另外一張，是躺在榻榻米上，大腿微微張開，臉，好像是她的。她的臉紅了。

他說過，畫可以將時間停下來。那些畫，是三、四十年前的她，她洗衣服的溪，水不斷流過來，又流過去，清水流成濁水，不過時間並沒有停留，可是，人人還是以前的樣子。

「這是誰？」

張杏華看到石世文抱了三、四本畫冊進來。

「是女人。也許……」

「她很累，也有一些欲求不滿的樣子。很邪惡，是不是？」

張杏華想到，以前，石世文提過光線折射的想法。那些畫，不但姿勢，連表情都有一點怪異。

「是畫邪惡？還是畫畫的人邪惡？」

石世文問。

「畫邪惡的畫的人自然邪惡。」

張杏華提高聲音說，露出一點笑。

「阿花，妳誤會我了。妳看，妳來看這一幅。」

那是一幅叫〈吻〉的畫，一個女人跪在床上，或許是花圃上，眼睛閉著，臉部傾斜，男人從上面吻著她的臉頰。

「這是放大的，只有部分。」

「她是睡著嗎？」

「閉著眼睛吧。有邪惡嗎？」

「沒有，沒有。這姿勢，這表情，很古錐，也好像在撒嬌。」

「妳還看到什麼？」

「這是金子？」

「是金子，是金箔。」

「這叫貼金？那是個高貴的裝飾品了？」

「把金子拿掉。就是不用金子，用其他的顏料，像這一幅，也是一幅很好的藝術品。

妳知道嗎？實際上，早期，有些顏料是用礦石做的，有些礦石，價格是可以和金子相比的。」

「呃，我不知道有哪些顏料可以和金子相比。不過，金子的價格人人知道，所以有那麼多的人要金子。」

「和二哥一起的人，有些家人賣了房子，換了金子，只關幾年，把生命買回來了。」

「阿花，妳在想什麼？」

「想金子。」

「妳看看這一張。」

「同一個人畫的嗎？」

「是兩個人。他們都是奧地利人，有一點像老師和學生。不過，他們的畫風，有一點相似，也有很多不同。他們還一起畫一張畫。」

「一個很細膩，一個很粗野。是不是？」

「也許。在同一年死掉。死的時候，一個二十八歲，一個五十六歲，剛好是兩倍。年輕的太太，也是同一年死的。」

「唉，怎麼那麼巧？」

「都死於西班牙流感。那些年，全歐洲因此死了幾千萬人。這是另外一本，就是年輕畫家的畫冊。」

「這……」

「妳看下去。」

「呃。等一下，這一張。」

「妳喜歡？這一張叫〈家庭〉，也可以叫〈家族〉。這是一九一八年畫的，就是他們死的那一年。」

「世文……」

「怎麼了？」

「一個家庭，三個人？」

「對，三個人。」

「這可不可以叫〈團圓〉？」

張杏華說，突然抱住石世文。

「應該可以。」

「世文，團圓的相反，是不是叫離散，或叫破碎？」

「可是，他們夫妻，都只活了二十多歲。人是散了，在畫中卻一起，留下來。其實，那時，太太只懷孕。孩子還沒有出生。」

石世文撫摸著她，她的頭髮、肩膀、胸部、小腹，而後停留在小腹上。

「阿花，二哥死的時候幾歲？」

「二十五歲。」

「二哥沒有結婚？」

「有訂婚，二哥死後，她改嫁了。」

「呃，都比他們都年輕。」

「都很年輕。死的都不平常。」

「妳喜歡讀小說，很多小說不是也告訴妳，什麼是生，什麼是死？」

「你也讀小說？」

「不多。我喜歡讀鬼故事。」

「呃。為什麼？」

「從動物，可以看到人，可以看人的不同的相貌，或許更廣更深的相貌。從神鬼也可以看到一些。」

「世文，你相信地獄嗎？」

「地獄……地獄就在心中。」

「這一幅畫，是天上，還是地獄？」

張杏華指著〈家族〉。

「是天上，也是地獄。」

「為什麼？」

「妳看他們三人，若即若離。」

「為什麼？」

「有時，從畫畫是很難了解畫家的意圖。」

「世文，這也是地獄嗎？」

張杏華看到一幅畫，是素描，一個女人。

「這個人。妳不喜歡？」

「我不知道。不過……很難看，這也是美嗎？」

「很難看？」

「世文，你會畫這樣的畫？」

「我沒有畫過。阿花，妳看看這一張。」

「這個女人，肚子好大，〈孕婦〉？」

「它叫〈希望〉。」

「希望在哪裡？」

「在這裡。」

石世文說，將手壓在張杏華的小腹上。

「這裡，並沒有希望。希望早就過去了。」

張杏華將自己的手壓在石世文壓在她小腹的手上。

「阿花，這是七、八十年前的畫，誰說沒有希望？」

「世文，你會畫這樣的畫？」

張杏華指著〈家族〉。

「我可以畫。」

「三個人？」

「對，三個人。」

「男的是你，女的是我，小孩是……」

「是文鈴。」

「對，是文鈴。不過，你沒有看過文鈴小時候。」

「妳可以寄給我她小時候的照片。」

「要抱在一起嗎？」

「妳怎麼想？」

「抱在一起也可以。像他們三人這樣放也可以。」

「阿花，我還可以畫一張，叫〈三代〉。」

「〈三代〉？」

「就是妳，文鈴，還有文鈴的小孩。」

「你怎麼知道文鈴有小孩？」

「那時候，他們去找我時，她已懷孕了。」

「真的？」

「真的。」

「要畫嗎？」

「我試試。」

「世文。」

張杏華輕叫一聲，用力抱住石世文，已是滿面淚水了。

過了五分鐘左右，石世文忽然鬆手，去開了房間上面的大燈。

「世文，你做什麼？」

「我要看，要仔細的看。」

「看什麼？」

「傷痕。」

「你知道如何療傷？」

「動物都是用舌頭。猴子用手。用手抓蝨子。」

「世文，你這個人。那你做狗，我也做狗。你是狗公，我是狗母。」

張杏華說完，嗤了一聲，然後淚水不斷流出來。

咳咳咳。

「阿花，安怎？」

「沒有什麼。世文，我想去看海。」

「現在？」

「對，現在。有朋友告訴我，晚上，在海邊，把東西丟進去，海水會發亮，是真的嗎？」

「我不知道。我沒有遇過。不過現在不能出去。」

「為什麼？」

「有海風。」

「那，我們做什麼？」

石世文沒有回答，又把她抱住。

咳咳咳咳。

張杏華用手摀住嘴。

海。眼前是海。左邊是沙灘一直延伸到遠處，退一步是旅館建築物。右邊有山岬，長長伸出海中，抱著海。

有風，風並不大。有點涼。

咳咳咳咳。

海水從遠處，一浪一浪打過來，頂著白色的浪花。海水有些混濁，浪也是，連白色的浪頭也有褐色。

有風，風吹來鹽味。這裡的鹽味和野柳的不同，有一點刺鼻。

沙灘上留下凌亂的腳跡，也留下垃圾。許多垃圾，有木塊、樹枝、紙屑、塑膠袋和寶特瓶。

張杏華一個人坐在海邊的一角，遠離旅館，是屬於旅館的海灘的邊緣，那裡有一道矮牆，將沙灘隔開成內外。

為什麼走到這麼遠的地方來？

張杏華走出旅館，走到海灘上。那裡有一些遊樂設施，因為季節已過，人跡少，不過沙灘上留下不少垃圾，大部分是海浪打上來的，留在沙灘上。

剛才，在沙灘上有個女人走過，現在已走遠了，只看到彎曲疲憊的身影。

她是一個老女人，可能有七十多歲了，黑瘦矮小。微風吹著，她的頭髮輕輕的飄動。她的腿是細瘦的，腰身有點彎曲。張杏華想到了母親。那女人在沙灘上撿垃圾，伸出細瘦的手，撿了一段，就放在一起，稍微分類，木塊、木屑放在一起，寶特瓶放在一起，另外是塑膠袋、紙屑、紙袋。

木塊木屑為什麼放在一起？張杏華想到，以前，這些東西是可以燒火。不過，現在大部分的人是用瓦斯了。她是不是還在用木塊木屑燒火？

張杏華想，那個老女人撿過垃圾的海灘，或許會乾淨一點。乾淨是乾淨了，大的垃圾被撿走，小的還留著。海水裡還有不少垃圾，漂浮著，有一些，隨著海浪被打上來沙灘。

張杏華沒有看過沙灘。小時候，她以為在沙灘上，可以撿到貝殼。現在，大概連貝殼的破片也看不到了吧。實際上，她沿著水邊走，走到這裡，的確沒有看到貝殼。

有人說，人是最會儲存東西的動物，存糧食、存黃金，同時也是最會弄髒地球的猴子。

她轉頭看看，看著那個老女人，也看著旅館那邊。

她出來的時候，石世文還在睡覺。他沒有穿衣服，她也沒有。他們抱在一起。她有流汗，他也是，人和人的體溫，是可以使人流汗吧。

「阿花，妳起來了？」

「我去洗澡。」

水是溫的。大旅館，水怎麼會不夠熱？或許是早晨，太早，或許是這個季節，到海邊來的旅客已不多了，為了節省燃料。

她只是沖了一下，不敢泡。

她穿好衣服，看石世文又睡著了，就一個人走出旅館，走到海邊。

石世文可能太累了。其實，她也很累。本來，她是想他陪她到海邊，看海。海就在眼前，石世文還在睡覺。昨晚他畫她。畫的人很累，被畫的人也很累。

「人也要扭曲嗎？」

石世文以前就說過，也可能已變成他的畫風。從畫風可以看出人的性格？這是他的性格嗎？

石世文給她看的，兩個他很喜歡的畫家的畫，人體都是扭曲的。要怎樣擺出那種姿勢呢？

他替她畫了一張，又一張，都是素描。其中，他說，有一兩張，回去要畫成油畫。他畫了一兩張，休息一下，他就來抱她。

「又要接吻，又要吟詩。世文，你是一個很不專心的人。」

「我兩者都專心。」

「你很貪心。貪心要有才能才行呀。」

「妳可以把大腿張開嗎？」

「做什麼？」

「我要畫它。」

「不行，不行。我不喜歡那個年輕的畫家。」

張杏華紅著臉，反而把大腿合起來。

「為什麼？」

「很難看。」

「做都做了。」

「你不是說過，畫可以使時間停止？你要我把這種姿勢留下來？」

「這是一個嚴肅的命題。」

「我不懂。為什麼要畫這種畫？」

「我畫廢墟。」

張杏華想，石世文喜歡的兩個畫家，都畫過這種姿勢的畫。不過年紀大的，看起來還舒服。

「破窯變廢墟了？」

「那兩人代表叛逆與創新。」

「這很重要嗎？」

「台灣，好像沒有人畫過。」

「不行，不行。」

「唉。」

「世文，對不起。」

石世文給她看的兩個畫家的畫冊，都有張開大腿的女人的畫像。

「那我不畫妳的臉。妳看，這裡有傷痕，有傷痕是很重要的。」

「有不畫臉的畫像？」

「有。有不少。」

「世文，真的對不起。我擺不出那種姿態。」

「好了，我不畫就是。」

「世文，真的不能出去看海？」

「這麼晚了，風又大，妳可以過夜嗎？可以，明天去看早晨的海，早晨的海，更漂亮。」

「我可以過夜呀。」

本來，她也沒有想到會過夜，也沒帶換洗的衣服。現在，他問她，她想反問他，「你呢？」卻沒有開口。看來，他好像可以過夜。

「妳肚子餓了？」

「有一點。」

他把在基隆廟口買的食物拿出來，雖然已冷了，可能是肚子餓，覺得很好吃。

「這是虎咬豬？」

「我有很凶惡嗎？」

「妳是很溫馴的虎。虎還是凶一點好。」

「嘿，我想再去洗澡。」

她進去浴室，他也跟了進去。

「不要進來。」

「妳很奇怪，有時很大方，出奇的大方，有時卻很害羞，可以說害羞得小氣。」

「我本來就很害羞的。小氣是你說的。」

「我要看看各種姿勢。」

「你又想畫了？」

「今天不畫了，只要看。」

「洗好澡之後，我有點累，我想睡覺，你要抱我，像母親抱小孩那樣。但是你不要看我，那是抱的時間，不是看的時間。好嗎？」

「好。」

「兩個人都不穿衣服。」

「好。」

張杏華和石世文抱著睡覺，張杏華醒過來了。她做了一場夢。她把棉被拉開，看到石世文還是裸著身體曲著身體睡著。她又想到那張叫〈家庭〉的畫，他們在他畫好畫之後不久都死了？真的？

石世文輕輕轉了身，眼睛還閉著，手在虛空中劃了一下，好像要抓什麼，又放下去。

張杏華看了他一眼，天已有點亮了，她穿上了浴袍，把嘴唇壓在他的臉頰，走進浴室，水並不熱，她把汗擦了一下，穿好衣服，一個人走出旅館，海就在前面。

晚上，她好像在睡，也好像醒著。她看見了母親。母親就在她身邊，她不但看得到，好像還可以摸到。

剛才，在沙灘上撿垃圾的老婦人已走到沙灘的另一端，成為一個黑點。或許，石世文也會想畫這樣一個女人，在沙灘上，彎著腰，一步一步，慢慢行走。她回頭看著旅館那邊，並沒有看到石世文的人影。

感覺上，那個撿垃圾的老女人，是母親的年齡，或許還不到。不過，母親過世時，不到六十歲，應該比她現在年輕一些。那時候，母親已是一個老人了。有人說，上一代，上一代的人，老得較快。母親的情況，不只是這樣的吧。是憂慮和痛苦把她催老的吧。

那個撿垃圾的老女人，又順著海岸線走回來，看到剛才沒有撿到的垃圾，又俯身撿起來。其實，不算俯身，她的腰本來就是彎的，只是把手伸長一點。她的手，又乾又瘦，像被波浪打到沙灘上的，沒有葉子的粗一點的樹枝。她想起母親。文鈴小時候吃飯時，飯粒掉在地上，怔怔站著，母親彎下身，撿起來，放在口裡。她知道，這是要做給文鈴看的。她也想起，以前在做豆腐，磨豆子的時候，豆子掉到地上，她會蹲下身，一顆一顆撿起來，豆子掉到小水溝裡，她會趴在地上一顆一顆撈起來。

她的視線順著老女人的身影轉動時，在沙灘上中央部位，看到石世文正在那裡東張西望。她想叫他，不過，她想，他會找到的。但是，她看到他轉身往另外一個方向走去。

「世文。」

咳咳咳咳。

張杏華站起來，叫了一聲，太遠了，而且有風。要走過去嗎？或許，這時候，她應該單獨一下。從她坐上他的車以來，這一、二十個小時之間，兩個人幾乎連在一起，成為一個人。

這不是常態。她深深了解，這是暫時的，甚至只是這一時的，等一下他們就要分手了。

照理，在有限的時間，他們應該更靠近一些，但是她更想有自己的一點空間。或許，更重要，也應該給他空間。自從她走出旅館，到現在，這不算很長的時間，她走過沙灘，面對著海，她的確有不同的感受。

海，眼前是海，右邊有山岬，伸出海中，抱著海。

有風，風並不大。有點涼。

咳咳咳咳。

海水從遠處，一浪一浪打過來，頂著白色的浪頭。

海水打上來，退回去，發出沙沙的聲音，洗刷海岸，洗去一切痕跡，有時也留下垃圾。

這裡的海，和她想像的，實在很不同。

「阿花，妳怎麼一個人跑到這裡來？」

「我在看海。」

「我一直在找妳。在旅館裡面，還有在海灘上。妳卻跑到這麼遠的地方來。有風呢。」

「你以為我失蹤了？應該說，你以為我消失了？蒸發了？」

「我擔心。」

「你不用擔心。我是不會消失的。我要等待。我什麼都不能做，我力量微小，不過，我可以等待。一個死了，又一個死了。我要等待，那些作惡的，一個一個消失掉。你知道我想什麼嗎？」

「我知道。」

「你看，那是什麼？」

張杏華指著這處海面。

「船，貨櫃船。」

「不是軍艦？」

「不是，是貨櫃船。」

「什麼是貨櫃船？貨船？」

「是貨船，不過，貨物是裝在櫃子裡，大的櫃子裡，像大的行李箱，裝卸方便，運輸也方便。」

「那邊是中國？共產黨的中國？」

「不是。這個海灣，向東北，向日本。」

「那些船是從基隆出來的吧？我們這裡，應該是基隆的西邊？」

「西北邊，繞過那邊的山岬，再往西南邊走。有可能去香港，也有可能去歐洲。妳還在想二哥？」

「對。我也想母親。聽說，中國和二哥想的，差很多。二哥卻為它死了。」

「妳不是說，海可以讓妳的心情寬闊一些？」

「你知道我為什麼想看海？」

「為什麼？」

「最近，我做了幾次夢，夢見母親抱著二哥，四周全是火焰。」

「火在燒他們？」

「那是不是地獄？」

「日本人畫的地獄，就是火。不過，也有冰山地獄，好像。」

「海水，可以沖掉火焰？我感覺，身體裡面，好像有火在燒。」

「不過，昨天，一時，我們兩個人幾乎都忘了海。」

「是你不要我出來。不過，我又做了一個夢，夢見母親和二哥，依然在火海中。」

「我有抱著妳呀。」

「我睡到半夜，有聽到海潮的聲音。」

「真的？」

「你看，海水是不乾淨的，台灣的海都這樣？」

「聽說東部的海，乾淨多了。」

「為什麼？」

「那邊的海大，人少。」

「我應該去看東部的海？」

「要我陪妳嗎？」

「好呀。什麼時候？」

「春天。」

「一定喔。」

「妳看那邊的海浪。」

海浪從遠處，一稜一稜打向海岸，頂著白色的浪頭。

「海浪怎麼了？」

「在很多海浪之間，好想有條比較平靜的地帶，像一條路。」

「有呀，我有看到。」

「那是回潮路。」

「回潮？退潮？」

「海水是從那些波浪湧上來，從那條比較平靜的路退回去。有漲，有退。看來，它很平靜，其實它的速度，比最會游泳的人的速度更快，所以游到那邊的人，會一直被沖出去，沖到外海。」

「看來平靜，卻波濤洶湧，好可怕喔。要怎樣逃出來？」

「要横著游，游到有海浪的地方，那些海浪，是打向岸邊的。」

「呃。那也是一條自我消失的路？」

「妳說什麼？」

「每一個人是不是都會自我消失？」

「妳說要來看海？」

「沒有錯。海是不是大於火，任何的火，包括火山的火？」

「海佔地球三分之二，陸地佔三分之一，火山只是陸地的一部分，一小部分。它們都很壯觀，但是有大小之分。」

「為什麼我總是夢見火？」

「可能火和我們的生活很接近。」

「老人家說，晚上不能玩火，會夜尿。」

「好像有人這樣說。」

「為什麼？」

「用尿去灌火。」

「世文，你有夜尿過？」

「有。」

「什麼時候？小時候？長大以後？」

「到了師範學校的時候。」

「什麼？那麼大了，還會？」

「我不敢去廁所。」

「為什麼？」

「怕。」

「怕鬼？」

「好像是。」

「那你相信鬼了？」

「不一定。應該是怕黑，怕靜，夜是很奇怪的狀況。」

「世文，你說神在心中，那鬼也在心中？還有地獄？」

「地獄的想法，是長大以後的想法。」

「世文，你認為有地獄嗎？」

「我說過，地獄是在人間。」

「地獄在人間，是誰造的？」

「就是人呀。」

「是什麼樣的人造地獄的？」

「有權力的那些人。」

「他們會下地獄？」

「他們有相信地獄？」

「世文，你大我兩歲，對不對？」

「對。」

「戰爭時，我也記得一些。在戰爭快要結束的時候，大概兩個半月前，美國飛機來轟炸台北，投下很多炸彈，還有燒夷彈，整個台北變成火域，也炸到當時的總督府，也燃燒起來了。」

「那時，我就在現在的中興橋這邊，我有看到美機來轟炸台北。是五月三十一日。」

「那時，我們家從壽山疏開到兔子坑，我們看到天空都燒紅了。那裡離台北那麼遠，有二十公里吧，還看得到整個天空都呈現鮮紅的顏色。」

「那是有可能的。挪威的一個畫家，畫了一幅畫，叫〈吶喊〉，背後的天空就是一片鮮紅。聽說，那是因為在現在的印尼，有火山爆發引起的。那是幾千公里以外的地方。」

「呃。它們都很可怕，都是很遠的事。我有一個更可怕的經驗。那是發生在壽山的事。有一天，晚上十一、二點，我還沒睡，有一台載滿桶裝瓦斯的貨車，經過壽山街上，不知怎麼，貨車撞到電線桿，那些瓦斯桶像火箭射出，撞到民家，立即起火燃燒，也燒死了幾個鄉民。」

「真的很可怕。」

「那是地獄嗎？」

本來，張杏華也想講天福和文鈴的事，也就是天福為了救文鈴，把稻埕上的稻草堆燒掉的事，不過沒有講出來。

「二哥被處決之前，憲兵給他高粱酒和肉包，他把它撞翻了。他糟蹋了食物，所以下了飢餓地獄。是不是叫飢餓地獄？以前，中元普渡，在廟裡掛著十殿閻羅王的刑罰圖，好像有人被罰，拿到嘴邊的食物，都化成一團火，什麼東西都吃不到。」

「我有看過日本的繪卷《枵鬼草紙》中的一幅，叫〈焰口枵鬼〉，食物到了嘴前，就化成火焰，就像妳說的，吃不到。」

「那張畫，你有帶來？」

「沒有。不過，我可以畫出來。」

石世文說，拿出畫紙，很快的畫出來。

「好可憐，瘦成這個樣子。」

張杏華看到一個枵鬼（餓鬼）蹲在地上，手腳都瘦成香蕉的樣子。這時，她又想起在海灘上撿垃圾的老女人，轉頭看海灘的遠處，她又變成一個黑點。

「阿花，妳看。」

「這是火焰嗎？」

「這就是火焰，我沒有塗上顏色。」

「二哥可能就是這個樣子？」

「妳等一下。」

石世文在畫上再畫了一個人。

「這個人是誰？」

「佛祖，我已忘了名字。」

「他在做什麼？」

「他要救他，救枵鬼。」

「嗯。母親就是這個想法。母親在臨終時，說她要去地獄救二哥。如果救不了，她要陪他。」

「呃。她有救到？」

「沒有。」

「為什麼？」

「地獄的一天，是陽世的一年。二哥死了四十年，在陰間只有四十天。」

「刑期未滿？」

「大概是這樣。聽說，地獄裡有很多人。」

「刑期多久？」

「我也不知道。也許永久。」

「永久？二哥，阿母呀！」

「阿母怎麼了？」

「她也下去了，對不對？」

「下去，下去哪裡？」

「地獄呀。她故意糟蹋食物，就是要下去。她想下去陪二哥。」

「阿花，等一下，妳怎麼判斷？」

「她和二哥做同樣的事，糟蹋食物。」

「阿花，糟蹋食物是行為，妳要了解，是做那種行為的心。」

「她，她恐怕要像你畫的畫，瘦成皮包骨了。」

「阿花，妳要想阿母的心。」

「她的心……」

「就是佛祖的心，菩薩的心。」

「世文，你是說，她不會下地獄？」

「不會。一定不會。」

「那她就見不到二哥了？」

「說不定她會把二哥帶出來。」

「真的？」

「應該是。」

「世文，我今天找你出來，就是想問你一些問題。」

「什麼問題？」

「到底有沒有地獄？」

「地獄就在人心中。」

「在人心中？你說有，它就有。你說沒有，它就沒有。是不是？」

「如果，我說沒有，妳如何和二哥連在一起，更重要，妳如何和阿母連在一起？這對妳很重要，對不對？」

「可以這樣說。」

「這可能也是妳活的意義。阿花，傳說的地獄是人造出來的。」

「是誰造出來的？」

「人品道德高超的人吧。他們看到那麼多的人做壞事，提出警告，另外的人造法律。」

「那二哥？他是被法律判決的，有判決書的呀。」

「法律有好的法律，也有壞的法律。另外，法官有好的法官，也有壞的法官。我說，地獄在地上，就是因為有很多人做壞事。」

「世文，你是讀生物的，對不對？」

「對。」

「生物界有什麼法律？」

「生物界有兩條重要的法則。第一，弱肉強食，第二，延續物種。」

「法律是不是強者所訂？就像獅子可以吃斑馬？」

「從某一個角度看，應該是吧。不過，強者，有時內心是弱者。」

「真的？」

「妳不相信？他們用一些方法，使自己成為強者。他們用刀槍，當然上面提過，製造方便他們的法律。二哥就是犧牲者。」

「世文，我再問你，道德，是不是也是強者所訂？」

「什麼是道德？也許，是吧。」

「地獄，和法律有相通的？」

「這個……」

「有一個晚上，父親騎腳踏車出去，沒有點燈，警察罰他，還告訴他，今天晚上，你可以不點燈，騎整個晚上，已罰過了，不會再受罰。」
「很奇怪？」
「這是父親的親身經驗。」
「戰前或戰後？」
「戰後。」
「真的很奇怪。也很好笑。」
「他已經被罰過了。」
「他被罰，是因為沒有點燈。沒有點燈所以要被罰。這很清楚。不過，被罰了之後，他再騎，還是沒有燈？」
「他說，我被罰了之後，我必須騎車回家。」
「警察說你可以騎回去，你還可以再騎出來，你有罰單，你可以整個晚上騎它。」
「所以我說很奇怪。」
「這件事，讓我想到了二哥。二哥在陽間被罰，去陰間又被罰，不是一罪二罰？」
「看來，是不同的罪。」
「二哥，在國民黨看來是叛國，在共產黨看來，卻是愛國呀。」
「其實，這種事，是很難判斷的。這看看目前的共產黨中國，妳怎麼判斷呢？還有，很多反共鬥士，現在都在期待有機會回去呢。」

「你是說，我二哥的死，沒有意義嗎？」

「阿花，妳今天怎麼提出那麼多的難題？我只能這樣回答，二哥做了他想做的事。」

「我把問題簡單化，我問你，二哥應不應該下地獄？」

「要看，如何界定地獄。他只是踩了一個肉包。」

「我再問你，他下了地獄受苦之後，是不是還要轉生？」

「佛教的想法好像是這樣，有六道輪迴。不過，從生物學來講，只有生與死。」

「就是說死了，什麼都沒有？」

「這個……」

「你不相信輪迴嗎？」

「一切在心中。」

「可是我……」

「我們都有類似的生長過程。小時候，阿媽說，不要說謊，閻羅王會來抓你去割舌頭。妳也說過，在普渡時，或在做功德時，都會展示十殿閻羅的掛圖。還有，在晚上，如果不睡覺，阿媽會講鬼故事給我們聽，我們都會躲在棉被裡，而後晚些，有時忘記上廁所，或不敢去廁所，就會尿床。妳也有類似的經驗吧。」

「你要我忘記地獄？」

「二哥，還有阿母，他們都不應該下地獄的。」

「阿母認為二哥還在地獄，她要去地獄見他，所以她必須下地獄。二哥糟蹋食物，下飢餓地獄。母親的方法是，我們家做豆腐，用大豆，現在叫黃豆，有時在洗的時候會掉在地上，有的會沖到屋內的小水溝。母親會一一撿起來，洗乾淨，放回去用。後來，她不但不撿掉下去的，有時還故意把它沖進小水溝裡。她想這樣，可以去地獄見二哥。」

「唉。這是她的心願。」

「後半生的心願。世文，真的沒有地獄嗎？」

「我說過，有地獄的話，地獄就在地上，在人間。」

「唉，阿母……」

「我這樣相信。其實，我更相信，他們這種人，尤其是阿母，應該在天堂。她有能力，把二哥牽去天堂。妳應該相信。」

「你相信真的有天堂？」

「如果有天堂的話。」

「但是，阿母想去的是地獄，不是天堂。」

這時，張杏華看到剛才那老女人又走回來了。她一邊走，一邊撿，把剛打上海岸的木塊丟到上面的沙灘上。

「你看，世文。」

「看什麼？」

「世文，那是海。」

「我知道，那是海。」

「還有漂浮在海水裡的垃圾。」

「我也看到了。」

「世文……」

「怎麼了？妳肚子餓不餓？」

石世文伸手摸她的小腹。

張杏華把身子靠過去。

咳咳咳咳。

「有風，我們回旅館。」

他們相擁走進房間。

「世文，人為什麼會留下那麼多的垃圾？」

「因為人的一部分也是垃圾。」

「世文，我要洗澡，不知道水熱了沒有。」

「妳要洗掉垃圾？」

「你不洗嗎？」

「我也要洗。」

「一起？」

「一起。」

「你看，這是我身體上唯一增加的部位。對不對。」

張杏華笑著，摸摸自己的小腹。

「……」

「你看，這一條一條的鳥皮紋，像水溝。」

「阿花，人有成長的階段。我要看妳，各種姿勢，各種表情。」

「破窯了。」

「阿花，妳有沒有看我？」

「有呀。我不會畫，不過，我會記起來呀。」

張杏華說，用嘴唇壓住他的乳頭，笑了一下。

「很小，妳挑小的？」

「我是女人，我生過小孩，所以比你大。你是綠豆，我也只是土豆而已。」

張杏華一邊說，一邊擦乾身體。

「妳洗好了？」

「我在床上等你。」

「阿花，妳怎麼了？」

石世文從浴室出來，一邊擦著頭髮。

「你畫我。」

張杏華坐在床上，靠在床頭板上，把大腿張開，眼睛直直看著石世文。

「妳要我畫妳？這種姿勢？」

「你喜歡的畫家，都畫過。不是嗎？」

「妳真的要我畫？」

「對，把我的臉也清清楚楚的畫上去。」

「阿花……」

「你看看壁上的眼睛。」

「眼睛？」

「妳不在乎？」

「你要畫，畫地獄門。」

「地獄門？」

「地獄門，就是門。門是可以進來，也可以出去的。不是嗎？」

「阿花……」

石世文忽然跳到床上，雙手抓住她的大腿，低下頭，吻她用香菸燒傷的疤痕。

「呀！地獄那麼近嗎？」

「地獄就在眼前。」

「地獄是什麼顏色？」

「黑色……還有一點紅色。」

「真的？」

「阿花，地獄門，也是天堂之門，還有一點光。」

「你亂說，你只想……」

「我可以嗎？」

「世文……」

張杏華不停的摸著石世文的臉。

「世文，我很想阿母和二哥。」

「我也想他們。」

「世文，我還是想去看看東部的海，大海。」

「為什麼？」

「你不是說那邊的海，更廣大，更乾淨？」

「的確，那邊是相當乾淨。」

「我去東部，你會陪我嗎？」

「……」

「只要一次。」

「我很樂意。」

「不陪我也沒有關係。」

「為什麼？」

「我可以自己一個人去。」

「我陪妳。」

「那，那太好了。」

張杏華大聲說，緊緊的抱住石世文的頭。

「你可以常常出來嗎？」

「我常常出來，出來畫畫，都是一個人。」

咳咳咳咳。

「阿花，怎麼了？」

「沒有什麼。」

「真的？」

石世文立即又緊緊抱住她。

咳咳咳咳。

小舞台

幾天前，石世文在公園的布告欄看到一則啟事，「樹山劇團」要在公園裡的小舞台演出《惡妻孽子》，也寫了演出日期和時間。

在小公園的中央，有一個圓形的小舞台，高只有三十多公分，直徑也不到十公尺。那裡，經常有人在做各種表演，包括演奏和唱歌，演劇並不多。

可能，《惡妻孽子》這個題目相當吸引人，在演出之前，已吸引不少附近居民，有人坐在公園的長椅上，有人坐在花壇的矮牆，也有人自己帶了椅子來，有人走來走去，也有不少人已站好位子，一邊看工作人員在準備。

觀眾，主要是中年以上的男女民眾，也有學生，包括十幾個國中生。石世文，也看到了老聶。他是老周的朋友，是當兵時的伙伴。

舞台邊立著一個樂譜架，上面有《惡妻孽子》的劇目和人物表。人物有四人：

法官
妻
女兒
兒子

小舞台的燈光慢慢亮起，放出一段配樂，是貝多芬的《田園交響曲》的「風雨欲來」。

小舞台上擺著一個桌子，六仙桌大小，鋪著白色有花邊的桌巾。四邊擺四個高背的木椅。

妻穿著淺桔色花布連衣裙，腰際繫著白色圍裙，拿著木盤匆匆上舞台，把盤子上面的酒杯和碗筷擺在桌上。

妻（獨白）：他每天晚上都喝酒，今天喝什麼？茅台？白蘭地？威士忌？或紅酒？他一向不喝日本清酒，他說那只是水加酒精。他最愛茅台，說那是那邊的國宴酒。不過，家裡已沒有茅台了。

學生甲：那個題目有問題。

學生乙：什麼問題？

學生甲：應該是「逆子」。

學生乙：「逆子」是不聽話的兒子，「孽子」是壞孩子。

學生丙：先看完戲再說吧。

法官，穿深藍色，接近黑色的西裝，白色襯衫，淺藍色領帶，上舞台。他的皮膚白皙，小腹微突，走起路，大腿微微張開。

妻快步走過去，替他脫下西裝上衣，拉拉椅子，讓他坐下。

法：酒呢？還沒弄好？

妻：我去拿（拿了白蘭地和威士忌上來）。

法：沒有茅台？

妻：沒有了。

法：巷子裡那間雜貨店，妳去了？

妻：去了。

法：五糧液也沒有？

妻：沒有。

法：酒鬼酒呢？

妻：也沒有。

法：為什麼？

妻：聽說抓得緊。

法：這些警察，大概中秋快到了。妳沒有說出我的名字？
妻：他們知道我是誰。有金門高粱。
法：（想了一下）威士忌好了。
妻：（拿起酒瓶）要加冰塊？
法：什麼冰塊？Straight。
妻：什麼？
法：我喝白蘭地。
妻：（放下威士忌，拿起白蘭地，倒了半杯。）
法：（拿起杯，一口喝乾）沒有鮑魚？
妻：車輪牌的沒有了。只有雜牌。
法：不要說車輪牌。
妻：你不是只吃車輪牌？
法：不要說車輪牌。
妻：吃完了。
法：誰吃的？
妻：你。家裡，其他的人都不太喜歡鮑魚。
法：有什麼？

妻：烏魚子。
法：螺肉呢？
妻：只有日本罐頭。
法：烏魚子。不要蘿蔔片。
妻：烏魚子加蘿蔔片，最好配。那你要什麼？
法：大蒜。
妻：沒有人這樣吃的。
法：我要大蒜。
妻：蒜白好不好？
法：我要大蒜。
妻：大蒜，味道太強，吃素的人是不吃的。
法：我又不吃素。妳要知道，大蒜是健康食品。古今中外都如此。在古書裡，大蒜為葫，小蒜為蒜。做法官，是要有學問的。倒酒，先倒酒。
妻：（倒了半杯，匆匆下去。）
學生甲：（在台下，指著扁葫蘆形的瓶子）那瓶酒……
學生乙：（在台下）噓，不要說話。
學生丙：（在台下）那瓶酒，怎樣？

學生甲：假的。
學生乙：什麼？
學生甲：那瓶酒，是茶。
法：誰說是茶。亂講話，是要關起來。
學生甲：我沒有亂說。我家裡，酒櫃上，同樣的瓶子，是裝了茶。
學生乙：為什麼裝茶？
學生甲：聽說，那種酒很貴，一瓶要五千元。
學生乙：哇塞，一瓶酒五千元！
法：所以，你家裡，裝的是茶。可是我喝的是真真實實的白蘭地XO呀。哈，哈……
　　回去告訴你爸爸，弄假酒是違法的呃。
學生甲：可是……
學生乙：噓，不要再說了。
妻：（匆匆上來）沒有大蒜了。
法：妳怎麼搞的，欠東欠西。
妻：早上，我看到一隻蟑螂爬過，把它倒掉了。
法：蟑螂？大蒜是殺菌的呀。
妻：你想吃？

法：什麼意思？
妻：我是整包丟掉的，還在垃圾袋裡，可以撿回來。
法：算了，算了。
妻：烏魚子，夾蘿蔔片，很不錯，你不試試看？
法：我不要。只有野蠻人，才那樣吃。
妻：有土豆，你要？
法：說幾次了，要說文雅的話，妳就是改不了。
妻：好了，好了。有花生，要不要？
法：落花生，落華生。
妻：落花生（用日語），那是日本話。
法：落華生，這不更美雅嗎？有一個福建詩人，就用落華生做筆名。
妻：你不是說台灣出生的？
法：台灣人就是福建人。
妻：……
法：華不同於花。華是中華的華，也是才華的華。
妻：那落華，是掉下來的中華了。
法：不要亂說。不懂的事，不要亂說。我們當法官的人，不但要精通法律，古文的修養也是一流的。我們寫判決書，也要引經據典。孔子、老子、孟子、莊子，都要熟，還有唐宋八大家。判重判輕，全看你如何寫判決書了。文章寫得好，人家才服氣。妳懂嗎？現在的學生作文不好，原因之一，就是古文讀太少了。妳知道嗎？

妻：我有滷豬手，你想吃嗎？

法：什麼？

妻：豬手。

法：豬手？

妻：豬腳啦。你不是說，說豬手才雅嗎？

法：對，對。豬手，豬手。香港人不說豬腳，說豬手。也不說豬血，說豬紅。多好的涵養。我要豬手。

妻：你不能吃太多。

法：豬腳不行，豬手沒有關係。

妻：醫生說的，你的醫生說的。那種叫豬手的豬腳也不行。

法：那妳還弄？

妻：我們吃。不過你可以吃一點。

法：那妳就弄一點青菜好了。

妻：什麼菜？
法：大陸妹好了。
妻：為什麼每次都是大陸妹？
法：（小聲）又嫩又香。
妻：你說什麼？
法：沒有，沒有。我牙齒不好，喜歡嫩一點的食物。
妻：（下去，端了一小盤炒青菜上來。）
法：那是什麼？
妻：土豆。落華生。
法：哪裡的？
妻：澎湖的。大粒的，又香又甜。
法：不是……澎湖的，算了。
妻：那我自己吃了。
法：妳坐下來，喝一點。
妻：（下去，拿了一個方柱形的紙盒，上面寫著「大吟釀」，還有一個冰壺，上來）
這冰壺很精巧吧。
法：「大吟釀」，那是什麼？

妻：日本特級清酒。

法：人家送的？

妻：不是你的客戶送的，是我的弟弟去日本出差，帶回來給我的，聽說是日本最好的清酒。

法：（指著冰壺）那是什麼？

妻：冰壺，這邊放冰，裡面放酒。

法：清酒要喝溫的。哪有人喝冰的？

妻：這冰壺是日本製，表示日本清酒也可以喝冰的。來，乾杯。

法：（舉杯，一飲而盡）日本人就是喜歡虛張聲勢，為什麼隨意叫乾杯，而且喊得那麼響亮，乾杯。

妻：（不回答，舉筷夾了一片烏魚子和蘿蔔片。）

燈光暗了一下，又亮起來。同時，舞台上播出配樂，是姆索斯基的《荒山之夜》的「荒涼景色」。

法：華光他，今天畢業考考完了，考得怎樣？

妻：他有打電話回來，說還順利。

女兒：（上場，穿藍色牛仔褲，淡紫色襯衫，褲有些褪色，褲和襯衫之間，露出白皙的皮膚）媽。（聲音有點暗啞，眼眶有點紅。）

妻：怎麼了？華貞？

女：吹了。

妻：出門時，不是好好的，怎麼吹了？

女：我們去基隆，去看海門天險。他說要照相。他先幫我照一張，我幫他照一張，再請其他遊客幫我們照一張。

法：這有什麼不對？

妻：然後呢？

女：他說這是歷史鏡頭。海門天險，有海有天，有歷史，我們站在天地之間，時間從我們身邊走過。我說，什麼歷史鏡頭，什麼天地之間，只不過那幾塊磚頭。看歷史，看天地，要去山海關。他問我有沒有看過萬里長城？我說沒有，不過我看過照片，也看過影片。人和它一比，才知道渺小。這才是真正的歷史，這才是天地之間的大事蹟。他很生氣，用力把我的手甩開，一句話不說，就走到火車站坐車回來。本來，我們還打算去城隍廟吃小吃。現在什麼都沒有了。我好呆，我只是想說，看大一點，看遠一點，沒有想到他生氣了，生了那麼大的氣。

法：妳沒有錯。台灣有很多古蹟，一級古蹟，最多也不過三、四百年，怎麼能和兩三千年的比？要不是共匪作亂，我們也不會跑到這種地方來。

學生甲：（在台下）反攻，反攻，反攻大陸去。

學生乙：（在台下）不要吵。

女：媽，怎麼辦？

法：這小子，沒有什麼了不起，不值得理他。

妻：（制止法官）等一下。你也見過他，他人不錯。

女：媽，我很不甘心。

妻：妳可以向他說明一下，妳當初的想法。

法：說明什麼？她沒有錯。要吹就吹，應該是妳不要他。

女：媽，我真的不知道該怎麼辦？

妻：我來打電話給他。

法：不必打電話。

女：媽，打電話，我自己打。本來，我就想打電話。可是，我真的不甘心。

法：妳有沒有被消費了？

女：消費……

學生甲：（在台下）消費，什麼意思？

學生乙：應該說消磨。消費是拿錢去買東西，消磨是把買來的東西用掉。

學生甲：用掉什麼東西？
法：你們有沒有發生肉體關係？
妻：你辦案太多了。
法：妳住口。這種事，吃虧的都是女人。
妻：當時，我就是吃了你這種虧。不然會嫁給你？
女：沒有，他只吻我。
法：有用舌頭嗎？
女：……
法：有沒有摸妳？
女：有牽我的手。
法：我是說，有沒有摸妳的身體。
女：（低頭）有。
法：摸什麼地方？
女：摸臉。
法：還摸什麼地方？
女：肩膀、腰部。
法：還有嗎？一次講完。

女：胸部。
法：還有嗎？
女：沒有。
法：摸胸部，從胸部外面摸？還是從裡面摸？
女：（低頭不語。）
妻：這是家裡，不是法庭呢。
法：不要插嘴。華貞，妳說清楚。
女：（低聲）都有。開始是外面，然後裡面。後來，把手放在裡面。
法：摸多久？
妻：這有什麼關係？
法：當然有關係，要看他有沒有構成犯罪。
妻：犯罪？
法：對。性騷擾。有沒有超過十秒鐘？
女：有時一下，有時較久。
法：多久？
女：有時十分鐘，有時半個小時。
法：什麼？半個小時？

妻：你不是天天對我性騷擾？
觀眾：（有人笑起來。）
學生甲：十秒鐘和十分鐘是不同的。一百公尺，如跑十分，那就笑話了。
學生乙：噓。你可以不說話？
法：不要亂插嘴。妳是配偶，那是妳的義務。
妻：他們是男女朋友，誰說將來不能成為配偶。
法：現在不是。（對女兒）妳沒有拒絕？
女：開始有。我把他的手拿開。後來……
法：後來怎麼了？
學生甲：哎喲。
學生乙：怎麼了？
學生甲：（指著學生丁）她踢我。
學生丁：誰叫你摸我。
學生甲：（用手壓住股間）妳不能踢我牲禮呀。
學生乙：哈哈，踢到牲禮了。她是跆拳道選手，你怎麼可以惹她？
學生丙：這算不算性騷擾？
學生戊：不要吵了。

法：這小子，始亂終棄，非告他不可。

女：爸……

法：我在司法界，也算有影響力的人，前輩、同輩、後輩，不知有多少，這小子居然敢欺負我的女兒，非叫他坐牢不可。

女：爸爸，不要告他。

法：難道白白被消費？

學生甲：消磨……

學生乙：噓。

妻：你要想想華貞的立場。

法：什麼立場？難道我做法官，是白做的？

女：爸爸……

法：妳要爭氣一點。妳是法官的女兒，妳要爭氣一點。法官代表國家，這一點妳必須明白。

妻：告他也不一定成立，只叫一個女孩子站在公眾面前，講一些自己不想講的。你在審判的時候，不是也碰到？

法：一定能成立。上次，不是有一個教授寫了一篇文章，考據呂天師是失足落水溺斃，不是想撈月，不是那個浪漫，只是酒癲發作，神智不清，被他的子孫告到法院。那教授不是因為損毀名譽，被判有罪嗎？這就是法官要做的事。
妻：你們怎麼知道那些人是呂天師的子孫？
法：有族譜呀。
妻：你們怎麼知道族譜是真的？
法：當然是真的。像孔子的子孫，就有完整的族譜。懷疑祖譜，正如妳懷疑孔子。
妻：孔子到現在有幾代？
法：八十幾代……八十三代吧？
妻：有那麼多嗎？不會是三十八代嗎？
學生甲：哈哈，三十八代？你們都不對，七十七代才對。
法：（對台下）你們怎麼知道？
學生甲：課本上有寫呀。
學生乙：不對，是報紙上寫的。
妻：孔子以外的族譜，像呂天師的呢？
法：我們也相信它是真的。就是假的，我們也要判他有罪。主持正義，這就是司法官存在的理由。
妻：為什麼？
法：因為他侮辱先聖先賢。就是他的子孫不出面，我們司法官也要告他。這就是國家賦予司法官的職責。

女：爸爸，不要告他。

法：難道妳還不知道做法官，要辦什麼事？

女：爸爸，你要我出庭？要我出醜？

法：妳不必出庭，警察和檢察官會去辦。

女：爸爸，他並沒有強迫我，我是自願的。

法：難道妳拉他的手去摸妳的胸部？

女：……可以這樣說。

法：賤貨。簡直是賤貨。

妻：當初，我也是賤貨了。

學生丁：（對學生甲，擺出一個姿勢，腳動一下）不要再碰我。

學生甲：（退後）不要踢我。

法：給我他的姓名和地址。

女：爸爸……

鈴，鈴，鈴。

三個人同時轉向電話機。

女：我去接（手有點發抖）。

喂，喂。呃，照片洗好了？好棒，好棒。海門天險，那一張我們兩人一起照的，有沒有照好？呃，好棒，好棒。你說，人大一點，背景小一點，沒有關係，以人為主，人大一點，才看得清楚，沒有關係。麥當勞，好，好，我馬上去。媽，我出去一下。

法：等、等等。

妻：要小心喔。

女：我知道。

法：把衣服拉下一點，肚臍都快跑出來了。

妻：現在，衣服都是這樣做的，這樣穿的。

法：這小子，再輕舉妄動，我一定叫他坐牢。

學生甲：輕舉妄動，妥當嗎？

學生乙：這是成語，你不會用成語，作文才不會滿分。

女：媽再見，爸再見，拜了（半跑下去）。

法：又要去讓人家消費了。

妻：消費，消費，不要說那麼難聽的話，好不好。

燈光閃了一下，熄了，又亮了。

配樂：史特拉汶斯基《火鳥》——群魔亂舞。

法：酒。

妻：（拿起瓶子，倒酒。）

法：乾。

妻：（拿起酒瓶，倒了清酒，一口喝乾了。）

法：華光什麼時候回來？

妻：他說會回來吃晚飯。

兒子：（穿NBA的籃球褲和美國北卡大學的T恤，上來）媽，爸。

妻：華光，妳有碰到妹妹？

子：有，在巷子口。她笑得很開心，不過眼眶紅紅的。怎麼啦？

妻：本來以為吹了，現在又出去約會了。

法：你又去打球了？

子：剛考完，跟幾個朋友玩一下。

法：要不要喝點酒？

子：喝了。剛才喝了一點啤酒。

法：在哪裡喝？

子：在球場。

法：畢業考，都考完了？考得怎樣？

子：還好。爸，你酒是不是可以少喝一點。

法：這是好酒。

子：聽說，好酒少喝一點，才顯出好酒的味道。喝太多就等於喝酒精。

法：這個我懂。不過，好酒就是好酒，喝多少，都是好酒，像吃補藥一樣。來，來，你也喝一點，算是慶祝。

妻：你喝哪一種？

子：我喝一點清酒。

法：你是大人了，能喝酒，才能做事。不要喝清酒，清酒不能算是酒。來，喝白蘭地。

子：我喝清酒……媽，妳有跟爸爸講？

法：什麼事？

妻：……

子：……

法：到底什麼事？不要瞞我。

妻：華光轉系了。

法：什麼？轉系？好好的法律系不讀，轉系，轉什麼系？

子：社會系。

法：什麼時候轉的？

子：大二。

法：你們兩個，瞞了我整整三年，可惡。

子：我怕你不同意。

法：妳也不說？

妻：他說不想做法官，我也不能強迫他。

法：誰要妳強迫他。妳只要告訴我。妳為什麼不告訴我？你們兩個，簡直是惡妻孽子。你說，讀社會系，有什麼屁用。

學生甲：惡妻逆子才對。

學生乙：噓，不要說話。

子：爸，我想替社會做一點事。

法：（站起來，搥桌子）難道做法官，不是為社會做事？不但替社會做事，還是為國家做事呀。你要知道，每一件法律案件，都直接間接和社會和國家有關呀。

妻：……

子：……

法：你爺爺是軍法官出身，轉過來做法官。他做得很好，不過他感覺有些不足。他感覺，有些人認為他不是正統。那種感覺，我也有，你懂嗎？你一考就考上法律系，而且是一流大學的法律系，我多高興，多得意。如果你爺爺還在，也一定很高興，很得意，一定比以前的人中狀元更高興。你卻放棄了。你對得起爺爺和我嗎？如果你爺爺還在一定傷心死了。

子：可是……

妻：你不要講話。

法：為什麼叫他不要講話？你為什麼做這種事？

妻：你要不要吃一點東西？吃點烏魚子？

法：都是妳把他寵壞了。

妻：他有被寵壞嗎？

法：你說，要說清楚，為什麼要轉系？

子：我不想做法官。這是我自己決定的，和媽無關。

法：為什麼？為什麼不想做法官？做法官有什麼不好？

子：聽說司法界……

法：司法界怎樣？

子：司法界有一些問題。

法：什麼問題？

子：有些法官，根本就是亂判。

法：什麼？你說什麼？你怎麼有這種觀念？是你自己想的，還是有誰教你？

子：聽說爺爺那個時代，很多人被判死刑，都是軍法官判的。

法：造反，當然要判重刑。叛亂罪，是軍法，就是要軍法官審判。法律怎樣規定，法官就怎樣判。有的，犯的是唯一死刑，法庭也只能判死刑了。

子：聽說，很多人是無辜的。沒有罪的，被判有罪，輕罪的被判重罪，這也叫刑期無刑？

法：國家在最困難的時候，要殺雞儆猴。

子：誰做雞？誰做無辜的雞？

法：誰說無辜？重罪都要經過一審、二審、三審？沒有錢請律師的，國家還要花錢請律師替他們辯護。

子：軍事法庭，有一審、二審、三審嗎？有請律師嗎？或者，有請盡責的律師嗎？法官有聽律師的辯護嗎？

法：你真會胡說八道。

子：……

妻：（身體動一下）華光，你先吃一點東西，不要再說了。

法：妳不能坐好嗎？

妻：我又不是犯人。

子：聽說，不要說是軍法官，或軍法官轉過去的一般法官，就是正統的法官，尤其是一審法庭，往往有意將被告判重一點。有些法官還說，反正他們可以上訴。

法：法律系，你只讀一年，就聽了這麼多奇奇怪怪的說法？是誰教你的？

子：……

法：是教授？還是同學？一定是教授，哪一個教授？

子：……

法：他叫什麼名字？我一定辦他。

子：……

法：今天晚上，你必須說清楚。把他的名字說出來。大學裡，居然有這一種教授，教壞學生，還污辱整個司法界，污辱國家。我非辦他不可。你不說，我也查得出來。

妻：華光，不要說了，先吃一點東西。

子：他叫祝慶典。

法：哪有這種名字？

子：祝英台的祝，慶祝大典的慶典。

法：不要開玩笑。

子：是真姓真名。

法：呃，對，對。我記起來了。他做過法務部次長。

子：好像是。

法：好像是？他真是，該知道的，卻不知道。他好像只做了半年，就下來了。做官不得意，就亂教學生。

子：我感覺，他講了不少實話。

法：我看，你應該準備一下，去考司法官。不是本系的，也可以考。

子：祝教授說，我們應該引進歐美的陪審制度。

法：陪審制度，那是不好的制度。由外行的人去審判。

子：祝教授說，由法官審判，一看到嫌犯，就先認定他們有罪。

法：沒有罪，送到法庭幹什麼？

子：有些檢察官……

法：檢察官怎樣？亂起訴？我也判過無罪呀。我無法了解，一個教授，怎麼會有這種謬論。我認為，你還是要去考司法官。我有朋友，是典試委員。

子：聽說，法官是終身職。

法：這是國家給法官的尊敬和榮譽。做總統，只要國家需要，也可以是終身職。國家的機能就是這樣動的，你能懂嗎？

子：我不要沒有退休的工作。

法：什麼？你還沒有工作，就想到退休？

子：還有情理法的問題。

法：對，對，我們中國人都講究情、理、法。

子：祝教授的意思是，法律就是法律，不能紊亂不清。否則，容易被利用，甚至惡用。

法：什麼？誰說會被利用？被惡用？三者要兼顧，是中國的道統，是世界其他國家做不到的，是大優點呀。

子：三者全顧，其實是三者都受損。祝教授的話，使我想起我小學時的一件事。有一個同學，怎麼說都不肯參加大掃除，老師說他父母怎麼教的。他父親是司法官，告了教師，老師被判有罪，工作也丟了。

法：我也會判他有罪呀。法官和法律都代表國家，不應該受辱。

子：法官不能用國家的名器，去欺負老百姓呀。

學生甲：名器，這個詞很難。

學生乙：有什麼難。就是工具嘛。

法：那你可以去當律師呀，為老百姓辯護呀。

子：祝教授說，有一個資深黨員，辦雜誌，發表一些逆耳的言論，上面要辦他，還批下，判刑不得低於十年。法官不敢判九年十一個月，律師也完全無能為力。

法：時代會改變的。
子：我不想考……
法：你怎麼好話一句也聽不進去。
妻：他要去當兵了。
法：誰說他要去當兵？你們兩個人做事，都瞞著我。
子：每個人都要當兵。
法：誰說的。有很多辦法，可以不當兵。醫生可以不當兵，法官怎麼不可以？最多，
　　可以去當個國民兵呀。
學生甲：哥哥爸爸真偉大，名譽照我家……
學生乙：那麼難聽，不要唱。
妻：華光已填了表，他說要去金門。
法：去金門？幹什麼？喝高粱酒？
子：金門曾經發生過砲戰。我要去看看戰地。
法：戰地？有什麼好看？那是三十年以前的事了。現在什麼都看不到。
學生乙：不對。已快四十年了。
學生戊：你怎麼知道？
學生丁：老師說的。

學生戊：老師怎麼知道？
學生丁：老師在金門，碰到砲戰。
學生乙：噓。
子：我要去那裡看看。
法：看什麼？看金門，看看電影，看看電視就可以看到。
子：聽說還可以撿到砲彈的破片。
法：你要賣廢鐵？
子：聽說，還可以撿到骨頭？
法：骨頭？
子：死人的骨頭。很多人在那裡被打死了。
學生甲：哥哥爸爸真偉大，名譽照我家……
學生乙：看戲，不要唱了。
法：到處都有人死了。有的死在醫院，有的死在床上。每天都有人死，每一個地方都有人死，你為什麼那麼關心死在那裡的人？
子：很多人是不該死的。
學生甲：哥哥爸爸真偉大，名譽照我家……
學生乙：不要唱了。

導演：（走過來）你唱得很好，要不要上台呢？

學生甲：（倒退兩步。）

學生乙：上去，上去。

導演：一起上去。

學生約十人，一起上去，唱：

哥哥爸爸真偉大，名譽照我家……

不行了，歌詞忘記了。

導演：（上去）來，跟我唱。

哥哥爸爸真偉大，名譽照我家，
為國去打仗，當兵笑哈哈，
走吧走吧哥哥爸爸，家事不用你牽掛，
只要我長大，只要我長大。

他們一邊唱，一邊在舞台上繞著。

哥哥爸爸真偉大，名譽照我家……

老聶：（忽然在觀眾席，站了起來）不對，不對，我來唱。

叔叔伯伯真偉大，榮光滿天下，
救國去打仗，壯志賽奔馬，
走吧走吧叔叔伯伯，我也挺身去參加，
只要我長大，只要我長大。

街坊鄰家真偉大，造福給大家。
奮勇去殺敵，生死全不怕，
幹吧幹吧街坊鄰家，我也要把敵人殺，
只要我長大，只要我長大。

石世文聽老周說過，老聶是國軍合唱團的團員。他唱的聲音有點沙啞，卻還很宏亮。

導演：（下來，走到老聶前面）老伯，您上來唱好不好？

老聶：（上台，清清喉嚨）唱：

革命軍人真偉大，四海把名誇，
拚命去殺敵，犧牲為國家，
殺吧殺吧革命軍呀，我也要把奸匪殺，
只要我長大，只要我長大。

殺吧，殺吧，我要把奸匪殺掉，殺掉……（老聶叫了起來，臉漲紅了，眼淚也流出來了。）

有些觀眾拍手叫好，也有些觀眾陸續離開，把自己帶來的椅子帶走。

觀眾子：他為什麼那麼激動？

觀眾丑：大概，他已好久沒有唱歌了。已好久沒有人唱這種歌了。

觀眾寅：不過，他唱得很不錯。

小舞台上，燈先熄了一下，又亮起來。四位演員站在前面，向觀眾行禮。導演也帶著學生走到前面，還有老聶，面向觀眾。

開始，老聶怔怔的站著，然後好像想起了什麼，緩慢的舉起手，上身略微彎曲，雙腿略微張開，向觀眾行了軍禮。他的嘴不停的顫動著，好像還在唱歌，兩行淚水，也不停滾下。

小舞台（二）

外景

公園裡的小舞台，又有人來演戲了。

石世文看到海報，戲目叫《大將軍》。海報用的是李石樵的畫，也叫〈大將軍〉。他查過畫冊，是一九六四年的作品。那時候，還是戒嚴時期，蔣介石還在。

李石樵是舊鎮出身。他記得，洪老師喜歡畫畫，時常拿畫去請教李石樵，對石世文，李石樵是老師的老師。

這幅〈大將軍〉很不尋常，整個畫面呈現陰森幽暗的氣氛，臉部的表情詭異，而且有些可怕。頭頂是禿的，臉頰一明一暗，眼睛一白一黑，嘴是張開的，穿著軍裝，胸前掛了一排一排的勛章，包括一個十字架，肩章有穗帶，上面有星星，兩邊數量不同，右邊八顆，左邊五顆。為什麼？

「為什麼挑這幅像？這個人物是誰？」

「英雄，英雄。」

有人喊。

「好醜喔。兇兇的，好可怕喔。」

「亂講，這樣才有威嚴。」

聽說，警察曾經來查問導演。還叫他們把海報撤下。

這一兩天又貼上，不過小張一點。

「是東條英機。」

「誰是東條英機？」

「日本發動太平洋戰爭的頭號戰犯。」

「你怎麼證明？」

「肩章的星星是直排的，像直排輪，不是五角形。」

「呃。」

海報就是用這一張畫。

戲還沒有開始，圓形的小舞台周圍已圍了不少人，有男人，有女人，有大人，有小孩，大人有老阿公、老阿媽，有中年男女，下來就是大學生、高中生、國中生和小學生。

舞台中央，掛的就是那和海報一樣的大將軍的畫像，是帆布製的，大一些，風吹過來，不停的搖動著，讓人感覺，那是活人，而且隨著風勢和燈光的角度，露出各種陰暗表情。肖像前面擺著幾張桌子，沿著小舞台的圍線，呈現弧形。

開場

咚咚咚咚、鏘—

咚咚咚咚、鏘—

「起鼓了。」

巴卜—巴卜—巴卜—

「嗩吶。」

「他們是演現代劇，還是古早戲？」

「各位父老兄弟姊妹……」

「又要選舉了？」

「各位父老兄弟姊妹晚安。」

一個小女生，穿著牛仔褲，是舊的，不過沒有補，頭髮是西瓜皮，不過長一點，輕抹口紅，眼睛大大的。

「我是導演陳喜欒，喜是歡喜的喜，欒是台灣欒樹的欒。」

「她是導演呢。女導演呢。」

「真不可相信。」

「她是我的學姊。」

外文系的何同學說。

「現在，我們在演戲之前，也可以說是演戲的一部分，先來做一個遊戲。」

「現代人，話太多，齣頭也太多。」

「這個遊戲，相當於『跳加官』。」

「你看，我說的沒有錯，他們要讀古早戲了。」

「我手中有四張牌，要請四位小朋友，很小的小朋友，還不識字的小朋友上來幫忙做遊戲。來，來，你上來。」

台下有幾個小朋友，都是父母帶著。

「寶貝，你上去，爸爸替你照相。」

「寶貝，你上去。」

有的膽子小的不敢上去，過了幾分鐘，終於湊足四個小朋友。

「阿姨這裡有四張牌子，小朋友可以每人選一張。」

四個小朋友各選了一張，依照導演指示，走到舞台前。

「把牌子翻過來。」

「有字，寫什麼？」

第一個小孩拿的是「平」。

「小朋友，拿反了。」

導演走過去，幫他扶正。

第二個字是「正」，是橫的。

第三個字是「義」，也拿反了。

第四個字是「公」，這一個是拿對了。

「小朋友，排一下。」

「平、正、義、公。」

小舞台前面的國中生開始唸。

「什麼意思？」

「公、義、正、平。」

「什麼意思？」

「怎麼排才對？」

「公平正義。」

「對。這是今天要演的戲的一點涵義。不過，四個字都是好字，不過，要排好，並不容易。」

導演說完，拿出四本很精美的繪本送給小朋友。

「謝謝阿姨。」

有一個小朋友說。

「謝謝阿姨。」

其他三個也跟著說。

咚咚咚咚，鏘—

巴卜—巴卜—巴卜—

「好香。」

前面的國中生忽然叫了起來。

導演下去，電燈也熄了。

在舞台後面，有人停了車攤在烤香腸，香味隨著微風飄到舞台周圍。

「好香喔。」

電燈亮了，只是微弱的燈光。銀幕也亮了。

「那是什麼？」

「秤子。」

「不是秤子，是天秤。」

「天秤也是一種秤子。」

「那種天秤做什麼用的？」

「秤金子。」

「秤藥。」

天秤消失了，換了一個畫面，依然是天秤，不過是傾斜一邊。

「天秤上面是什麼？」

「是什麼？」

「罐頭。」

「對，罐頭，是車輪牌的鮑魚罐頭。」

「聽說，鮑魚很貴。」

「車輪牌的罐頭最好吃，也最貴。」

「我吃過，鮑魚、龍蝦和魚翅。」

「咿，那是空罐子？」

「你怎麼知道？」

「上面掀開了。」

「為什麼是空罐子。」

「鮑魚被吃掉了。」

「空罐子也有重量。天秤不是向一邊傾斜嗎？」

「不錯，天秤是精準的。」

舞台上奏出陰沉的音樂。

有幾個人走上舞台，一個，兩個，一共有六個，都穿著黑色長袍。

「那是什麼？」

「人呀。」

「我以為是zombie。」

「更像vampire。」

「這些小鬼，講什麼？」

「現在，他們都請外國人來教，教一些奇奇怪怪的英語。」

「不要亂講，會被抓去打嘴巴。」

穿黑長袍的人，慢慢的走上來，排成一排，臉部都沒有表情。

「他們，長袍一樣，領子不一樣。」

「他們是司法官。」

「有一個是女的。」

「你怎麼知道。」

「頭髮比較長。」

「他們都戴帽子呀。」

「你的眼睛有問題，居然分不出男女。」

「他們要做什麼？」

「排仙。」

「不是排仙，叫扮仙。」

「有人叫排仙，有人叫扮仙。排仙是仙人出列，排仙排仙，扮仙是打扮成仙。不管排仙，扮仙，他們都不是真仙。」

「都是假仙？」

大將軍

「大將軍駕到！」

「歡迎聖駕！」

六位司法官一齊向前，作揖。

大將軍穿著軍服，和畫像的相似，不過畫像只畫上身，實際上，大將軍穿的是舊戲用的高底靴。他走起路來，也像舊戲中皇帝的出場。左搖右擺，很有架勢。

「Generalissimos！」

「Generalissimos？」

「我們外國老師教的，generalissimos。這個字，大字典才查得到，是全世界獨一無二的大元帥。」

「五星上將嗎？美國艾森豪，和麥克阿瑟那種嗎。」

「不是不是，這個更高。像蘇聯的史達林。」

六個司法官，動作很快的，四個人搬一個桌子，其他兩個人搬一個椅子。

「報告大將軍。」

一位穿著軍服的上將級軍人走到大將軍面前，舉手行了軍禮。

「呃，胡將軍，高雄那邊的事，處理好了？」

「好了，叛徒都消滅了。」

「還有土匪？」

「一併消滅了。」

「很好，很好，胡將軍把事件過程報過來，以便獎賞有功人員。」

「全體一致鄭重推舉彭司令。」

銀幕上顯示彭司令的相片。

「好，好，我知道。」

「另外，還有一件事。」

「什麼事？」

「這裡有幾件判決書，請大將軍過目。」

上將呈上幾份判決書，銀幕上也照出來了。

大將軍瞄了幾眼。

「判十五年徒刑？」

「是的，大將軍。」

「這些叛匪太可惡。」

大將軍拿起筆來，在判決書上一揮，寫了四個紅字，「死刑可也」，銀幕上也照出來了。

「哎耶！」

台上的人，不少人叫起來了。

「就這樣判。」

「是的，大將軍。」

將軍將判決書向旁邊傳給法官出示一下，他們都深深的一鞠躬。

「還有嗎？」

「這個是要組黨的案件。」

「這個人，我一手提拔他，他還做這種事，至少判他十年。」

大將軍說畢，也在文書上寫下，至少十年，用紅色原子筆。

「是的，大將軍。」

將軍再度出示給六位法官。

「十年。」

「要無期徒刑。」

「為什麼？」

「沒有判他死刑。」

大將軍站起來，走下舞台，將軍也跟著下，六位司法官依然靜靜的站著。熄燈。

自首

燈光亮了，只是微弱的燈光。六個司法官還是站著，像一株一株在微光中的龍柏。

有一個女人上台，也穿著黑色的長袍，留著短髮，以前女學生的髮型，不過頭髮已白多於黑。

「她是活的？還是死的。」

問的是一個國中生。

「當然是活的。你沒有看到頭髮是短的。你不知道，人死了，頭髮還會長長？」

銀幕上顯現出一個中年人。

「他是誰？」

「我們的校長，張敏之校長。」

黑衣女人回答。

「他怎麼了？」

「被槍斃了。」

「被共產黨嗎？」

「為什麼想到共產黨。」

「書裡寫的。」

「不是，是國民黨。」

「呃。」

「呃。」

「他為什麼被槍斃？」

「是我害死他。另外還有六個人。」

銀幕換了，上面寫著：

一九四九年，山東煙台中學的張敏之校長和其他學校的校長，師長帶了三千個學生，來台北繼續讀書。那時，大陸各地，多處已落入共軍手中，情勢非常危急。

「張校長和學生們抵達澎湖，當地的軍人要求這些學生從軍，像以前在大陸抓伕那樣，直接從街上抓。」

「我就是被抓的。」一個老人站起來說。

這時舞台上播放一首黑管演奏的日本歌。

「這是〈櫻井的訣別〉，是日本古代武將楠木正成要上戰場，和他兒子訣別的故事。」

另一個老先生說。

「就是叫人家去當兵嗎。」

「不要亂講，楠木是日本的大忠臣，台灣以前很多他的銅像。」

「在哪裡，沒看過。」

「國民政府來台灣之後，都被改成孔子像了。」

音樂突然變了。

怒髮衝冠憑欄處　瀟瀟雨歇

抬望眼仰天長嘯　壯懷激烈

「怎麼變成〈滿江紅〉了。」

「兵源不足，司令下令，要那些學生當兵。他說，國家有難，沒有人可以置身事外。」

黑衣女人說。

壯志饑餐胡虜肉　笑談渴飲匈奴血
待從頭收拾舊山河　朝天闕

「要吃人肉，好可怕。」

「校長不從，他帶學生來台是要繼續學業，可以參加軍訓，但不是從軍，軍方發怒，將張校長等七人，包括另外一位校長和五名學生送到台灣審判，以匪諜罪定刑，並將七人槍斃。」

「他們七人，是我害死的。我要自首。」

「妳怎麼害死他們？」

「我說他們是匪諜。」

「好可怕呃。」

「他們是匪諜嗎？」

「不是。他們是要逃離共產黨，才帶我們出來。」

「那妳為什麼說他們是匪諜？」

「是軍方要我們說的。」

「我們？不是只妳一個人。」

「不是。」

「其他的人呢？」

「有的去美國，有的過世了，有的沒有連絡。我要自首。」

「法務人員就在那裡。」

「向哪一個？」

「向檢察官。」

「哪一個是檢察官？」

「紫色領子的那一個。」

第一個人很快的縮起身體，躲到其它五個人的背後。

「自首沒有用了，不能減刑了。」

「為什麼？」

「過了時效了。」

「那怎麼辦？」

「歷史記載下來。這是外省人的二二八。」

「外省人也有二二八？」

「這幾十年來，我一直做惡夢，夢見張校長慈祥的臉，還有悲慘的死狀，還有其他的六個人，因為我的……」

「妳不做其他的人也會做。」

「不對，不對，我也不會做。」

一個黑影用推車，載了一個女人出來。

「是活人還是死人？」

「是模特兒。」

「是馬尼金。」

那個喜歡講英文的國中生說。

「妳不是顏真妮嗎？」

「妳是……我忘記了。」

「顏真妮，妳怎麼了？」

馬尼金穿著童子軍制服。三個軍人上台，拿著槍指著馬尼金，「把衣服脫下。」

黑影很快的替馬尼金脫下衣服，剩下光裸裸的馬尼金。

「不行，不行，有傷風化。」

「那是假人。」

「假人也一樣，不行，不行。」

「很多賣衣服的，來不及穿上衣服的，就放在店內。」

「你們要對她怎樣？」

三個軍人不說話，一個用槍托敲了顏真妮的腰部。

她哎唷一聲，人蹲下去了。

顏真妮躺在推車上，黑影人推著她在舞台上繞行。

「快把衣服穿上。」

台下有個婦女喊著，把外衣脫下，丟到台上。

「幾十年了，我就是這樣，光著身子在海中飄流。我從山東來台灣，雖然海是連著，我卻回不去。我卻回不去呀。」

黑影子繼續推下去。

「我在飄流，繞著這幾個叫澎湖的小島。」

「有人說妳被強暴了。」

「好痛喔。」

「還有人被裝在布袋，丟進海裡了。」

「有兩百個人。」

「八千人，有兩百人被丟進海裡了。」

「妳有碰到他們嗎？」

「他們也在漂流，還在布袋裡面。」

「妳要報告嗎？」

「向誰？」

顏真妮看著六個穿著黑袍的法務人員。

「沒有用了。」

銀幕上，重現張校長笑容可掬的影像。

「為什麼殺他？」

台下有人喊著。

陳世偉

燈光亮了，又慢慢的轉暗，但是沒有完全熄掉。銀幕上出現一張相片，年輕人的相片，戴著眼鏡，穿著白襯衫，套著毛線衣。相片的上面寫著「悲情的陳世偉」。

「他是誰？陳世偉是誰？」

「不知道。」

這個畫面很熟。石世文想起了，林里美曾經拿了一本小冊子回家，說是一位以前行裡的同事，也是前輩給的。那時，外國銀行紛紛來台設分行，或辦事處，他就去一個德國銀行應徵，當了駐台代表。

「那是遺像嗎？」

「那麼年輕，好可憐呃，怎麼死的。」

聽林里美說，那位前輩的兒子是被打死的。在軍營裡，活活被打死的。那本小冊子，他有讀過，的確是被打死的。

下面一張，是一個女人，雙手握著剛才那一張相片，不過相片上面加了人字形的黑色絲帶。

「沒有錯吧，我說死的。」

「我沒有說你說錯，我只是說，那麼年輕。」

相片的背景是辦公廳，有人在工作，牆上掛了李登輝總統的玉照。

「他是怎麼死的？」

畫面又換了。

一個人躺在病床上，光著上身，眼睛只看到一片，蓋著方形紗布，嘴微張開，可以看到牙齒，嘴裡插著管子，身上貼著四個圓形小膠布，是量心電圖用的，身上有很多傷痕，還塗了一片一片的碘酒。

「他是活的？還是死的？」

「就是活的，也快死了。」

「他和遺像是同一個人嗎？」

「應該是吧。」

下一張是全身的，只穿著尿褲，大腿上也有很多烏青的痕跡。下一張是左側上身，手臂上還綁著量血壓的帶子，再下去，還有四張畫面。

「真的，人是被打死的嗎？」

畫面突然換了，是一片大海，鏡頭慢慢地拉到海邊，有許多黑點，在動著。

「那是什麼？」

「海狗。」

「那麼多的海狗。」

岸上有海狗，海中也有海狗，海狗在水中嬉游。

「好漂亮喔。」

鏡頭一轉，從海中有巨大的生物移向海邊。

「那是什麼？」

「鯨。」

「殺人鯨。」

「Killer whale，應該叫殺手鯨。牠不殺人，牠殺海狗，也殺小鯨，十公尺以上的小鯨……」

石世文看著發言的國中生，輕輕的點了一下頭。

畫面又改了。一隻海狗，在沙灘上爬行。

「落單。」

「不是落單，是特寫鏡頭。」

海狗看著鏡頭，眼睛圓圓的。

「好可愛喔。」

忽然，鏡頭上面出現一根長條形的東西。

「那是什麼？」

「不知道。」

海狗的表情變了，眼睛帶著驚嚇的表情。

那個長條形的，是一根木棍，是一個人，穿著獸皮衣的人，手裡拿著的木棍，走向海狗。海狗一直看著他。驚嚇的表情變成恐慌，變成哀求。

棒子揮下去了，海狗倒下去了，躺在沙灘上，嘴角流著血，血流在沙灘上。海水拍打著海岸，濺起水花。

畫面停留在海狗身上，而後，一轉，又照出剛才那個全身傷痕的人。

「他是真的被打死的嗎？」

「Killer man。」

「不對，只要killer就好。」

「Murderer！」

「我感覺，是murderer更好。」

外文系的學姊說，嘴角漾了一下，並沒有笑出來。

「他是在哪裡被打死的？」

「在勵德班。」

「補習班嗎？」

「噢，你正經一點好不好。」

「勵德班在哪裡？」

「在綠島。」

「為什麼叫勵德班？」

「用力培養道德。」

「也就是用力打人？」

「他們用什麼打死他？」

「你看，銀幕上有一張表。用拳頭打，用腳踢，用水管打，用鉛棒打。」

「又不是打棒球。」

「看來，比打海狗還更兇。」

「人好像比海狗耐命。」

「耐命不耐命，都死了。」

「都死了。」

「死了很多人。」

「這會是真的嗎？」

「你看，有起訴書。」

沒有錯，銀幕上顯示「陳世偉案起訴書」。

「有判決嗎？」

「好像有，都是判下面的，小兵小官。不過，那是軍事機密。」

「陳世偉算是好運的。我的孩子真的死得不明不白。」

有一個老婦人上台，穿著黑衣黑裙，頭髮有點散亂。

「我的兒子是海軍軍人，有一天接到通知，說我兒子跳海自殺了。我兒子，很樂觀的人，而且就快要退伍了，怎麼會呢？可是，人是從軍船上消失了。不小心掉進海裡了呢，或者……」

「或者怎麼樣？」

「被殺，而後推下海裡。」

「不要亂說。」

「我沒有亂說。我的兒子的屍體，被共產黨的海軍撈起來，頭頂上釘著一根鐵釘。」

「什麼？真的嗎？」

「我的弟弟也是自殺的。軍方說的。是舉槍自殺。法醫驗屍，身上火藥的量太少，檢出從三十公分以外射進來的。有人自殺，舉槍從三十公分以外射自己？有可能嗎？」

中年男人下去，又有很多人上來，有的拿著遺像，有的拿著遺書，有的拿著死者的遺物，有眼鏡，有打火機，有皮鞋。因為演員不足，上來了，匆匆下去，換衣服，只是披上衣，又匆匆上來，這樣子，走了十分鐘，音樂的聲音從幕後傳過來，好像是日本樂器尺八的哀怨的聲音。

「有多少人？」

「好像有一百個以上嗎？」

「聽說，沒有打仗，這樣冤死的，有好幾百個人。」

江國慶

銀幕上打出「十月十日」。再放出雙十字。

「哇，雙十節。」

「雙十國慶。」

再打出「中華民國國慶」。

「放〈國慶歌〉。」

女導演走到舞台上，手拿著麥克風。

　三民主義，吾黨所宗……

「不對，不對，是〈國慶歌〉。」

「那是黨歌。」

　起來，不願做奴隸的人們……

「不對，不對。你想殺頭？」
女導演大聲叫喊著。
「我說〈國慶歌〉。」
「找不到呀。CD、錄音帶，都找不到。」
「有那種歌嗎？」
「先把歌放出來。」

十月十日真高興
晚上我們來提燈
排著隊伍進行
處處都歡迎

紅燈綠燈各色燈
來來往往亮晶晶
亮晶晶，亮晶晶
大家歡呼過國慶

「有哪一位會唱嗎？」

「好平民的歌詞。」

一個國中生說。

「不是平民，是平庸。」

「不要亂說，好歹，人家是為一個大日子寫的。」

「為一個大日子？怎麼寫出這種歌。」

「有哪一位會唱嗎？」

「這種歌，唱起來會好聽嗎？」

「沒有唱怎麼知道？」

「連唸起來都不好唸。」

「這種歌，請鄧麗君來唱，一定會很好聽的。」

「錄音帶、ＣＤ找到了？」

「沒有。」

「那算了。」

銀幕上出現一個剛剛出生的寶寶。

「國慶日生的？」

「是的。」

「呃國慶寶寶，請恭喜，他叫什麼名字？」

「為了紀念這個日子，也希望給小孩帶來和國家同樣的興隆發展，我們已決定給他『國慶』這個名字。」

「祝福國慶寶寶！」

台下一片祝福聲。

下面一張，可能是國慶周歲的相片，露出兩顆大門牙笑著，笑得那麼飽滿。

「好古錐喔。」

另外一張，已會走路了，不過身體不穩，略微偏斜，好像就要倒下去的樣子。

已是國小了，背著一個太大的書包。

國中的相片，高中的相片，當兵的相片。戴著軍帽，帽徽上面有兩個翅膀，抱著青天白日。

「空軍呃，是飛行員嗎？」

「不是飛行員，是地勤人員。」

「呃。」

下一張，是江國慶站在辦案人員面前受審的相片。

「我，我沒有強暴女孩，我沒有殺死女孩。」

「你還不承認！」

「不要打我。」

「誰打你？」

「不要打我。」

「我們有證據，你強暴女孩，你殺死女孩？」

「我，我沒有。」

「不要抵賴。」

「我真的沒有。哎唷，不要打我，我承認。」

銀幕換到軍法官審判的場面。

「庭上，我真的沒有強暴女孩，也沒有殺她。我發誓，我真的沒有殺人。」

「你不是承認了？」

「他們打我。」

「不要亂說。」

「我沒有亂說。」

「根據自白書，證據確鑿，江犯強暴殺人，依陸海空軍刑法第八十七條強姦婦女者處死刑，褫奪公權終身。」

「庭上，冤枉、冤枉。我要上訴。」

「沒有上訴，只有覆判。」

「死定了。」

下來是一張相片，戴著眼鏡，頭髮好像又多又硬，從中間分開，好像兩座山峰。

「怎麼了？」

被押去槍斃了。

「為什麼？」

「他姦殺了一個五歲小女孩。」

「好可怕喔。」

「是真的嗎？」

「他是我的鄰居，他是一個很乖的小孩。」

一個中年婦女說。

「聽說要演這一齣戲，我特地過來看。真的好可憐。」

「好可惡呃，怎麼會生出這樣的小孩。我是他的鄰居，現在我們不再從他們屋前經過，就是走遠一點，我們也要繞道。呸，以前，發生過傳染病，屋前要用草繩，地上灑消毒水。呸，呸。」

另外一個中年婦女，比第一個老一點。

「冤枉喔，冤枉喔。」

一個中年人上台了。

「我是國慶的親戚，我相信國慶絕不會做這種事，他們到處奔走，沒有辦法。你們看那些官，每一個人都那麼神氣，還那麼得意。其實，有另外一個士兵承認姦殺女孩，但是他們不採用。」

「為什麼？」

「限期破案。」

「他有招認嗎？」

「屈打成招，人性並不變。」

トトトト。

突然舞台上奏出音樂，領獎用的音樂。有一個蒙面人走到幾位軍官前面，有的加星，有的加了梅花，空軍軍服的加了桿，有的加粗桿，有的加細桿，雖然沒有臉，看不到表情，但是可以看到他們各個挺出胸膛。

「恭喜升官，恭喜發財。」

這時，銀幕上又出現國慶的映像，在紅色雙十字上面。

「我是冤枉的，我一定要變成厲鬼來抓他們，抓害死我的那一群人。我要變成厲鬼捉那一群人！」

這些聲音還沒有完，台上幾個穿軍裝的人上台，嗟嗟嗟嗟的發抖起來了。

「長官，長官。」

忽然，有個憲兵上台，手裡拿了黑黑的東西，雙手獻給軍官。

「那是什麼？」

「手銬和腳鐐。就是國慶戴著赴刑場的。」

「做什麼？」

「壓驚。」

「為什麼要壓驚。」

「一定是做了虧心事。」

「會嗎？」

包公

燈光整個暗下去。

鼓聲碰、碰、碰、碰。

「威武！」

舞台突然出現了一個臉黑黑，穿長袍的人。坐著中間後方的椅子上。

「兩邊那些是牛頭馬面嗎？」

「是王朝馬漢吧。」

「還有張龍趙虎。」

「那個黑臉的是誰？」

「是包公，是包公。」

「台上那些像盒子的東西是什麼？」

「是龍頭鍘、虎頭鍘、狗頭鍘嗎？」

「什麼是鍘？」

「就是把壞人切成兩半的呀，像斷頭台那樣的東西。」

「為什麼有三種？」

「皇親國戚用龍頭鍘，官用虎頭鍘，百姓用狗頭鍘。」

「帶上來！」黑臉人說。

暗暗的燈光中，舞台走上來一長排人。

「威武！」

「跪下！」

人太多，跪了三排才跪完。

「犯人何人？犯了什麼案？」

「包公會判錯，會冤枉人嗎？」

「包公是文曲星轉世，從來不會判錯。」

「包公日審陽，夜審陰，他什麼都知道，鬼也會跟他告狀，他不會判錯。」

「稟報府尹，這裡有大將軍、六名司法官、胡將軍、彭司令、告密者數人、勵德班管訓人員，還有江國慶的長官。」

「爾等可認罪？」

「大人冤枉呀。」

「不是我。」

「我要自首。」

「饒命呀。」

「大人開恩。」

「叱！」

「威武！」

「爾等，害人不淺，不知悔改，拖下去，虎頭鍘、狗頭鍘伺候。」

「青天大老爺，冤枉呀。」

「饒命呀。」

「開恩呀。」

「大人冤枉呀。」

「大人饒命呀。」

「大人開恩呀。」

「威武！」

突然間，燈光全暗。

椅子

「老周，你那椅子借一下？」

石世文說。

「什麼椅子？」

「霍教授坐的椅子。」

「你要坐？」

「我要畫。」

已好幾天了，老周坐在公園裡的榕樹下，看著前面發呆。有時候，他會搬出那張椅子，放在前面。就是那張小學生在教室裡用的椅子。以前，霍教授時常坐在那裡，和老周談話，也和石世文談過。

「霍教授走了。」

一個月前，老周告訴石世文。霍教授下樓梯的時候跌倒，就沒有再起來。

霍教授的家在六樓，有電梯。霍教授說，做運動的機會少，走樓梯上下，也是一種運動。他說上樓比較累，至少下樓可以走一點路。

「下樓比上樓危險。」

老周說。

老周回去，把那張椅子搬出來，放在他的椅子前面，也就是以前霍教授坐的地方。

「你不坐一下？」

老周說。

石世文坐下來，老周一直看著他，眼睛紅起來了。以前，他也曾經和霍教授在這裡對坐過。

本來，老周有兩張這種椅子，是在附近小學的牆外撿回來的。學校的圍牆，留有一個很大的洞，再用水泥圍成一個方形的垃圾槽，從裡面倒，從外面載走。那兩張椅子就丟在垃圾槽裡面，可能是清潔人員沒有載走，拿出來放在牆下。

老周把它搬回來，先洗乾淨。有一張椅子，椅面上少了一塊板條，有一張脫落一根前腳，老周撿回來，找了木板和木塊釘上去，將它修理好，放在公園裡他的座椅前面。

石世文記得，那時他讀初中，從大陸調來的國軍，暫借學校，卻將禮堂的窗簾拿走，還把學生的桌椅劈開，當柴燒。就是這種小椅子。

公園裡有不同的椅子。涼亭裡，有石桌和石條椅，在另外的榕樹下的空地裡，有木桌和木條椅。還有，矮牆可以坐，圓形的小舞台，也可以坐。老周有他固定的椅子，至少有三張，放在門邊的榕樹下。

本來，小學生的椅子有兩張，其中一張丟掉了。可能是人家拿走了。老周把另外一張收起來，霍教授來的時候，才拿出來。雖然，也有人好奇，除了霍教授，沒有人自動去坐。

老周端出椅子，要石世文坐一下。石世文以前也坐過，只有一個感覺，椅子太小，自己的腳太長。他發現，老周一直看他，就像以前，看著霍教授那樣。

「石老弟，你過來一下，我幫你介紹。」

十幾年前吧，有一次，石世文經過公園，老周叫住他，將他介紹給霍教授。霍教授和老周說是同鄉，不過兩個人的出生地，相隔比台北到高雄還遠。

「世文，你教生物？」

「對。」

「你覺得，會不會有一天，猴子比人類更聰明？」

「我沒有想過這個問題。」

「那你想過什麼問題？」

「我有想過，為什麼猴子不會將食物藏起來，人卻會。」

「呃，很有趣。這是猴子比不上人類的地方。」

「對。」

「熊呢？」

霍教授說，故鄉有很多熊。

「熊要冬眠，之前，先吃很多食物，變成脂肪，也不儲藏食物。」

「我懂，我懂。人開始儲藏食物，然後儲藏貝殼，儲藏金銀，儲藏鈔票，現在儲藏數字。因為懂得儲藏，所以要搶奪。就是這樣？」

「不會儲藏，也會搶奪。很多動物，包括猴子就是這樣。」

「不一樣，不一樣。動物只有一個嘴，只有一個肚子。世文，你知道零是什麼？」

「零，零就是沒有。」

「一，後面加一個零，是什麼？」

「十。」

「零不是沒有，一加一個零，不是一加沒有，是變成十。你的薪水有四個零。加一個呢？」

「五個零。」

「你的存款，是五個零，加兩個呢？」

「七個零。」

「七個零是多少？」

「千萬。」

「人和動物不同。人的歷史，就是想增加零。就是要搶零。看你能搶到幾個零。」

老周說，霍教授教歷史。

「世文，你說的也沒有錯。零可以是沒有。」

「數學，我不是很了解。以前學過，點，只有位置，沒有面積。不過，把一個面的所有的點加起來，不就等於那個面，不是有面積嗎？把那些面，再加起來，不就等於體嗎？不就有體積嗎？對這個問題，我一直感到困惑。」

「這，我也完全不了解。我問你，台灣有多大？」

「三萬六千平方公里。」

「你有沒有去過每一個點。這樣說好了，你有沒有踩過每一個點？」

「沒有。」

他們一談，才知道只算台灣，霍教授去過的地方，也比石世文多很多。霍教授去過金門、馬祖、澎湖不用說，還有蘭嶼和綠島。這些地方，石世文都沒有去過。還有一些需要特准的地方，像海邊，像山地。

「世文，老周說你幫人畫像，曾經替他女兒畫一張，他很滿意。」

「畫畫不是我的專業，我只是喜歡。」

「喜歡，就會成為專業。你替我畫一張，好嗎？」

石世文帶了畫具去霍教授家。霍教授已退休，留了鬍子，鬍子黑白摻半，或許白已多於黑。

那張畫拿出去裝畫框時，可能有人密告，警總的人來家裡找霍教授。會不會是畫商去密告，說這一張畫很像馬克思？是有一點像，不過這一張畫的畫像，還是東方人的輪廓，只是頭髮有一些捲曲。鼻子是寬一點，卻不高。霍教授的頭髮，是有一點捲。

「他們一來，就先到書房搜查，看看有沒有禁書。我因教書關係，自然有禁書，不過大部分有許可。他們看到書架上有一張我和蔣經國的合照，他坐著，我站著。『這是您嗎？』帶隊的人問我。『那時，我沒有留鬍子。』我回答。『打擾了。』他們說，就走了。」

「那張相片，是有意放在書房？」

「如果沒有那張照片，不知道要做多少解釋，有不少人，也因此惹了許多麻煩。」

「我可以看那張相片嗎？」

霍教授同意。

「這張照片對我有恩，我一直珍視它。」

「霍教授，有些相片，是可以合成的。」

石世文覺得自己有點唐突。這時，他想到一位攝影大師，是以合成照片聞名。

「霍教授，對不起。」

「世文，你不必介意。有些照片，的確是經過加工的。」

霍教授拿出兩張孫文和蔣介石的合照。兩張的背景完全一樣，一張有四個人，另外一張是兩個人，只剩下孫文和蔣介石，其他兩個，被拿掉了。

「世文，我知道你是有意的。的確有點像馬克思。我們在大陸，不碰一點馬克思，不能算知識分子。台灣也這樣？」

「較早，我不很清楚，我們這個時代，幾乎碰不到馬克思。您知道，那是一個聽到馬克思，就會不自在的時代。」

石世文說。

警總的人也去找過石世文。他們先去學校，校長以下都很緊張。

在二十年前，教室裡，學生在打掃，搬椅子，不小心碰到玻璃，玻璃一角裂開了，學生用牛皮紙把裂縫黏住，有人去報告，說黏起來的地方像五星旗。學校也緊張了一陣子。

「霍教授，在台灣，姓霍的並不多。」

「大陸比較多。有很多人同姓同名，他們姓霍，單名亂。」

「什麼！」

戰後不久，霍亂和傷寒也傳到台灣來，石世文看過，在舊鎮，有人傳染霍亂，家門口用草繩圍住，還灑了消毒水，白色液體在地上流動。

「我的名字叫立敬，我有一個哥哥叫立謙。小時候，同學都叫我虎列拉。霍亂，以前叫虎列拉。」

「您會生氣？」

「開始會。後來，哥哥教我不去理會，不久，他們也不再叫我了。不過，我會這樣自嘲一下。」

「霍教授，霍去病是您的祖先？」

「這很重要嗎？」

「霍教授不是研究歷史的？」

「霍去病是漢朝的人，我的祖先只能追溯到清朝。中國人喜歡做族譜，做得很精密詳盡。做族譜，最重要的，要追溯到一個有名的人。能有一個皇帝更好，皇親也不錯。當時，我父親說也有族人很想將族譜往上接，這樣，也許可以接到霍去病。」

「孔子的幾代幾代子孫，會是正確的嗎？」

「有族譜呀。」

「孔子有多少子孫？」

「姓孔的，只要有意願，大部分都可以上接到孔子。」

「呃。」

「世文，你記得許多年前，有人說韓愈是因為花柳病而死，被告，後來好像還被判刑？」

「他們真的是韓愈的子孫？」

「有族譜呀。有人可以將族譜連上去，不要說孔子，一直接到堯舜。」

「這樣會被告？」

「還被判刑。」

「霍教授，您說您是霍亂的族人，會被告？」

「不會，不會。我也說過，霍桑是我的族人。霍夫曼、霍布金斯，他們比霍亂有名多了。還有，霍去病，雖然連不上去，我還有一點得意，有這樣一位姓霍的古人。」

「他打匈奴，很有功勞。」

「歷史這樣記載。」

「漢武帝要為他建造官第，他拒絕了。他說什麼『匈奴不滅』？」

「他說，『匈奴不滅，何以家為』。只這一句話，就讓我覺得，能連上這樣一位古人，也不錯。在中國，有這樣想法的人，不會太多。看看現在做官的，有多少人，不為加零打拚？他們還到國外買豪宅呢。」

「為什麼？」

「中國人的天性。還有，『匈奴不滅』。」

「現在還有匈奴？」

「對國民黨，誰是匈奴？」

「難道是共產黨？」

「以前，漢朝是大國，匈奴只會騷擾。現在，共產黨比台灣大很多，『匈奴不滅』，只有兩條路，一是投降，二是逃亡，逃到美國去。這就是為什麼，要做官，做大官，要拚命賺大錢，一旦有事，就可以跑去外國。」

以前，霍教授和石世文談話，是在榕樹下，老周擺椅子的地方。霍教授坐在小學生的椅子上。自從石世文替他畫像之後，他就時常打電話給石世文，要他去他家聊天。在公園裡，他們談的較輕鬆，主要是談一些保健的事，談一些日常，有時也談一些八卦。到他家裡，他們會談一些較嚴肅的話題。

「老周，你那椅子借一下？」

老周端了椅子出來。

霍教授，曾將椅子借回去。

一向，他們談話的時候，霍教授是將椅子放在書房裡，自己坐上去，要石世文坐在靠背大椅上。

「我坐地板。」

石世文說。

「這一些都是禁書。」

霍教授指著書架上的一些書。

石世文抽了一本精裝書，是香港出版的《中國近代史》。

「其中所記載的事，這邊的人不能接受。」

霍教授說。

「因為不實在？」

「有的是實在的，也有的不實在。」

「哪一部分，不能接受？實在的不能接受，不實在的也不能接受？」

「都有可能，只要他們感覺不舒服。」

「霍教授，歷史是真的？還是假的？」

「歷史是選擇性的真實。」

「選擇性的真實？」

「沒有錯。」

「有沒有選擇性的不實？」

「這是選擇的問題，什麼都有可能。」

「聽說，霍教授專攻秦漢史？」

「對。不過，讀歷史，不能只讀斷代史。不要說全部本國史，連外國史也要讀。要讀希臘史，羅馬史，也要讀印度史。」

「霍教授如何評價秦始皇？」

「秦始皇，我指出兩個重點好了。一是統一天下，一是焚書坑儒。從這兩點，可以做出完全不同的評價。所以，他可能是英雄，也可能是暴君。」

「看你選擇哪一邊？」

「對。照理，應該兩邊都要評價。」

「這也是選擇性的真實？」

「對。十項，選兩項是真，選一項也是真。這就是我剛才所提、選擇的問題。」

「呃。那漢武帝呢？」

「漢武帝也可以提出兩點。中國人喜歡大的中國。所以他是英雄。這一點，和秦始皇有類似。漢武帝，罷黜百家，獨尊儒說。這和秦始皇最大不同。這也變成了中國的傳統，歷經二千年以上。」

「為什麼有這個傳統？」

「這是為權勢建立的傳統。」

「霍教授也教近代史？」

「那是必修課，教歷史的都要教。」

「霍教授，您有印講義？」

「什麼講義？」

「中國近代史。」

「怎麼可以印？」

「霍教授，可不可以問您一個問題？」

「什麼問題？」

「義和團，有沒有使中國覺醒？」

「有呀，如果沒有，清朝怎麼會倒？不過……現在還到處有義和團。一種文化，一種傳統，要改變是很不容易，就像印度人對牛，可能要百年，甚至千年，都無法改變。」

「霍教授，我有沒有亂問問題？」

「你的問題都很尖銳，以前是不能隨便提，也不能隨便回答。是會殺頭的。」霍教授說，用手刀在自己的脖子上劃了一下。

「那，霍教授，中日戰爭，黃河決堤，誰做的？」

「當時，參加戰爭的，有三方面的軍隊。政府軍、共產黨和日本軍。官方的說法，是日本人做的。在課堂上，我們也是這樣教的。」

「實際上呢？」

「您知道發生在什麼地方？」

「……河南？」

「對，在鄭州北方。也可以說，在開封的北方。」

「為什麼？」

「看一件事，要先看它的動機。那時，國民政府已退守重慶。不過，軍事中心還在漢口。鄭州和漢口，相距只有五百公里。當時，河南的省會是開封，現在是鄭州。政府軍怕日本軍南下，直攻漢口，所以想阻止他們。實際上，也有相當的效果。」

「有損失嗎？」

「災區，有五萬四千平方公里，你剛才說，台灣總面積有三萬六千平方公里，所以比台灣還要大，受災人口一千二百五十萬，死和失蹤的有九十萬人。」

「呃。」

「歷史的真相，是越來越清楚，不過，有不少還不清楚。」

「為什麼？」

「因為，有些資料，沒有公開出來，有些資料已經消失掉，有些資料，還在人身上。只是，現在還不能說出來。」

其實，石世文也有感覺，就是現在，霍教授也不隨便談這些問題。像霍太太在家，他們就只談吃，談健康。霍太太的父親是黨國元老，她憎恨日本人，也憎恨共產黨。霍教授也曾經暗示，石世文畫的畫像像馬克思，有可能是霍太太檢舉的。

「我們是連體嬰，雖然身體連在一起，頭卻兩個。世文，你是教生物的，對不對？」

「對。」

「人算不算生物？」

「算起來，人也是生物。」

「生物是會進化的，人呢？」

「人的進化，比任何生物都快，而且快很多。在所有的生物中，只有人能看到未來。人對未來有期待，也有恐慌。您所提的零這個觀念，是由此出發。您說，人在追求多一個零的欲望。這一點，有史以來，或許可以說有人類以來，不變，而且越來越強烈。您認為這不是進化？其實，這也是進化的原動力。」

「世文，你認為人就要這樣進化下去？」

「人好像有能力調整，有能力適應。許多生物，因為人而滅種，人卻好像不會。」

「太慢了，太慢了。」

「什麼？」

「改變太慢了。人的欲望，好像無法減慢。」

「霍教授，您是不是有計畫，將您所知道的寫下來？包括您在大陸，以及在台灣，所看，所聽，所知道的？」

「以前，有做了一點筆記，不過，有的只是重點，可以喚起記憶的程度。你知道，那時候，寫東西，甚至日記，甚至打電話，都有危險。都有殺身危險。」

霍教授再用手在脖子上劃一下。

「現在，已解嚴，情況好像有改善，您退休之後，可以寫了，寫回憶錄，甚至寫專書。」

「沒錯，我有在想，不過……有改善很多？」

現在霍教授突然過世了，不知道他有沒有寫下來？也不知道，就是有寫，會不會有人幫他整理，幫他出版？石世文記得，也住在附近的另外一位教授，教英美文學的，過世不到一年，他的藏書都被家人賣到舊書攤，四散了。另外，可能有些手稿，也沒有留下來。不知道，霍教授的家人，如何處理他的遺物？

「石老弟，你要畫椅子？」

老周看著空椅子。

「對。」

石世文說。

老周告訴他，霍教授過世之後，周太太有時也會去看霍太太，有安慰的意思，也去看看，有什麼需要幫忙。她看到霍教授借去的那張椅子放在陽台，上面放著洗衣粉和洗潔劑，就把它搬回來。

「你要怎麼畫？」

「我要想一下。」

「我要不要坐上去？」

老周指著小椅子。

「好，好。」

石世文說，站起來，看看老周，自己就坐在老周對面的椅子上，就像以前，老周看霍教授那樣。

兩個人對坐，石世文看老周一眼，一下說不出話來。

「怎麼了？」

老周問他。

石世文沒有說話，拿了筆畫起來，畫了半個鐘頭。

「老周，你休息一下。」

老周站到一邊，看看他的畫。

「人呢？」

老周指著兩隻空椅子。

「還沒畫。」

「我還要坐？」

「不用了。」

霍教授並不高，不過，對他椅子還是太小。他想起他為霍教授畫像的情況。

也許，可以在椅子上畫一個花瓶。有人畫過。要不要畫幾朵花？花瓶可以畫在椅子上，也可以懸在空中。他想起夏卡爾。

哥雅畫過怪獸，睜大兩個眼睛的蝙蝠，在空中飛，好像隨時要吃人。人為了加一個零，有時真的要吃人。

塞尚喜歡畫水果，也畫過頭骨。沒有眼珠，眼睛是兩個大洞。塞尚為什麼畫頭骨？死是一個終點嗎？那頭骨又代表什麼？它只是靜物的一部分？

要把這些畫上去？

「先把椅子畫下來。」

石世文對自己說。

畫哪一個角度？從哪一個角度看，可以有斜度，有彎度？小學生的椅子，好像所有木材都是直的。

「老師，你幫人家畫畫嗎？」

石世文轉頭一看，是一位年輕母親，有點面識，牽著一個五、六歲大的小男孩。他們已經在公園裡的空地玩了很久了。

有一個比較大的男孩，穿著有輪子的溜冰鞋，在公園裡繞圈子滑行，這個小男孩開始，跟在後面跑，而後，跟不上了，就把圈子縮小，最後，就站在原地轉身看著，而後坐在地上喘氣。

「累嗎？」

母親問。

「不累。」

小男孩說。

「畫誰？」

石世文問。

「畫小孩。可不可以？」

「坐下來。」

石世文指著學生椅。

「媽。」

小男孩的額頭還有汗水，臉上也有點污跡。

「不用怕。」

母親掏出手帕，替小男孩擦一下臉。

石世文看小孩坐好，就拿出紙和筆。

他畫了一張素描，把小男孩的眼睛畫大一點，把繼續滲出來的汗水也畫上去。

「不錯，不錯，真不錯。不上顏色？」

母親拿起畫來，仔細看了一下。

「要上顏色？」

「不要好了。多少錢？」

「不要錢。」

「怎麼可以？」

「第一張，是習作。」

「老師……」

母親拿出錢包。

「真的不用。」

「老師，你可以幫我爸爸畫畫嗎？」

「妳爸爸？」

「對。」

「在這裡畫？」

「可以到我家？他九十歲了。要收錢喔。」

「市長來了。」

有人喊著。

市長為首，後面跟著一大堆人。有隨員，有民眾，也有記者。記者，有的拿麥克風，有的扛著攝影機，緊緊的跟，頻頻問話。

石世文有聽說，市長要來掃廁所。

「早就有人打掃好了。」

老周說。

市長帶著笑容走到廁所門口，有人拿掃把給他。他轉頭向鏡頭，笑笑，而後再轉頭走進廁所。

隨員、記者、民眾跟著，已把廁所內外都站滿了。

市長出來，一手握著掃把，一手拉拉衣服，笑笑，眼睛略微向上，開始談話。市長長得很英俊，臉長了一點，不過皮膚白皙光滑，嘴唇有點紅潤，像俳優。

「市長好。」

年輕的女孩擠過去，叫喊著。

「市長好。」

有些民眾抬高聲音，叫喊著。

「市長好。」

中年的女人擠過去，叫喊著。

半老的女人也擠過去，叫喊著。

還有，有人伸手去摸他。膽子小一點的，摸衣服。膽子大一點的摸手，半老的女人摸著他的臉，還有人用雙手捧著他的臉，輕輕搓著。

「色男。」

有一個更老的婦人用日語說。她時常來公園靜坐，有時也跟著同伴唱日本歌。

「會使做小生。」

另外一個老婦人說。

市長看到剛才石世文替他畫像的小男孩，蹲下身，看著他，伸出手。

「媽。」

「不用怕。」

「媽，我要尿尿。」

母親沒有說話，抓了小男孩，往廁所跑。

這時，另外一個母親，滿臉笑容，拉著她的男孩，很快走到市長面前。

「好可愛。」

市長蹲下身，把男孩抱起來，擺好姿勢。很多攝影機，一起轉向他。

記者、攝影記者都湊過來，開始問話，也開始攝影。照市長，照市長抱著小孩。

前後，不到二十分鐘，市長走向公園的門，一群人跟去，而後消失。

「老師，你可以幫我爸爸畫畫？」

母親牽著小男孩從廁所回來。

「可以。」

石世文說，拿出另外一張素描。畫的是剛才小男孩跟在大男孩後面跑步的模樣。腳很短，屁股很大。

「哈，哈。」

母親笑了。

「可以嗎？」

「太好了。真謝謝。」

母親說，帶著小男孩出去。

「還沒畫好？」

市長走了之後，老周在公園裡轉了一圈，撿了民眾留下來的垃圾。

石世文說他要畫那張椅子時，老周曾經問他，霍教授為什麼喜歡坐小學生的椅子。那時他沒有回答。

「剛才那女人，你認識？」

石世文問老周。

「她怎麼了？」

「她要我畫她爸爸。」

老周告訴他，她丈夫是醫生，她自己在國中教英文。她爸爸，就是她公公，以前當過小學老師。在日治時代，日本人走了，留下校長的位置。他資格最老，最有機會，不過被人搶走了。另外，有些老師，升級去教初中，教高中，她公公就留在小學一直到退休。

「這是你畫的？」

老周看著他的畫，拿了一張起來，那是一張空椅子。

「對。」

「畫那麼久，只畫一張椅子？」

老周瞄了一眼。

剛才，石世文有畫小孩，不過他沒有說出來。

「我看，畫這樣，用照相就可以了。」

老周說。

「我也這樣想。」

石世文轉頭，再看看那椅子。

其實，為了留住記憶，石世文有時也會照相。

任乃蓉

輪椅陣

下午三點左右，石世文走進公園，看到老周坐在東側門的榕樹下。他也看到，在西側，沿著永福街，在一排阿勃勒樹下，已陸續有輪椅被推進來了。

阿勃勒樹的外緣，也可以算是公園的矮樹牆，種的是黃金露華。從花和葉看，它是小本（小品種）的苦林盤，也就是台灣連翹。

下午三點，太陽已略微西斜，永福街西側的樓房，已遮住了陽光。

輪椅和輪椅之間的距離，雖然有差異，不過還算整齊。

面對輪椅陣，最右邊的是一位年輕人。四十歲左右，坐輪椅的人，算年輕。他長得又高又壯，一點也不像病人。他是因為中風，左邊的手腳都不方便，講話也不自由。據說，中風，心臟病，糖尿病這些老人的慢性疾病，有年輕化的現象。照顧他的是一位六十多歲的老婦人，是他的母親。聽說，他已結婚，本來是太太在照顧，大概在半年前，看他沒有痊癒的希望，帶了兩個子女，走掉了。

第二位是老人，瘦瘦的，臉色也不好，鼻子插著管子，女傭人高高拿著裝液體食物的管子，正在餵食。

第三位是老阿媽，頭髮稀疏，也完全白了，照著光線，一閃一閃，閃出銀光。很多時間，她在打瞌睡，醒過來，她會和隔壁的阿琴姊閒聊幾句。她的年齡比阿琴姊大一點，阿琴姊叫她阿寬姊，石世文和老周也叫她阿寬姊。

阿寬姊和阿琴姊，都是上午在榕樹下唱日本歌的阿媽。那些阿媽，有一位已過世了。另外有年輕一點的加入，阿寬姊已退出了，阿琴姊還會參加，不過次數是在減少。

阿琴姊的隔壁是何醫師。何醫師患了嚴重的糖尿病，已截去左邊的腳踝了。

他們有不少共同的話題，主要是日治時代發生的一些事。他們談疏開，談鴉密，也就是暗市。戰時，物資缺少，很多物品，主要是食物，是配給的。配給的，自然不夠吃，要去買黑市貨，以米和豬肉為主。

他們也談空襲的事。

「現在的年輕人以為，來台北空襲的敵機，是日本飛機。哈，哈。」

「哈，哈。」

「阿琴姊，我考妳，當時來空襲台北，講準確一點，昭和二十年，五月卅一日，來台北大轟炸的飛機，是哪一型的。」

「B29呀。不是嗎？」

「不是，是B24。一共來了一百一十七架B24。」

「不是B29？」

「不是。當時，B29代表大型轟炸機。誤以為大型轟炸機都是B29。」

他們也討論〈荒城之月〉的歌詞，討論「植劍投影」的含意。

「植就是種的意思嗎？」

「對，植就是種。把劍插在地上，像種樹，以防止敵人的攻入。像一種拒馬。」

「呃。我是第一次聽到。我們只照歌詞唱。」

「阿琴姊，妳可以唱〈青色山脈〉？」

「我唱〈相逢有樂町〉好了。」

石世文曾經聽阿琴姊說過，同樣是演青春男女的電影插曲，〈青色山脈〉太輕快了。

石世文能夠了解阿琴姊的心境。

等著等著你，雨下來了……

「我，我聲音壞掉了，唱不下去了。」

阿琴姊的聲音，有一點沙啞，唱了兩句，眼眶就紅了。

何醫生和阿琴姊的未婚夫，都是醫科的學生，不過阿琴姊的未婚夫大兩三年。

「支那兵真可惡。」

「阿琴姊，現在沒有人叫支那兵了。」

「不叫支那兵，叫什麼？叫棉被兵？草鞋兵？大鼎兵？叫土匪兵仔？」

「日本兵和國軍最大的差異，是軍紀問題。」

石世文記得，日本關東軍從滿洲移防南洋時，曾經在台灣停留幾天，他們借了國校，把槍架好，和老師、學生玩在一起。國軍由舟山撤退，也暫時借駐國校，他們把大禮堂黑紅兩面的大窗簾拿走，讓學生白天不能看電影。不但如此，有人還劈了椅桌去燒火。

「最大的差異在軍紀。」

何醫師再強調。

「石老弟，你看，何醫師的傭人又換人了。」

老周說。

何醫師有請石世文去過他家，要他為他畫像。石世文發現何太太林純純就是他國小的同學。

「何醫師，吃高血壓的藥，不能吃葡萄柚，是對的嗎？」

「有人這樣說。」

「何醫師，聽說抽菸對身體不好？」

「有人這樣說。你這一句話，是對我說的嗎？」

「不是，不是。我只是請教請教。何醫師，再請教一個問題。有人說，喝紅酒，對心臟好？」

「有人這樣說。不過，我不喝紅酒，我只喝白蘭地。」

「何醫師，割掉膽的人，不可以吃腿棒和豬腳？」

「有人這樣說。我看，你割掉膽了？如果是我，我照吃，喜歡什麼，就吃什麼。」

「何醫師，吃降尿酸的藥，會傷腎臟，是對的嗎？」

「有人這樣說。你的問題不少，你們家，不是有一個醫生，有一個護士嗎？這些問題，你沒有問過太太嗎？沒有問兒子嗎？」

「護士當然是知道的，但沒有醫生多。另外，小孩是牙科，將來有沒有可能轉醫科？」

「我一直沒有在學校，不知道。」

「何醫師，我再請教一個問題。就是做愛的次數和年齡的問題？」

洪老闆靠近何醫師，把聲音放得很低。

「你是說二十乘九等於十八，十天八次的那一次算法？」

何醫師並沒有放低聲音。

「對，對。」

何醫師的另一邊，是洪老闆，他是開唱片行。他賣各種音樂的各種唱片，包括ＣＤ、ＤＶＤ，也有錄音帶，甚至有舊式唱片。

他的店叫「金唱片行」，上午十一點開門，一直到晚上十一點。他們整天放著不同的音樂，有鋼琴、小提琴、管弦樂、歌劇，也有爵士曲，滾石。

「問題不在什麼音樂，問題是每天吵人十二小時。」

有時，老周也會抱怨。

有人去報警，警察也來過。

「在七十分貝以內，沒有違規。」

「一定是警察通知他們的，奇怪的事，每次警察來測量，他們都放著抒情歌，就是睡覺前放的那一種音樂。」

有一個晚上，十一點前，洪老闆打烊，和洪太太要去吃消夜，突然有一部機車從後面過來，由兩人之間穿了過去。洪太太輕傷，洪老闆卻斷了一條腿。

車禍是故意的，還是意外的，沒有人知道。因為肇事者很快的逃掉了。他們有去報警，警察也來過，就是沒有下文。

洪老闆弄了一輛輪椅，坐在何醫師旁邊。洪太太是個護士，她很希望他們的兒子能當醫生。

第一年，兒子差兩分，沒有考上醫學院，第二年，還是差兩分，第三年，差六分，他放棄了醫科，讀牙科。

「我在讀醫學院的時候，在一家初中兼課，教化學，可能是因為戰爭剛結束，讀書的環境不好，學生的程度也差，有一次考試，全班五十多人，沒有人及格，我想了辦法，加一百除二，也就是說，只考二十分就及格，結果只有十三人及格。你提的那種算法，我也是要加分的。三十乘九，三九二十七，二十天七次，怎麼辦？」

「呃，呃。」

「這種算法，你太太滿足嗎？」

「她，她……」

洪老闆隔壁，是一位馮先生，住在石世文家的一樓。他也是中風，沒有好轉，就又中風，就是二次中風，病況相當嚴重，不過人還清醒，認得人。

他是做建築的，病前，他開Volvo高級車，有一次在路上相遇，問石世文去哪裡，石世文說火車站，他就叫他上車，把他載到火車站。

「我是白手起家的。小時候，家裡耕農，要上街賣菜，回來的時候，要買一點日用品回家。那一次買了鹽，在農村，買鹽是要裝在鹽甕裡，所以一買就是二、三十斤。那一天，碰到牛車伯要回家，就把鹽放在牛車上，人也坐上去了。牛車伯把我趕下來，還責備我，不知道牛的辛苦。二、三十斤的鹽雖然不算什麼，我卻記得很清楚，我還發願，我有車，一定要載人。那時候，只想腳踏車，完全沒有想到汽車的。」

馮先生隔壁，是老胡。老胡和老周一樣，是退休老兵，兩人年齡也差不多，都比石世文大一點。

現在，馮先生的兒子一家搬來同住，不過，兒子用的是日本製的休旅車。

在馮先生之後，還有兩位老人，應該都是附近的居民，石世文並不認識。最後一個，是老胡，老胡不是病人，他自己推來輪椅，自己坐上去。

呼拉圈

「石老師。」

石世文走進公園，看到任乃蓉坐在小舞台的邊緣，站起來向他揮手。

任乃蓉小時候，患過小兒麻痺，現在還是拖著左腳走路。

「石老師，法國有一位畫家，在晚年，因為風濕，無法拿筆，他太太把畫筆綁在他的手臂上，讓他可以繼續畫畫。」

「妳說的，是雷諾瓦吧。」

石世文知道任乃蓉喜歡畫畫，也讀過一些有關畫和畫家的書。

「我想，就是他。」

「乃蓉，妳在做什麼？」

石世文走近，看到她頭髮有點亂，臉上還有汗跡。

「我在等竇加。」

任乃蓉嘻嘻地說。

「竇加是誰？」

「法國畫家，畫了很多芭蕾舞女。」

「妳在等他？」

「他就是你，就是石老師。我在等你。」

「我不明白。」

「石老師，你知道我做了什麼？」

「不知道。」

「石老師，你看。」

任乃蓉說。

石世文看到，在小舞台附近的空地上，有許多小孩在玩，有的在踢球，有的在溜直排輪，也有三、四個女孩在玩呼拉圈。不過，她們都玩（轉）的不好，轉一兩圈，呼拉圈就掉下來了。

「小妹妹，借姊姊玩一下。」

三個小女孩一起伸手拿呼拉圈給任乃蓉。三個大小不同，顏色也不同。任乃蓉挑了一個最大的，紫色的，套在自己的腰部搖了起來。

她雙手平舉，呼拉圈在腰部上面，不停轉動，好像越轉越快，她的腰身也不停扭動。她的腿一長一短，臀部一高一低，姿勢也有一點傾斜，她越搖起來，頭髮也不停搖動，嘴巴張開，呼吸也急促了。汗水從額頭滴下，衣服也濕了。

她停下來，向另外一個女孩借了一個黃色的，小一點的，套在腰部又搖起來。第一次沒有成功，呼拉圈滑下來。她把它擺好，又扭動起來。她成功了，兩個大小不同，顏色不同的呼拉圈，不停地轉動起來。她流汗更多，呼吸也更急了。

她好像已發動的馬達，停不下來。

「乃蓉，停，停。」

石世文走過去，抓住呼拉圈。

「石老師，我不會有事。」

任乃蓉停下來，已滿身大汗，呀，呀，呀，呼吸的聲音也大了。石世文扶她，讓她坐在小舞台的邊緣上。

「石老師，那是什麼？」

任乃蓉呼吸已平下來了，但是汗還是不停地流著，連衣服都濕了。

「素描簿。」

「有畫我嗎？」

任乃蓉還是很喘。

「有，有，只有線條。」

石世文翻開一頁。

「我可以看嗎？」

「可以，可以。」

「只畫一張嗎？」

「三張。」

石世文又把素描簿翻了一下。

「石老師，可以給我？」

任乃蓉選了一張簡單的速寫，只有簡單的幾筆。

「還沒完成。」

「一張就好。」

「為什麼選這一張？」

「頭髮，亂卻飛起來，還有腰身，這裡凹進去，一般人看不出來我的腿有問題。石老師畫出來了。」

「沒有畫臉。」

「不用畫。我是不要臉的人。」

任乃蓉說轉了頭。

「乃蓉，怎麼了？」

「石老師，我就是想這種畫。你可以送給我。畫好的，我買不起。」

「好吧，送妳。」

「真的，謝謝石老師。」

任乃蓉眼眶紅了。

石世文輕輕撕下來那一張素描給任乃蓉。

老周曾經告訴過石世文，任乃蓉本來在安親班教小朋友畫畫，因為拿了一些畫紙和顏料回家，被發現，也被開除了。

老周還告訴過他，她的父親在國小教書，很有學問，也說一口京片子，喜歡教學生讀經和吟詩。他說這種東西，要自小學習，事半功倍。

其實，任老師，石世文見過。

石世文問老周，任乃蓉這個名字是怎麼來的。

老周說，「有容乃大」。任老師是有學問的人，不要直接，那是膚淺的人做的事。所以，把容改成蓉，更像女孩子的名字。

「呃。」

「她有一個弟弟，叫乃健，天行健，君子以自強不息。任老師真的有學問，我小時候在家鄉也讀了一些漢書，卻完全跟不上他。」

「這有一點像猜謎了。」

「做謎的重點，就是不要讓人家輕易猜出。」

「有學問，有時候，好像也有一點麻煩。」

「石老弟，你知道她為什麼拿畫紙和顏料回家？」

「有時候，人會分不清楚。因為在安親班，那些東西都是她在用。」

「這也有可能。主要是，她沒有錢。」

「她不是在上班，不是有薪水嗎？」

「薪水，必須交給母親。父親有薪水，要寄去大陸給他的母親。」

「他母親還在？」

「沒有人知道。家人有寄了一張相片來，是五十多年前照的，已變黃了。還附了一封信，都是由香港轉過來的。信不是她寫的，據說她不識字。不管是真還是假，他一定要寄錢回去。誰說我母親不在了？就是不在，錢也是我親人收到的。」

「至於他母親，一心一意要栽培兒子。他們把他送去美國，已五年了，還在修碩士，美國碩士，不是很容易拿到的嗎？」

「不對，不對。」

任乃蓉慢慢的蹲下來，臉色發白，額頭上還是沾滿汗水。

「怎麼啦？」

「沒有關係，坐一下就好。」

「真的沒有關係？」

石世文靠近她，蹲下來。

「石老師，我可以去看你的畫？」

任乃蓉抓住他的手。

何醫師

何醫師死了。雖然再截一肢，還是沒有辦法救他。

何醫師可能是向老周打聽到的，知道石世文有時會幫人畫像，有一次，在公園，那時候還沒有截肢，坐在輪椅上，有人攙扶，也可以走幾步，對石世文說：

「石桑，你在畫畫？」

「有時間，畫一點。」

「你畫魚嗎？」

「沒有。」

「我喜歡張萬傳的魚。」

「我也喜歡。」

「你家裡有他的畫嗎？」

「沒有。」

「我家裡有三幅。你有沒有想看一下？」

「好呀。」

這時候，他才發現自己沒有畫過魚。為什麼？他忽然想到林里美買魚，不是切片，就是只買尾巴部分，很少買整條的。

「為什麼呢？」

石世文應邀去他家，發現何醫師太太就是林純純。

以前，他在永福街上，也看過她。從前，她的體形嬌小，皮膚白而細嫩，現在發胖了，不過他認得出來。碰面的時候，他的感覺是，她認不出他。

「妳是林純純？」

「你是石世文？」

他錯了。她一下就認出他。他們不相認，是幾十年前男女不打招呼的習慣的延續。

「你們認識？」

何醫師有些吃驚。

「我們是國民學校的同學。」

「什麼？」

「真的。」

「好，好。Sake，Sake。」

何醫師家有請傭人，不過，他直接叫太太備酒。

酒是VSOP白蘭地。

「會喝酒的，不喝什麼XO，或拿破崙。VSOP才是真正內行喝的。」

「要螺肉？烏魚子？」

林純純問。

「土豆就好。有小魚乾嗎？拿一些出來。會喝酒的，不挑菜。」

何醫師一邊說，一邊倒酒，酒杯是小型的，他倒滿兩杯。

「喂，妳喝嗎？」

「白天，我不喝。」

「石世文，喝酒是這樣，第一口最重要。今天心情完全決定在這第一口。來，來，你喝，第一杯，不論如何，乾。」

何醫師說，拿起酒杯，一飲而盡。

石世文酒量並不好，不過，兩三杯還可以。

「聽說，以前有個詩人，酒一斗，詩三千。你畫畫，也是藝術家，應該有，有這種，這種器量。對不對？」

「我畫畫，只是消磨時間。」

「消磨時間也一樣，畫畫，就不能馬虎，對不對？」

「酒量，每人不同。」

「畫畫要訓練，喝酒也要訓練。」

「我畫畫，三十年以上了，還是一樣。」

「其實，喝酒還要酒膽，有人酒量不好，敢喝，酒膽是可以訓練的。來，來，這小魚乾很不錯，是北海道的。」

「小魚，有的是大魚的魚苗。」

「呃，我知道，我知道。你是綠黨，重視生命，重視環保。我是三W黨，和海明威一樣，就是美國的作家海明威，他強調三W，W是酒、女人和戰爭。」

「你喜歡戰爭？」

「不，不。沒有人喜歡戰爭，除了軍閥。我看，海明威喜歡冒險，卻不一定喜歡打戰。有一部電影，《再見武器》，他那個主角是個逃兵。再見武器，就是再見戰場，對不對？」

石世文看過那部電影，叫《戰地春夢》，聽說應翻成《告別武器》。

「石世文，這小魚味道不錯吃。要畫魚嗎？」

「我，我想想看。」

「那你平時畫什麼？」

「我畫靜物，像水果、青菜、番薯、花卉、茶壺、酒瓶，也畫人物，包括人像，也畫風景，山和水，最近畫樹木。」

「你畫玉米？」

「沒有畫過。」

「畫玉米，有一種聯想，海明威的聯想。」

「呃。」

「你看過《老人與海》的電影吧。」

「有，有看過。」

「好像沒有女人。很奇怪吧。」

「嗯，好像沒有女人。」

「這個愛女人的作家，作品中卻沒有女人。」

「也許，別的作品有寫女人吧。像《告別武器》就是追求女人，而放棄戰爭。不是嗎？」

「真的很難捉摸。你真的沒有畫過魚？」

「沒有。」

「我有收藏張萬傳的魚，只有三幅。你有想看？」

「呃，這是四破魚，這是花飛。」

「你畫魚，可以賣給我。」

「我可以試試看。」

「你再看這一張。」

「這是李石樵的作品。」

「你看得出來？」

「一般講，每一個畫家都有特色，都有風格。」

任乃蓉打電話給石世文，問他要不要參加何醫師的告別式，要不要開車，她是不是可以坐他的車。

老周想去，因為殯儀館那邊坐公車不太方便，所以要他開車。老周說，老胡也想去。

在公園認識的人，就四個人去參加。坐車時，老周坐前面，老胡和任乃蓉坐後面。

老胡曾經打了任乃蓉一個巴掌，現在他們兩人坐在一起，卻沒有說一句話。

老胡打任乃蓉，是因為何醫師。

在公園附近的住家，有一些人，在暗地，叫何醫師「老不修」或「老痴哥」，甚至稱他「老豬哥」。

他家有傭人，他還沒有坐輪椅之前，就曾經向女傭人動手，被罰過。後來，他請了外傭，有的外傭被嚇跑了。他改用同意的方式，兩邊講好，一次一百元，只限胸部，不能越境。以後和石世文認識之後，他知道林里美在銀行上班，要她幫他換新鈔，百元新鈔。

他家的傭人，尤其是外傭，最不能忍受的，就是夫妻之間的事，不怕聽到，甚至不怕看到。那些外傭，很多是把丈夫留在家鄉，一個女人跑出來工作的。

到了鋸掉一腿之後，他行動不自由，都是他仰躺床上，由太太林純純主動。有一個傭人出來講過，好像在看A片。

任乃蓉的事，到底是偶然的，還是有意的，大家都不清楚。

任乃蓉走到何醫師身邊，何醫師抓住她的手，拉她過去，伸手到她的胸部。他說過，她的名字和「有容乃大」有關聯，他說「乃大」就是「奶大」。實際上，她的奶算不算大，很難說，不過，有時她穿胸罩，有時不穿，可以感覺出來，她的胸部的確不小。

她把他的手撥開，伸出兩根手指。

「什麼？」

「兩百元。」

「為什麼？」

「我是處女。」

「如何證明？」

「不用證明，你相信就好。」

「可以摸多久？」

「三秒鐘。」

「太短。」

「十五秒。」

她走過去，讓他摸了二十秒左右，就脫身。

「兩百元。」

何醫師在身上摸來摸去，摸了兩百元給她。

另外一天，她又來了，他摸了她二十秒，給她兩百元。

這時老胡走過來，用力往她臉上揮了一拳，她踉蹌幾步，蹲坐地上。老胡掏出兩百元。

「他摸妳，兩百元，我打妳，也兩百元。妳要哪一邊？」

這以後，任乃蓉就沒有再靠近何醫師。

「你們兩個人，很奇怪，兩個人都緊靠著窗，中間還可以坐三個人。」

老周開口了，兩個人維持同樣的姿勢，一直到殯儀館。

參加告別式的，以親戚朋友為主。因為他是開業醫師，和醫院關係不大，醫院來的醫師或護士，是他兒子的同學、同事。他有兩個兒子，都是醫師，一個在台灣，一個從美國回來。

何醫師的遺像，就是石世文畫的。這一幅畫，他有根據何醫師的意思，修改兩三處，都是眼神和嘴角的小修。

何醫師說，他這一生，沒有什麼遺憾。該做的，都做了。他的眼睛，要畫細一點，嘴角要翹一點。「嘲弄人生」？石世文問他，他回答，「享福人生」。

告別式過後，差不多一個禮拜，林純純打電話給石世文，要他去她家，說何醫師有東西送給他。

「這兩幅畫，你選一幅。」

林純純拿出張萬傳的兩幅畫。

「不行，不行。」

「何醫師說，他很喜歡你為他畫的畫像，他不想付錢，另外要送你一幅。不是交換。」

「不敢當。他的畫雖然小，價碼卻很高，我，我不敢當。」

「這是何醫師的意思。現在，他走了，沒有辦法改變了。」

石世文選了較小的一幅，就是畫兩尾四破魚的那一幅。

「石世文，你要喝茶？還是咖啡？」

「我喝咖啡。」

「石世文，你知道夏子老師？她搬來附近了。」

「我知道。里美有去看她，也帶我去過，她住的是，我們這附近，房價最高的高級住宅區。」

「她和弟弟住很近。她年紀大了，只一個人，搬來這邊，弟弟可以照顧她，弟弟的子女也常常去看她。」

這件事，林里美也告訴過他。

石世文他們在舊鎮的時候，有聽說過，夏子老師和林純純之間，有一種特殊關係，以現在的名詞講，就是同性戀。

「石世文，我所知道，當時全舊鎮只有兩台鋼琴，一架在國校，另一架在夏子老師家，主要是練琴，夏子老師會在旁邊，有時還指點一下。」

林純純結婚之後，她嫁到大橋頭的醫生世家，何醫師家，有時會回來舊鎮，有時夏子老師去看她。

有一天，是禮拜天，休診，護士不來，傭人也回家，由林純純煮飯。中午，何醫師喝了一點酒，林純純和夏子老師坐在沙發上聊天，何醫師過來，忽然把夏子老師拖進房間。他要鎖門，林純純用力推進去。

「國雄，你要做什麼？」

「夏子老師，妳是男人，還是女人？」

何醫師還抓住夏子老師的手。

在舊鎮，石世文知道一個叫阿雲的半陰陽，是女人打扮。

「你說什麼？」

林純純拉開何醫師的手。

「我做醫生，我知道，半陰陽的人，有男人的性器，可以射精，可以使女人懷孕。」

「你起肖了？」

「我要看。」

「夏子老師是女人。」

「妳看過？」

「……」

「妳把褲子脫掉。妳不自己脫，我就動手。」

「不知為什麼，當時，夏子老師完全沒有反抗，順從的脫下內褲。我也是第一次看到，她和我一樣，完全是女人。」

何醫師把夏子推倒在床上，她的大腿微微張開。她的皮膚那麼白。

「國雄，不可以，不可以亂來。」

何醫師用力把她推開，她踉蹌幾步，又衝過去，何醫師再把她推開，就在那個時候，她的右頭部撞到桌櫃角，血噴出來了。

「哎喲，血，血……」

林純純一邊叫，一手壓著頭部，再衝到何醫師面前。

「哎喲，血，血……」

夏子老師也叫起來了。

何醫師把林純純抱起來，先到樓下的診治室，先幫她消毒和止血，再送到最近的外科醫院縫合傷口。

夏子老師自己穿好衣服，回舊鎮去了。從此以後，夏子老師沒有再來台北找過林純純，不過林純純回舊鎮，有時也會去看她。

「石世文，夏子老師為什麼沒有抵抗呢？」

「我也不知道。」

「是因為沒有力氣，還是不想抵抗？」

「真的，我真的不知道。」

「聽說她的未婚夫逃到石垣島去了。」

「我有聽說過。好像沒有訂婚，只是相親，之後見過幾次面。」

「唉，我實在無法了解。」

林純純坐在沙發上，嘆了一口氣，把四肢伸張一下。石世文忽然想到，這會不會是夏子老師當時的姿勢。

「林純純，我想我該走了。」

石世文站了起來。

「等一下。」

「什麼事？」

「魚，你要把魚帶走。」

「真的，不要這樣。」

「國雄會生氣喔。」

林純純指在大廳上排著的肖像，就是石世文畫的那一幅，他好像在眨眼。

「真的謝謝。」

「該道謝的是我。」

林純純說，雙手拉了他的手，送他到門口。

老胡

何醫師死後，留下輪椅的空位，老胡把自己的輪椅推過來，正要推進那個位子。

「走開，走開。」

阿琴姊說。

老胡停下來，沒有說話，眼睛望著她。

「走開，走開，殺人兇手走開。」

「阿琴姊，不能這樣說。」

「那殺人的兇手跑到哪裡去了？」

「陳儀不是被槍斃了？」

「那其他的呢？」

「被派去大陸打共匪，被殺了一部分，剩下的被俘，被共匪派去打韓戰，被美國人殺光了。」

「真的嗎？」

阿琴姊問老周。

「真的嗎？」

石世文也偷偷問老周。

「有人這樣說，我也不確定。」

「那你為什麼對阿琴說？」

「你看，我說了以後，阿琴就沒有那麼排斥老胡了。」

「石老弟，老胡有事要拜託你。」

老胡希望石世文能替他的指導員畫肖像。他聽老周說，石世文曾為他女兒畫了一幅，也給他看過。

指導員已經過世了，他在世的時候，石世文時常在永福街上看到他們兩人；有時也在公車站或公車上碰過。有的鳥類有啄食的順序，以前日本人夫妻走路，丈夫在前，妻子在後。老胡和指導員在一起，走路，上公車，都是指導員在前面。

老周告訴他，指導員曾經救了老周一命。

當時，他們在外島，老周沒有說清楚是哪一個島，班長帶老胡他們出去巡邏，附加一個打獵的任務。打獵，其實是打野狗，是不是也有家狗，老周依然沒有說清楚。

打野狗，吃香肉。

「不幹！」

「不幹就是抗命。」

「什麼抗命？殺狗，老子不幹。」

在八二三以後，外島還繼續有砲戰，是戰地，在戰地，抗命是可以就地槍斃的。

班長通報上去，指導員去找班長，勸他不要報。班長很生氣，不肯讓步。

「算是你救他好嗎？」

「讓我想一下。」

「報告指導員，我想通了。」

班長說他想通了，還用飯盒帶來半盒香肉。指導員沒有吃過香肉，還是收下來了。從此之後，老胡也不再拒絕「打獵」。

過了一年多，部隊調回台灣，指導員申請提前退役，老胡也跟著他。

指導員用退休金在金陵街買了一幢港樓。他只付了一部分頭款，另外是用貸款，幾年以後再分期償還。

指導員收集石頭，可以說是偶然，也可以說是必然。他在大陸修地質學，對石頭有不少認識。

有一次，他去市場，買了一盒盆栽，賣盆栽的人告訴他，放幾顆石頭在盆上也不錯。對，台灣四面環海，又是一個多山的島嶼，有各種石頭。

他帶著老胡到山上，到海邊看石頭，有時也採幾顆回來。因為石頭太重，只能採小塊的。

他告訴老胡，石頭的名字、形狀、顏色。開始，只是放在盆栽上摸來摸去。後來就在桌上擺起來了。

石世文知道，日本有些禪寺，像龍安寺，在庭上鋪沙，放了幾顆石頭，有大有小，而後從緣側觀望，打坐，悟道。有人解釋，那是海，那是島。更有人說，那是宇宙，那是星球。

石世文不知道指導員他們，是不是有同樣的解悟。

他帶路尋找，老胡負責挖和搬。他只洗石頭，不琢不磨。抱持自然狀態，這是他的大原則。

他們將石頭放在屋子裡，也為石頭做木架子。有些石頭是放在院子裡。

他們採石頭，本來是由較近的地方，漸漸走向海邊或山區。海邊因為有海防的關係，很多地方不能去，深山也有管制，不過指導員有一些關係，較容易獲准。

石頭太重，他們不敢收大塊。其實，小塊的也很重。老胡自然成為搬運工了。

在採集的過程中，有時要入水，有時要攀岩，也都是老胡才能做的。

指導員採集石頭要看形狀，看色彩，看紋路，看石質，以自然為重，不想加工。

他知道日本有人在研究，收集，叫水石學。也有人帶日本人來見他。起先，他不見。他以學生的身分從軍，也是為了打日本軍。不過，和日本人接觸以後，尤其是這些水石專家，也漸漸了解一些神祕的事物。

他不懂日語，日本人不懂華語，透過老周的介紹，經過石世文的翻譯，有時也會買一些回去。這減輕不少房屋貸款的負擔。

指導員一向身體不好，就是三高，高血壓、高血糖、高膽固醇。聽說，他的家人都不長壽，他有一個姊姊在河南成家，就在黃河潰堤的時候，全家被大水沖走。指導員有時會對老胡說，我在那一邊沒有家人，也沒有家。

指導員偷偷的立了遺囑，這件事他和老周商量過，不過石世文完全不知道。他們買那幢港樓時，算是共有，指導員分一樓，老胡分二樓。遺囑的內容是，指導員名義下的財產全部給老胡。

指導員的死有偶然，也有必然。他的死，不是因為三高，而是腸阻塞。其實也不是腸阻塞是直接死因，腸阻塞住院幾天，通了。沒有想到出院回家，竟因大血管破裂，內出血過多。醫生說，這當然和三高有關。

指導員姓常，在大陸並沒有親人。抗戰時，他去後方讀書，而後參軍，父母早死，剩下一個姊姊就在那一次黃河潰堤時，連家被大水沖走了。那時候，族人都住在附近，所以有關係的人，幾乎都沒有了。

由於黃河潰堤的事，石世文就聽過教歷史的霍教授的說法，從歷史上看，一件不尋常的事發生，要先看誰是受益者。那時日軍由河南南下，已逼近國民黨軍的重要據點，漢口。漢口再進去，就是重慶了。

指導員的遺囑，還有錄音，並由老周和另外一位退休軍官做見證，當然包括港樓的一樓。

指導員為什麼不住眷區，而自己買港樓，老周並沒有回答。不過，老周說，他自己是為了賣牛肉麵，沒有住進眷區。

港樓

港樓要改建了。港樓並不大，土地有二十多坪，每層樓十坪多，兩層加起來，也有二十多坪。

從建商來接洽，到簽約，每一個步驟，老胡都有來請教老周。

港樓就在金福路上，石世文曾經去過。在改建期間，老胡住在別處，是由建商安排的。建商看到老胡的水石，想買它，因為它很重，處理不方便。不過，老胡拒絕了，以前，將常指導員和老胡連在一起的，是兩個人，還有那一幢房子。

金福街，在快車路兩邊有人行道，人行道上一邊種著一排榕樹。在港樓裡面，每家也有不同的樹木和花草。老胡家的東側，也是港樓，種著一棵櫻花。只有一棵，就是櫻花盛開，也顯得單薄。左側種的是梅花。不知道是什麼品種，整棵樹，枝葉繁茂，開了花，小小的花，把整棵樹變成白棉樹。

房子改建，變成七層樓了，還有電梯。老胡分到七樓，本來他想要求多一層樓，差額可以用現金抵償。後來，建商建議，老胡還是分七樓，建商在七樓上加蓋一個房間，再由建商補給老胡一些現金。

房子蓋得相當穩固，包括屋頂上的小屋。老胡請老周和石世文去看房子。他想在裝潢之前，先決定放置各種家具及裝飾的位置。更重要的是，想請石世文畫常指導員的畫像，決定畫像的規格，及懸掛肖像的位置。石世文感到很意外，任乃蓉也來了。

老胡說，他不掛觀音，不掛耶穌，不掛孫中山，也不掛蔣中正。他只掛指導員。

老周建議掛在屋頂上的小房間，在台灣，很多人在頂樓上蓋佛堂，因考慮房間的大小，以及把神像安置在上方，是一種敬神的想法。

任乃蓉認為指導員的畫像和老胡在一起比較好。因為臥房和主要的活動空間是在七樓。老胡聽了任乃蓉的意見。

「妳說要種什麼樹？」

老胡問任乃蓉。

「含笑花。」

「為什麼？」

「我喜歡這名字，我也有樹苗。」

「含笑花？是什麼花？」

老周問。

「含笑花，有人叫夜合花，花的形狀有一點像銀杏果，不過大一點點。以前，比較少看到玉蘭花的時候，用它敬神，或放在身邊，因為它有清新的香味。」

「你們過來看一下。」

任乃蓉走到前面的陽台，大家跟著，從陽台看下去，東西側的那兩棵樹，櫻花和梅花都還在，只是位置向前移了一些。

「含笑花不像櫻花、梅花那麼有名，那麼出色，香味也不如玉蘭花，樣子也平凡，這是屬於個人的花。」

家庭

「石老師，我要去看你。」

任乃蓉已來過幾次了，一直上五樓，就是頂樓。

「石老師，早上我去老胡那裡，他要摸我，要給我兩百元。我不敢相信，差一點哭出來了。」

「何醫師的事，他不是打了妳？」

「我，我很吃驚，因為何醫師的事。我不了解，他是因為欲望，還是想幫助我。」

「我感覺，老胡不是壞人。」

「石老師，我感覺，周圍的人，只有你一個人，沒有看不起我。」

「乃蓉，不要這樣說，每一個人都疼妳。」

「石老師，我爸爸、媽媽疼我嗎？他們，把我當做廢物，從來就沒有感覺我這個人的存在。不是嗎？」

「乃蓉，每個父母，都有疼子女的方式。」

「石老師，我讓何醫師摸我，不是為了兩百元，是想讓我的父母，以及別人知道，我能多壞。」

「好壞，不是用一兩件事去判斷的。」

「石老師，那一次以後，很多人都認為我是個妓女，是個婊子。」

「乃蓉，妳今天來看我，只是想告訴我這一件事？」

「這是第一件事。第二件，我是想看看老師畫我的畫，如何修改。第三，老師，你看這一張畫。」

「呃，是馬內的畫，好像叫〈陽台〉。」

「我在舊書攤看到的。」

「這張畫怎樣？」

「這個女人也是畫家。」

「名字，我忘掉了。」

「這位名畫家很有名，但是馬內更有名，對不對？」

「應該這樣。」

「我喜歡畫畫，卻不敢自稱畫家。」

「上次，我畫妳的，還是有不夠的地方。」

「很好呀，我喜歡呀。老師，畫自畫像，是不是要看鏡子。」

「嗯。」

「這一張，也是馬內畫的，畫的是酒吧，這個女調酒師站在鏡前，鏡中有她的背影，但是角度很怪。」

「有時候，一張畫，畫家是從不同角度去看的。」

「我看過老師的一些畫，身體都有扭曲，臉的表情也因為筋肉不順，給人一種驚悚的感覺。為什麼這樣畫？」

「我有給妳看過嗎？我喜歡的畫家席勒的畫？」

「有，有。印象最深的有兩幅，一幅是〈死神與少女〉，一幅是〈家庭〉。」

「這兩個模特兒不同人，一個要離開，一位剛結合。」

「離開和結合……席勒拋棄她了？」

任乃蓉嘴巴呢喃著，身體一動不動的站著。

「一幅，是那麼慘，另外一幅充滿著溫暖和希望。這幅畫，改變了席勒的畫風。」

「新的女人，帶來了新的希望……」

「不久，兩個人都死了。死於一九一八年西班牙流感。實際上，那個小孩還沒出生，那只是他們夫妻想像的未來，他和母親一起，死在腹中。」

「好可愛的小孩。好可憐的小孩。」

任乃蓉說，眼眶紅了，慢慢走向石世文。

「死神抓的不是抱他的少女？」

任乃蓉拉了石世文的手。

「我記得，抱著死神的那個少女，不久也死了。他們三個人，都沒有三十歲。」

「他們是怎麼搞的！」

任乃蓉用力抱住石世文，大聲叫出來。

「世事就是這樣。」

「他們兩個人都留下來了？」

「那是因為有席勒這個畫家。」

「老師，你可以畫我嗎？」

「不是畫過了？」

「我要……石老師，〈死神〉那一張，有穿衣服，〈家庭〉那一張是裸體的。」

「穿衣服和不穿衣服都留下來了。」

「老師，你將一般的人扭曲化了，像我的身體，本來就扭曲了，怎麼畫？要更扭曲？」

「我畫扭曲，是因為我看身體以外的扭曲。我看妳，並沒有任何扭曲，是生病帶來的。」

「老師，聽說有一個雕塑大師，要替人塑像，要先摸人的身體，有個有名的女人被他一摸，嚇跑了——後來也沒有塑成。」

「乃蓉，我很少畫裸體。」

「為什麼？做為一個畫家，不是有些不足？」

「有人只畫魚，有人只畫樹，他們只在小範圍內求完成。」

「老師，老胡說要摸我，你怎麼想？」

「我想，妳是一個很成熟的女人。」

「老師，你是這些人當中，唯一不會看不起我的人。」

「我知道這很重要，不隨便看不起人。」

「老師……」

「怎麼了？」

「老師，我有去看醫生……」

「妳身體怎麼了？」

「醫生說，我身體還正常，有可能，也可以生小孩。」

「呃。」

「老師，真的，醫生，一位女醫生，是這樣說的，我能生小孩。」

軍官俱樂部

老胡和任乃蓉結婚了。周圍的人都感到意外。他們是在法院公證結婚，老周和石世文都有去觀禮，她的父母都沒有參加。

法官先問了兩個人的名字。

「胡中森，你要娶任乃蓉為妻？」

「是的。」

「任乃蓉，妳要嫁給胡中森為妻？」

「是的。」

「任乃蓉，我再問妳一次，妳要嫁給胡中森為妻？」

「是的，我要嫁給胡中森為妻。」

老胡和任乃蓉結婚，大家都感到驚訝。有人祝福他們，但是也有人說：「老牛吃嫩草」、「龍交龍，鳳交鳳，彎痀交憧戇」。更有人說，任乃蓉在想老胡的財產。

喜宴設在寧香樓，以前是軍官俱樂部，現在已重新改裝，對外營業了。

老胡說，他很懷念這個地方。兵就是兵，官就是官，兵永遠不能改變官，這種話他聽過不只一次，有的是兵講的，有的是官講的。指導員第一次帶他進去，他哭了。以前，他一直想，那不是屬於他的。他挑這個地方，另外也是懷念指導員。他很希望指導員能看到今天的這個場景。

喜宴只有兩桌，沒有任何擺設，也沒有餘興節目。老周和石世文都參加，任乃蓉的父母依然缺席。

老胡穿西裝，這是少有的。石世文曾經替他畫了一幅肖像。那時，他為了打領帶，還亂了一下。以前，當兵時打過，已好久沒有打了，可以說差不多忘掉了。以前，他畫過指導員，老胡付他兩萬元。這一次，老胡也付兩萬元。兩萬元是老周為女兒的畫像付的。那時石世文沒有收。不過，老周的畫較小，只有十號，指導員和老胡都是二十號。他們可能不知道畫的價碼和大小有關。

宴會後，有一部分的人到老胡家。他們一進去，就看到指導員的肖像，在一般禮堂是掛孫文，或蔣介石的地方。對著入口，是老胡和任乃蓉的畫像，三幅都是石世文畫的。任乃蓉笑得像小孩子。

嬰兒車

老胡死了，結婚還不到半年。

早上五點鐘左右，任乃蓉醒了，發現老胡不在，找了一下，看他倒在浴室裡，手腳已有點僵硬，頭有流血，打了一一九，救護車來了，醫護人員一看，說沒有生命跡象了，立即通知派出所和法醫。

「什麼時候發現的？」

「五點左右。」

「昨天晚上有沒有做房事？」

「沒有。」

「睡在一起嗎？」

「是的。」

「多久做一次？」

「一個禮拜，或者十天。」

「以前，有什麼病歷？」

「血壓高一點點，一百四十上下，血糖、膽固醇都正常。」

「有吃藥？」

「有，一天一次，吃三顆。」

「妳懷孕了？」

警察問。

「幾個月了？」

「四個月了。」

兩個警察，在旁邊，低聲交談了幾句。

「最近，有什麼異狀？」

「什麼異狀？」

「身體或心情上，有什麼和以前不一樣？」

「祕結，便祕。」

「多久了？」

「一個禮拜了。」

「有吃藥嗎？」

「沒有。他說以前有過，多吃點青菜就好了。」

「最近有沒有多吃青菜？」

「我有煮，他也有吃，吃不多，他說肚子漲漲的，很快就飽了。」

老胡死了，年紀不少，不過還是很突然，外面也有些風聲，說是任乃蓉害的，甚至說是一種謀殺。她的方法很簡單，只要每個晚上做，不行的時候，給他吃藥，這樣子，不到三個月，一定會死的。有人說，他死在她身上，叫馬上瘋。

「有給他壯陽劑？」

「壯陽劑……」

「就是吃了，男人會強一點。」

「沒有，沒有。」

另外，還有一種風聲，任乃蓉懷孕了，是誰的小孩？

「會是老胡的嗎？」

「不可能的。」

「山本五十六，五十六歲的父親，已是很了不起了。」

「不對，台灣來了一個楊將軍，八十多歲了，還可以讓女人懷孕。」

「你說的，是真的嗎？」

石世文知道，任乃蓉不需要「謀財害命」。老胡名下的房子已過戶給任乃蓉了。老胡曾經和老周商量過。在他們還沒有結婚之前，老胡曾多次收到大陸的來信。寄信人，叫胡平山，自稱是老胡的大哥的兒子，現在因為眼疾，已一眼失明，把儲蓄都用光了，另一眼也有可能壞掉，家庭經濟困頓，要他接濟一些。

「怎麼辦？」

老胡問老周。

「你想怎麼辦？」

「這個房子，是指導員留下來的。我知道指導員的心情，他不願意想起大陸。」

「這件事和黃河決堤有關。」

老周曾經向石世文說明過。

「不管他是不是真正的侄兒，我想借一點錢給他。但只一次。」

借了錢之後，信就不斷來了。

老胡和任乃蓉結婚，是不是和這有關，而且結婚不久，就把房子過戶給她了。

老胡的告別式，參加的人不多了，只有公園的那些朋友。唱日本歌的阿媽、阿琴姊，說她年紀大了，不方便去。

告別式過後，還不到半個月，任乃蓉的母親帶了幾件衣服，來過夜了。看來，她是預備住下去的。至少，她想佔住一個房間。

「乃蓉，妳這個房子有三個房間，將來妳弟弟結婚，可以讓一個房間給他住。現在房子漲得很厲害，我們都沒有辦法換房子了。」

「媽，這個房子是老胡的。」

「老胡死了，就是妳的了。」

「老胡有交代，要留給小胡。」

任乃蓉指著自己的肚子。

「算我來投靠自己的女兒。」

「媽，這個房子是老胡的，妳不怕他生氣？」

「人死了，還會生氣嗎？」

「石老師，你要幫我一個忙。」

「幫什麼忙？」

「這幅畫是你畫的？」

任乃蓉指著老胡的畫像。

「嗯？」

「你可以加幾筆，讓他生氣？」

石世文想到了《格雷的畫像》。

「媽，妳來拜一下。」

任乃蓉站在畫像前，雙手合十。

「他是我的女婿，我怎麼拜他。」

「死者最大。」

任乃蓉說。

那天晚上，石世文帶了畫筆和顏料來，很快的在畫像上畫了幾筆。

「媽，快起來，我做了一個可怕的夢，老胡回來了，他很生氣。」

「那是做夢呀。」

「媽，妳快來看，快來看。」

「看什麼？」

「看畫像。」

「畫像怎麼了？」

「老胡生氣了。」

母親一看，全身發抖，趕快穿上衣服，連夜回去了。

「媽，沒有想到老胡脾氣那麼大。不過，他不是亂發脾氣的。現在已恢復原來的樣子了。妳可以來玩，妳想吃什麼，我可以弄，妳覺得我弄不好，我可以買回來，妳來弄。不過，妳不能住下。我相信老胡還不是那種人，不相信，妳可以來看。」

「不，不，我不去，我不去。」

過了兩天，石世文回來，把老胡的畫像畫回原來的樣子。

「石老師，聽說現在有一種技術，用X光之類的，可以照出來，繪畫修改的過程。」

「我有聽說過，不過我不是這方面的專家。」

「石老師，我泡咖啡請你喝，你會喜歡喝的。」

任乃蓉只端了咖啡出來，一靠近就可以聞到香味。

「老師，這是夏威夷的，和上次的不一樣。在夏威夷同一個小島上，有山陽和山陰之分。這是山陰的，陽光少，長得慢，量也少。」

「妳很內行，這很貴吧。」

「是咖啡店裡的人告訴我的。我只買少量，希望你會喜歡。」

任乃蓉說，邊磨著咖啡豆。

「老實說，我也不懂。」

「石老師，最近，安親班有來請我回去，教小朋友畫畫。」

「妳答應了？」

「我要自己開班，我要收費，只收安親班的一半，有收費，學生才會認真。還有，家境比較不好的，我要送畫筆和畫紙。你要幫我上課。」

「上什麼課。」

「人像素描，好不好？」

「妳在取笑我？」

「真的，你畫得好，也改得好。所以要請你來教小朋友。」

「一個禮拜幾堂課？」

「一堂，三個小時。」

「好吧。」

「石老師，你看，我懷孕了。」

「我看到了，妳很高興。」

「當然。石老師，你摸一下。」

任乃蓉坐到他身邊，把孕婦服撩上來，露出肚皮。

石世文沒有動。

「石老師，你看有什麼變化？」

「肚子大了。」

「我不相信你看不出來。」

「……」

「以前，肚臍是凹進去的。現在有點突出來了。」

「嗯，我看到了。」

「以前，肚臍下面，沒有這一條線，雖然很淡，不過看得出來。」

「……」

「石老師，大肚子算不算是身體的變形，依你的說法，是不是扭曲？」

「生了小孩之後，就會恢復本來的樣子，不算扭曲。」

「石老師，你畫過孕婦？」

「到目前，還沒有。」

「不想畫嗎？」

「我可以畫，不過……」

「你在想席勒的〈家庭〉。」

「那是一個悲劇。」

「石老師，你想太多了，先摸一下。」

石世文輕輕的碰了一下。

「石老師，你聽一下。」

石世文把耳朵輕輕壓在任乃蓉的肚子上。

「聽到了？」

「聽到了。」

「聽到了什麼？」

「生命的鼓動。」

「還有嗎？」

「還有什麼？」

「好像在叫媽媽。也好像……」

「……」

「有人賣牛奶，有人賣羊奶，有人說我賣人奶。牛奶、羊奶可以賣很多人，人奶可不是。」

任乃蓉掏出乳房，乳暈已變咖啡色了，她擠出白白的奶水。

「石老師，不管什麼，我都要這樣稱呼你。我說過，在這附近，你是唯一沒有看輕我的人。你也是我最尊敬的人，不管什麼。」

石世文很快的站起來，同樣的話，任乃蓉已說過多次了。

「石老師，懷孕的人可以嗎？」

「可以什麼？」

「可以做嗎？」

「做什麼？」

「做男人和女人做的事。」

「不行。」

「為什麼？」

「世上，所有的生命體，包括人，也包括草木，都是為了傳下一代，傳更強的下一代。比如，鴛鴦在一起，很美好的樣子，實際上，牠們交配以後，公的就離開了，留下母的孵蛋，養小鳥。」

「石老師，等一下，我不是鳥，不是鴛鴦。」

「人也一樣。」

「石老師騙我，我一看就知道老師騙我。」

「我沒有騙妳。嚇哼。」

「石老師。」

「我該走了。」

「石老師，你怕嗎？」

「怕什麼？」

「你怕他嗎？」

任乃蓉指壁上老胡的畫像。

「呃，是他……」

「你看他，多和善。那是你畫的。」

「是我畫的……？」

「好像是照你自己的本性畫下來的。」

生產過後一個多月，任乃蓉用嬰兒車將嬰兒推出來小公園。是女嬰，長得白白胖胖的，還帶有一點紅。她看到人就笑，露出沒有牙齒的嘴笑著。

「好可愛呃。」

「足古錐呀。」

任乃蓉把嬰兒推到阿琴姊旁邊。

「怎麼叫呢？」

老胡和任乃蓉相差，至少有四十歲，是兩代。應該是依老胡的年齡，還是用任乃蓉的關係？

「叫阿媽。」

任乃蓉說。

「叫阿媽的是妳呀。」

阿琴姊指著任乃蓉。

「那怎麼叫？」

「叫阿祖。」

「叫阿祖，叫阿祖。」

嬰兒只是笑著，連牙齒都沒有。

「輪椅呢？」

阿琴姊問。

「捐出去了，捐給醫院。」

有一次，石世文去醫院，看到停車場有一部救護車，叫「星帆號」。他知道一位前輩畫家的畫，就叫〈星帆〉。

「這個嬰兒，好古錐，誰的？」

有人走過來。

「我的。她姓胡，叫胡小玫，玫瑰的玫。」

今日拜幾

石世文在學校教生物，喜歡看一些有關動物或昆蟲的課外書，或這類的電視節目，有時也會在課堂上講給學生聽，希望能提高他們學習的興趣。

印度有許多牛，在街上走來走去。也有許多猴子和老鼠。印度人把牛和猴子當做神、聖，牛稱聖牛，在寺廟裡也有猴的神像，可以叫猴神吧。至於老鼠，也是滿街跑，是不是也奉為神聖，他並不清楚。

石世文看過一個電視節目，有一座寺廟，裡面奉祀猴神，是臥姿，有一隻猴子就坐在猴神頭上，一邊嚼食物。

那是一種黑臉，灰色皮毛，手腳長、尾巴也長的猴子。本來，牠們群居在山林，性情溫和，是很會互相照顧、互相協助的族群。因為山林的開發，牠們四處逃逸，有的就跑到寺廟來了。

印度人很虔誠，也慷慨，經常有人來拜猴神，也會帶來許多食物，像香蕉或豆子給猴子吃。這表示直接間接對猴神的尊敬。

這些離開山林的猴子，來到寺廟之後，就定居下來，讓人豢養，不必再到處覓食。牠們卻養成習慣，吃飽就睡，睡飽就吃。食物很多，滿地香蕉，吃不完，牠們卻開始搶奪食物。為了保護食物，牠們也開始爭鬥。原來那種溫和的性格已完全沒有了。

「為什麼？」

石世文不禁自問。

「為什麼？」

石世文來到小公園，看到老周一個人坐在榕樹下，眼睛看著遠處。

公園裡有很多樹，有榕樹、大王椰子、水皮黃、阿勃勒和茄苳等等。

「老周，你怎麼了？」

「石老弟，你看。」

老周指著銅像。

「銅像怎麼了？」

公園裡有一座銅像，放在工字形的水泥台上，是半身，斷了手臂，全身漆著黑漆，嘴角露出可親的微笑。為什麼沒有手臂？而且好像是用利刀從肩膀直削下去。還有，為什麼是黑色？銅像的旁邊，像貼身護衛，立著三棵大樹，一棵是筆挺的大王椰子，一棵是垂掛許多氣根的榕樹，一棵是隔了一點距離，伸出茂盛枝葉，覆蓋銅像，到了九月間，就把紫色落花鋪滿地上的水皮黃。不知為什麼，那棵最緊靠銅像的大王椰子已被砍掉了，只剩下像砧板的根部留在地上。

為什麼銅像會立在那裡呢？

銅像在公園裡已幾十年了，自從三十年前石世文搬到這裡來就看到它了。它就在那裡，整天曬著太陽，有風的日子吹風，下雨的日子淋雨。有時，有小鳥在樹上啄食，也會有樹子掉落，有時也會飄下鳥糞。

自從大王椰子被砍掉之後，那裡的空間好像寬敞許多了，也會有鴿子停在上面，像印度的猴子坐在猴神頭上那樣。

鴿子和銅像，本來就是一種搭配。在歐美，有銅像，就有鴿子停在銅像頭上，還撒下鴿糞，像掛下白色的彩帶。

不久之前，市政府說為了美化公園，計畫將公園裡的一些樹砍掉，改鋪草皮。不料，居民都起來反對，不分政治立場，市政府只好作罷。

市長要來了。消息好像是從里長那邊傳過來的。

「老周，你是鄰長吧？」

「閒著沒事，當個跑腿的也不錯。」

「市長要來掃廁所了。」

也是從里長那邊傳過來的消息。

「真的嗎？」

石世文問。

市長去年也有來過。前年呢？好像也有。市長已來過幾次了。不知道為什麼，他對掃便所那麼有興趣。

老周回答。

「等著看好了，看他怎麼拿掃把。」

實際上，在市長來臨之前，已有人先把廁所清掃乾淨了，還灑了香水。去年也是這樣。

「香水嗎？真的香水喔？」

石世文問。

「老弟，有加香料的水，都叫香水。」

老周回答。

老周指著銅像要他看，和這一件事有關嗎？

銅像坐東向西，不偏不倚，正面對著廁所。

這銅像是什麼時候豎立的？聽說，銅像人物活著的時候，很喜歡看風水，難道面向廁所也是一種風水的考量嗎？

市長來了，四周跟著一大批人馬，有市政府的大官小官，有區長，有里鄰長。還有市議員。

「老周，你是鄰長，為什麼沒有參加？」

石世文看到本里的里長也在行列裡面。

「參加？我來台灣的時候，他還沒哇哇哭呢。」

「真的？」

「你算算看嘛。」

還有，一大堆記者，有的拿照相機，有的扛攝影機，公園外，也停了好幾輛電視台的轉播車。另外，就是一般民眾，不少是女性，有年輕的，有中年的，也有上年紀的阿媽阿婆。她們擠來擠去，想看看市長的風采。女性民眾喜歡看市長，好像每個地方都一樣。

「市長好。」

年輕的女性先擠到前面。

「大家好。」

市長帶著微笑，像銅像的微笑。

「市長好。」

中年婦女也擠上來了。

「市長好。」

年輕女性提高聲音，表情有些興奮，身體也雀躍起來。

「大家好，大家好。」

市長的微笑，像花在綻放。不過，有時，眼神好像有點失焦。

「哎喲，好帥喔。」

「好英俊喔。」

中年婦女有的靠過去摸他。輕輕的摸，好像怕摸壞掉。

市長穿著白色襯衫，在陽光下發亮，不過他沒有結領帶。他走到廁所門口，把衣袖捲起來，露出白皙的手臂，一手接人家遞給他的水桶，一手拿掃把，走向廁所裡面。廁所外面已擠滿了人群。

卡嚓、卡嚓。

市長進去廁所之前，轉頭過來，許多攝影機對著他。

「市長出來了。」

「掃好了？」

「好快喔，效率好高喔。」

這一次，他連褲管也捲起來了，一手拿著掃把，另一手提著水桶，臉帶笑容。

「好白喔。」

年輕的女性。

卡嚓、卡嚓、卡嚓、卡嚓。

市長把掃把和水桶交給旁邊的人，嘴角露出微笑。

「真水，真水。」

「可以當小生了。」

老一點的婦女終於接近市長了。

每一場戲，好像是類似的戲碼。

「色男。」

石世文還記得，上一次，有一位更老的婦女，用日語說。不過，她已好久沒有出現在公園裡了。老周說，她的兒子把她送去安養院了。

「老周，你有去看過她？」

「有呀。」

「她怎麼樣？」

「她明明知道我不懂，卻還是喜歡插一兩句日語。真傷腦筋。」

「市長辛苦了。」

區長說。

「市長辛苦了。」

別的區長也在裡面。

「他是來觀摩的嗎？」

「應該是吧。要做權貴，就要懂得接近權貴。」

「大家都辛苦了。」

「如果，手或是臉，腿也沒有關係，能有一點髒，效果一定更好。」

「有了，有了。他的手還是濕的。」

「沒有錯，還有褲管。」

市長剛走到公園裡的小廣場，看到一個小男孩跑過。市長彎下身要去抱他，他一轉身跑回母親身邊。

「不要怕。」

母親說，抱住小孩。

「我沒有怕，我要小便。」

上次那個小孩也一樣。

「為什麼？是不是看到有人掃廁所，就會感到尿急？」

以前，有議員，一碰到棘手的事，就往廁所裡跑，有人形容他「尿遁」。這是不是也屬生物層次的問題？或者只是巧合？石世文有點好奇。

「以前，銅像在閱兵的時候，有人太緊張，連尿都洩出來了。其中，有些後來也成為大將軍了。」

老周說。

在印象中，銅像人物也喜歡抱小孩。還有，希特勒、史達林……都喜歡抱小孩讓人照相。

另外一個母親一看，很快把自己的小孩抱起來，走到市長面前。市長很快抱起小孩，眼睛立刻轉向攝影機。

卡嚓、卡嚓、卡嚓、卡嚓。

「你好古錐喔。」

「謝謝。趕快謝謝市長。」

「……」

小孩只是睜大眼睛看著市長。

市長放下小孩，然後身體挺起，從容走出公園，鑽入公務車裡面。民眾一直伸長著脖子，看市長的車遠去。

「市長好像沒有注意到銅像。」

石世文說。

「剛才我要你看銅像，就是想看看市長會不會注意到他。你果然感覺到了。」

「你為什麼有這種念頭？」

「我也不知道。也許，我有一種感覺，市長到底用什麼樣的態度去面對銅像。」

「如果他是在廣場中央，市長自然會注意到了。」

「你說，為什麼會立在那種地方？」

「為什麼？是先有廁所？還是先有銅像？」

石世文問。

「我也記不清楚了。我注意到他，已是這個樣子了。很豬腦。」

「他們有沒有惹麻煩？」

「好像沒有。如果他們有感覺，一定會有改變。」

「市長，不是有事沒事就往慈湖跑嗎？」

石世文問。

「那是本尊，這裡只是分身。也許，還不能算是分身。只能算分身的分身。你知道全台灣有多少個嗎？」

「幾百個總有吧。」

「恐怕上千吧。」

「不知道。分身和本尊有差別嗎？」

「當然有差別。」

「媽祖不是也有分身？甚至還有二媽、三媽？分身也是香火鼎盛呀。」

「那為什麼還有那麼多人，坐一艘一艘的漁船去湄洲？因為湄洲供奉的是媽祖的本尊。因為本尊只有一個。」

聽說市長來公園掃廁所之後，過了一個多禮拜，有一個細雨濛濛的夜晚，有人看到銅像從坐台走下來。

「他有什麼不滿嗎？」

「應該有吧。」

「他生氣嗎？」

「好像還不到生氣的程度。」

「他不是很容易生氣嗎？」

「這一次，好像只有不滿。也許只能不滿。」

「不滿什麼？不滿大家已無心反攻大陸了？」

「可能不只一個原因吧。」

「他披散頭髮嗎？」

「他本來就沒有什麼頭髮。不是嗎？」

石世文想起，民間有人叫他「臭頭仔」。

「他舌頭有伸出來嗎？」

「不要亂說，又不是吊死鬼。」

「他有影子嗎？」

「下雨天，燈光又那麼暗，看不出來。」

「他是走路，還是用飄的？」

「是走路。」

「他有腳嗎？」

銅像本身是半身，並沒有腳。

「當然有腳了。」

「誰幫他接的？」

「他是自己走下坐台的。你以為銅像是滾下來的？他是全身，完完整整的全身。」

「是雙腳併攏，用跳的嗎？」

「你電視看太多了。又不是殭屍。」

「他穿布鞋？」

「哪裡有大人物穿布鞋？他穿皮鞋，是他生前，去士林夜市買的，一雙兩塊錢。那些人說，還可以聽到啪啪啪的腳步聲呀。」

「他在踢正步嗎？」

「什麼踢正步？他是大閱官，他在閱兵！」

「他穿什麼服裝？」

「軍裝。」

「不是大禮服？」

「有一種軍裝也叫大禮服。你不是也當過預官嗎？」

「有佩勛章？」

石世文想起芥川龍之介的話：軍人和小孩喜歡佩勛章。

「只有一個，青天白日章。」

「他有講話嗎？」

「大人物，有哪一個不講話的。」

「訓話嗎？」

「當然是訓話。哪有大人物跟你聊天？」

「還是有很濃的口音嗎？」

「全鬼的同胞們……他總是把國說成鬼。我們的鬼家。將近九十歲，再加上退休二十多年，應該是一百一十多歲了。就是這一點，他無法改過來。」

「退休？」

「從人世間退休。」

「呃。」

「講到最後，他還按照以往的習慣，大聲喊出中華民鬼萬歲，萬歲。」

「然後呢？」

「等著人家喊總統萬歲。」

「有人喊嗎？」

「三更半夜，夜深人靜，還有濛濛細雨，哪裡有人呀。」

「那怎麼辦？」

「自己喊呀。」

「喊自己的名字？」

「石老弟，你有夠笨。他只要喊總統萬歲就好了。還有別的總統嗎？」

「以後呢？」

「消息傳出去，就有人開始來拜了。」

「拜什麼？拜神，還是拜鬼？」

「拜神和拜鬼是一樣的。」

老周說。

這時，石世文想起銅像人物剛過世的時候，在綠島，有人問同伴，「今日拜幾」，有人聽了去密告，那個人可能很慘了。因為「幾」和「鬼」同音。

「鬼和神應該不一樣。一般人的想法，做好事，死後做神，像城隍。鬼就不一定了。拜神，是敬神，是求神，拜鬼，是怕鬼，怕鬼作祟。我有聽說，有人說，神可以不拜，鬼卻不能不拜。你呢？」

「你覺得鬼比神可怕嗎？」

「如果有神鬼，好像是這樣。」

「什麼鬼最可怕？」

「枵鬼吧。」

「人餓死了，不是很可憐嗎？」

「枵鬼有兩種，一種是沒有東西吃，餓死的鬼。這種鬼，正如你所說，很可憐。另外一種是怎麼吃也吃不飽的鬼，就像金魚，永遠吃不飽，有時還吃到肚子破裂。這種鬼，不但用嘴吃，還準備一個一個的大袋子……」

「你指中山袋嗎？」

「現在還有人說中山袋？」

「不管是神，還是鬼，都有人拜，都有很多人拜。一傳十，十傳百，此後就陸續有人到公園裡來祭拜了。」

「拜他嗎？」

「拜他。不然拜誰？拜石頭？」

「在台灣，什麼都拜。神也拜，鬼也拜。人也拜，動物也拜，植物也拜，礦物也拜。拜龍拜鳳，拜龜拜蛇，拜樹頭，也拜石頭。在台灣的確有人拜石頭。」

印度人不是也拜猴子嗎？聽說日本人還拜生殖器呢。

「最近，我看到一個記載。在日本，在面對日本海的一個小港市，有人設計，塑造許多妖怪的銅像，從火車站一直排列到市中心。開始，有不少人反彈，尤其是店家，但是，一弄好，就有人抱怨，一樣是抱怨，卻抱怨為什麼不將妖怪豎在他家門口。」

「妖怪有那麼可愛？」

「牠們可愛，且不害人。還有奇形怪狀，比小丑更誇張。妖怪和鬼不同。妖怪是想像的東西，鬼卻是人死了之後變過去的。」

「那石頭公呢？」

「拜石頭公，是拜和它相似的生物。像龜就拜龜，像老鵠就拜老鵠。」

石世文小時候，家人還坐火車去拜龜公。聽說龜公是一塊像烏龜的石頭。聽說很靈，一時很轟動，現在已沒有人再聽到了。

「聽說，他也變神了？」

「他？誰？」

「還有誰？」

老周指著銅像。

「好像在北海，有一座廟，奉祀他。」

「廟嗎？不是教堂嗎？他不是信教的？」

「是廟。他信教，拜的人不一定信教。」

「是拜的人選擇的？」

「是拜的人選擇的。」

「他什麼樣子？」

「什麼什麼樣子？」

「穿什麼衣服？」

「我在電視上看到，他穿龍袍。」

「什麼？穿龍袍？」

「台灣的神像，都穿龍袍。他也穿龍袍。穿龍袍才像神呀。」

「你知道在什麼廟嗎？」

「我沒有記下來。」

「他有留鬍子嗎？五綹長鬚？」

「好像沒有。裝上五綹長鬚，大概就認不出來是他了。」

「沒有留鬍子，像神嗎？」

「灶君也沒有呀。」

「灶君是年輕人。好了，算了。」

「老周，你有看到？」

「看到什麼？鬼嗎？」

「你不是說有人來祭拜嗎？」

「有呀。都是晚間。」

「為什麼晚間？有人說，白天拜神，晚上拜鬼？」

「大概是選傳說銅像下來的那個時辰。」

「也要選時辰嗎？」

「大概是選他出現時的那種情況。」

「很多人嗎？」

「一般的日子，有幾個，下雨天就多了。」

「都淋雨嗎？」

「石老弟，怎麼搞的，你今天怪怪的。信神的人，跳進水裡都不是問題。」

「有嗎？我有怪怪的嗎？」

「你一直問東問西。」

「有嗎？」

「沒有嗎？對，對。我問你，你去年十一月，去英國，有沒有？」

「有呀。你不是也一直問東問西？」

「你說要講給我聽。」

「我不知道你會不會有興趣。」

「為什麼挑十一月？英國不是很冷嗎？」

「里美有休假，我也請了幾天假陪她。」

「為什麼是英國？為什麼是冬天？有下雪嗎，你們去看什麼？」

「很冷。我們沒有碰到下雪，卻看到了不少的霧。很濃很濃的霧，連飛機都停飛了。」

「伸手不見五指？」

「沒有那麼厲害。在大霧中，看到黑黑的樹影，只有樹幹和樹枝，都沒有葉子。」

「那樣子，可怕嗎？」

「像一幅一幅的畫。」

石世文想到愛倫坡。

「你們真的很怪。對、對，你說去英國看鬼，看到了？」

「沒有看到。」

「當然不會看到。看到了，才是真正的活見鬼。要看鬼，台灣多的是，何必老遠跑到英國去，還挑了冬天。」

「英國的鬼不一樣。英國旅行，有觀鬼團。」

「觀鬼團？看什麼鬼？吸血鬼？」

「吸血鬼，不在英國。」

石世文一說出，才感覺不對。吸血鬼來自羅馬尼亞，不過故事的背景好像在倫敦。

「英國人不怕鬼？」

「不怕鬼。」

「那做鬼幹什麼？」

「英國人不但不怕鬼，而且喜歡鬼。參加觀鬼團，人數不少，能看到鬼的，是一生難得的經歷。為什麼選冬天，主要就是有濃霧。那時，鬼容易出現。那些黑黑的樹影……」

「那是靠幻覺，自欺欺人。」

「幻覺也沒有關係，能看到鬼就好。其實，英國的鬼，也是英國的歷史。」

「什麼？鬼是歷史？難怪你整天怪怪的。」

「英國的歷史上，因為政爭和戰爭，有許多國王、皇后、女王，皇親貴族被殺，他們就在被殺的地方，都是城堡，出現。看到他們，就像溫習了一次歷史。」

「英國人不拜鬼嗎？」

「大概不拜吧。」

「這些冤魂，不會變成厲鬼？不會索命？像中國鬼？」

「不會不會。歷史歸歷史，恩怨就在歷史裡面。」

「歷史不是造出來的？霍教授不是這樣說？」

「在英國，鬼的歷史，也是一種真正的歷史。一部分的歷史是由血造成的。」

「石老弟，你喜歡鬼嗎？」

「我教生物，我很想了解動物，還有昆蟲。」

「你可以把鬼當做生物看嗎？」

「鬼要比生物複雜多了。」

「你還想去英國？」

「如果里美還想。」

「石老弟，真的，看鬼，真的不必去英國。台灣真的很多。可拜，可不拜，你可以自由選擇。」

狗

汪、汪、汪。

汪、汪、汪。

石世文下班回家，經過小公園，看到了寵物攤，是愛護動物的團體辦的流浪動物領養活動，周圍插著一些旗子，擺著幾個籠子，裡面主要是狗，也有貓，另外一個木檻，上面是開放式的，裡面有幾隻狗，有黃狗，有黑狗，前面圍著不少人，有幾個小孩在摸狗，和狗玩。在木檻前面的空地，也站了不少人，在談話，有人還牽著狗。後來才知道，其中有些狗是從這裡領養出去的，今天帶狗來，有回娘家的意味。另外在籠子旁邊，還有一個小木櫥，隔成幾層，裡面放著寵物飼料，還有一些藥品。

石世文看到了卓俊仁的孫子，應該是國小低年級的學生，也站在木檻前面，伸長手去摸一隻黑狗，摸牠的臉頰，摸牠的背，還伸出手臂想去抱牠的脖子。忽然有一隻黃狗，靠過來舔他的手背。

石世文，眼睛轉一下，看到卓俊仁一個人，靜靜的坐在離木檻不到五公尺的公園外圍的低牆上，面對著公園外的巷路。在離開他不遠的地方，有一個長椅子，坐著兩個人，一男一女，各牽著一隻狗，那兩隻狗坐在地上，牠們的外表和大小都很像，耳朵豎起，捲尾巴，毛是咖啡黃，一隻比較濃，一隻比較淡。兩個人低聲談著，男的穿白色襯衫，灰綠色短褲，女的穿著淡紅和白色橫條紋的衣裙，一邊低聲談，一邊笑。

石世文第一次看到他們兩人，也是他們現在坐的地方。女的先到，帶了她的狗，坐在長椅上，狗立即跳上去，坐在她的身邊。男的牽狗來了，一走近，女的狗忽然從椅子上跳下去聞牠。兩隻狗在椅子前轉來轉去，像八卦圖上的太極。

「可以坐嗎？」

「請坐。」

二隻狗，男的帶的狗先跳上去，女的狗跟著，狗在中間，人在兩邊。有一次，石世文看到，是人在中間，兩人挨近，有說有笑，狗在兩邊懶懶的坐著。女的穿著和今天同樣的衣裙。

「牠們是同種類的狗嗎？」

石世文問。

「對，顏色有點差異。」

「是什麼狗？」

「應該是柴犬。」

卓俊仁回答。

「那些狗，都是領養的？」

「應該是。」

「柴犬是不是很貴重的狗？」

「我看很多人喜歡牠，台灣有不少人養牠。」

「這種狗也會有人丟棄，變成流浪狗？」

「現在的人什麼都買，什麼都丟。連大狼狗也丟。」

「真的，真的。有一次，我去餐廳，看到水箱裡有一隻龍蝦，蜷著身體躲在一角，隔壁桌來了一對年輕男女。

「『妳想吃什麼？』

「『你看，那裡有一隻龍蝦，很肥。』

「『好，我們今天吃龍蝦吧。』

「廚師來了，拿了一個網子，把龍蝦撈上來，龍蝦在網子裡蜷著身子，尾巴彈了幾下。

「龍蝦端上來了，劈成兩半，是鮮紅色，還有一些佐料，客人各半隻，看來很大，女的只吃了不到一半吧。

「『怎麼了？不好吃？』
「『好吃，是好吃，我吃不下。』
「『剩下的就叫店員收走了。』」
「呃。」
卓俊仁曾經在另外一個高中教英文，目前已退休。
石世文知道，卓俊仁很喜歡狗，養了幾十年的狗，最後一隻在一年多以前死掉，就決心不再養狗了。他不再養狗的理由是，狗的生命只有十幾年，比人的壽命短很多，他養了幾隻，都先他死掉了。他常說，一隻狗，就像一個小孩。送一隻狗，就像送自己的孩子。
「你是石老師？聽說你畫畫，畫得很好。」
已快三十年了吧，卓俊仁在公園裡碰到了石世文。
「只能算學習，偶爾畫一點。」
「聽說，你幫人畫過像，是老周說的。你畫過他的女兒？」
「熟人，不棄嫌，是有畫過。」
「你畫狗嗎？」
「畫狗？你說畫狗？」
「對，是狗，是畫狗，我家有一隻很可愛的狗，想請你畫牠。」
「我沒有畫過。」

「你不想試一試？一個好的畫家，什麼都可以畫，對不對？」

石世文知道，有人為狗做過銅像，像救過人的忠狗。一般比較多的是照相。有人畫過狗，較多是和人一起，人抱著，或者人牽著，他不知道是不是有人畫過單獨的狗。有，他看過席頓畫過《狼王羅伯》裡的狼王，那是他捕殺的，野生的狼。石世文想到，日本江戶時代有一個畫家，畫了很多公雞，也畫過青蛙和魚。好像沒有畫過狗，不過，忽然又想起清朝，有一個義大利人，叫郎世寧，畫了很多狗。

「要我畫狗嗎？」

「我家那一隻叫亨特，是邊境牧羊犬，牠有很多動作，很多表情，我想請你畫一兩張。」

那是石世文第一次到卓俊仁家。他的家就在小公園側面的一條巷子的盡頭。之前，他也見過卓太太，和他們的一對子女。實際上，石世文在路上見過卓太太，有些面熟，只是當時還沒互相認識。

哼、哼、哼。

亨特是小型狗，長毛，黑毛多，白毛只在鼻樑，前胸以及腳的一部分。牠向石世文低哼了幾聲，還不停地搖尾，舉起前腿，輕輕撲向他。

「亨特。」

卓俊仁一叫，牠停下來，低著頭，放下前腿，好像受到委屈，好像受驚，也好像在道歉的樣子，眼睛直看著石世文。

「石老師是客人，是好朋友，知道嗎？」

亨特又用後腿站立，伸出一隻前腳。

「石老師，亨特要和你握手。」

「呃，好可愛。」

石世文也伸出手。

「亨特，有乖嗎？」

哼、哼、哼。

亨特低哼，不停地搖著尾巴，全身的毛都搖動了起來，尾巴是黑色的長毛。

「亨特……」

亨特偏著頭，好像在等指令。

「亨特……」

汪、汪、汪。

亨特低吠，好像有點不情願，把頭偏得更深。

「亨特，讓我咬一下嘛？」

亨特勉強舉起一腳，假哭起來。

「亨特很乖，不咬你了。」

亨特一聽，四腳著地，整個身子往上彈起來。

「亨特，這是什麼？」

卓俊仁伸出食指，做舉槍的樣子。

亨特蹲下來，用兩隻前腳摀住眼睛。

碰、碰。

卓俊仁用食指一比，發出兩聲。

亨特身子一轉，四腳朝天，眼睛睜著，把嘴張開。

「亨特，我來救你。」

卓太太蹲下來伸出雙手，亨特身體一轉，很快的奔向卓太太，跳到她的懷抱裡。

「石老師，你看他都快變成小狗了。」

卓太太指著卓俊仁。

「石老師，你年紀比我小一點，你叫我俊仁，我叫你世文好了。你可以畫牠？」

看到那隻狗有那麼多的動作和表情，石世文決定畫牠。

「卓老師……」

「不要再叫卓老師了，叫我俊仁。」

「俊仁……」

開始他有點不習慣。

「俊仁，這是純種的嗎？」

「可能不是，純種的非常貴，我們買不起。而且，英國人很重視純種，世文，你是教生物的吧，英國人為了純種，生育出很多畸形的狗。在台灣，很多是米克斯，就是混血狗。」

以後石世文常常去卓俊仁家，林里美也一起去過，卓俊仁夫婦也來過他家，假日，兩個女人還一起去買菜。

「亨特會跳舞呢。」

卓俊仁的女兒，卓靜瑩是高中生，那是禮拜天，她在家和亨特玩，她放了一段卡門的音樂，人和狗就一起跳起來。人只做指揮，狗一下用雙腳站起，一下轉圈，一下打滾，一下倒退，一下躍過她的身體。有姿勢，有動作，也有表情。

亨特先用兩隻前腳做扒土的樣子，那是牛準備要攻擊的動作，先站立，頭部低下，用前腳扒地，而後向前衝，撲到卓靜瑩身上，卓靜瑩隨即倒下，躺好，亨特走近她，看了一下，用一腳按住她的胸部，而後用後腿站立，前腿做出鼓掌的樣子。

「好精彩。」

石世文不禁叫了出來。

「我是看了影片，教牠照樣做。」

靜瑩說。

石世文想，小時候，看過馬戲團，也沒有看過這種表演。他想起了竇加的舞女，他又為牠畫了幾張畫。

有一個年輕女人，抱著一隻白色小狗從兩人面前經過，走向寵物攤那邊。

「那是什麼狗？」

「我看，是狐狸狗吧。」

「牠打扮得像小姑娘。」

狗的額頭綁著一條紅色絲帶，毛梳得平整，好像在發亮。

「人插花，伊插草，人抱嬰，伊抱狗，人睏新眠床，伊睏屎礐仔口。」

卓俊仁忽然唸起童謠了。這個童謠，石世文也聽過，現在已快失傳了。

「我就是抱狗，睏屎礐仔口的人了。睡套房，不就睏屎礐仔口？」

過了兩年，亨特死了，是感冒引起肺炎。卓俊仁非常傷心，他們全家人，包括太太和兩個子女，都哭了幾天。林里美也哭了。

卓太太去狗店找，看能不能找到一隻同樣的狗，卻找到了一隻紀州犬的小狗。牠是鼻子有點黑的白狗，他們買下來了，命名西羅。

「找到了。」

卓太太告訴林里美，以前她家養了一隻紀州犬，是他們的媒人，也是她的嫁妝。

她的娘家在離開這個小公園，走路差不多十分鐘的地方，以前是一條無尾巷，巷口這邊有很多違章建築，形成夜市，現在巷尾已打通了，違章也全部拆除了。

卓太太在家養過一隻紀州犬，叫西羅，到了秋天，常常到門外曬太陽。當時卓俊仁是大學生，租屋在巷尾。他和西羅很要好，每次經過，都會去撫摸牠，牠還會伸出脖子，瞇著眼，搖著尾巴迎他，好像要他抱一下。

卓太太告訴林里美，那一排房子都是日式房子，圍著一排紅磚牆，她家院子裡高高聳起兩棵又瘦又高的檳榔樹，石世文讀大學時，也有同學在那附近租屋，他有印象。

「現在，都拆掉了，檳榔樹也沒有了，改建是一排六層樓的公寓式樓房。」

在巷尾，有一家，也是日式宿舍，住有一位老人。他做過市議員，巷子裡的人都認識他，都叫他張伯伯。當時七十歲算是老人了。他人矮胖，頭髮又稀又白，出門都拄著枴杖。

汪、汪、汪。汪、汪、汪。

西羅每見到張伯伯經過就吠，聲音高，也結實。張伯伯握緊枴杖，狗就吠得越起勁，一下前進，一下後退。張伯伯舉起枴杖，還沒打下，身體搖晃幾下，差一點跌倒。

卓俊仁剛好經過，看到西羅在吠張伯伯，他先扶起張伯伯，再走過去摸狗的頭，狗的頭，狗的背。

「西羅，乖。」

西羅一看到他，就一邊搖尾，一邊低哼，眼睛還注視著張伯伯。

卓俊仁推測，西羅看到陌生人，喜歡過去聞一聞，有時慢慢走，有時走得快，像衝。

張伯伯不知道，拿枴杖防他，甚至要打牠，牠就吠起來了。

「張伯伯，來來。」

卓俊仁牽住張伯伯。

「做什麼？」

「西羅過來。」

西羅遲疑一下，低著頭，走到卓俊仁身邊，很低的，低哼一聲，搖著尾巴。

「張伯伯，摸牠一下。」

卓俊仁拉了張伯伯的手，張伯伯很快的把手縮回去。

「沒有關係，摸一下。」

張伯伯真的摸了西羅的頭，西羅繼續搖著尾巴。

「西羅。」

陳幸玉快步走出來。

「你是？」

「我是住在那裡的學生。」

卓俊仁指一下自己的住處。

「張伯伯，對不起。」

「是狗怕您。」

「什麼？」

「怕您的柺杖。」

「我不能不拿柺杖，沒有柺杖，我不能走路。」

「您走路，慢慢走過去，不要看牠。最重要，不要用柺杖指牠。」

張伯伯照做，西羅聽到他的腳步聲，和柺杖輕輕托地的聲音會低哼，有時會走近他聞他，不再吠他了。

卓俊仁走路，西羅會輕叫，搖著尾巴出來迎他。陳幸玉，後來的卓太太有時也會跟出來，和卓俊仁談幾句。

「西羅是我們的媒人。」

卓太太說。

「我們結婚的時候，牠就是我的嫁妝。」

卓太太結婚之後，第二年生了一個女孩，就是卓靜瑩，第三年又生了一個男孩，不過在小孩出生之前，西羅死掉了。夫妻都很傷心。卓俊仁的母親說，他是西羅來轉生的。母親指著小孩的頭髮，在右耳上，有一小撮顏色比較淡的細毛。這一撮毛，到小孩進幼稚園的時候，才和其他的頭髮一樣，變黑了。

「阿公，阿公，你過來看。」

小孫子走過來，抬頭看著卓俊仁，伸手過來拉他。

「看什麼？」

「小狗好可愛。」

「叫叔公。」

「叔公。阿公，你過來看一下嘛。」

孫子拉了阿公的手，有點用力，阿公有點站不穩。

「阿公，小狗好可愛。」

孫子拉了阿公的手，走到幾個相疊的小籠子，裡面有三隻小黑狗，看來出生沒有很久，眼睛小小的，毛細而軟，鼻子有一些白毛。

「阿公，買給我，好不好？」

「阿伯，這種狗很乖，很聰明，也很容易養。」愛寵物團體的小姐說。

「什麼狗？」

「牧羊犬。」

「牠們也是流浪狗？」

「是流浪狗生的小狗。」

卓俊仁沒有說話，轉身就走。石世文記得，他替卓俊仁畫的也是牧羊犬，不過，籠子裡的小狗，黑毛的顏色淡了一點，有點咖啡色的色調。

「阿公，阿公，你看。好可愛！」

孫子看著小狗，又看阿公。

西羅死後，卓俊仁夫妻的意見有點不同。卓太太想再去買一隻狗回來養。卓太太娘家有養狗的習慣。但是，卓俊仁不很積極。

「我想我們要用一點心來多懷念西羅。」

「我們要再找一個伴。養新狗也可以同時懷念舊狗呀。」

大概經過一年，卓太太帶卓俊仁去狗店。西羅死後，卓俊仁一直說不想再養狗，不過卓太太知道他不會拒絕。他們買了一隻台灣土狗的小狗。

那一隻狗，大概活了十五年。這期間，卓太太聽朋友說，看到了有人養紀州犬，她去看，果然是紀州犬，可能不是純種，身上有一些淺金色的毛。

這時有一個年輕人，穿著牛仔褲，白色襯衫，牽著兩隻大型狗，一下低頭聞聞，一下抬頭看著，從男女的座位那邊走過來。兩隻狗一看到大型狗，就退到兩人腳邊。

再走幾步，有一個中年男子，擋住大型狗，蹲下去。

「不要逗牠。」

「為什麼？」

「這一隻有四十公斤重，牠一撲，你受不了。」

在大型狗後面，不到十公尺，有一個年輕女人，牽了一隻小狗，跟過來。那是一位女議員，來家拜過票。

汪、汪、汪。

小狗走到男女兩人面前，突然向那兩隻柴犬尖叫幾聲。那兩隻狗，突然跳上椅子。

「真沒有用。」

「那是什麼狗？」

「吉娃娃吧。」

「很兇嗎？」

「不會吧。」

「那為什麼大狗，兩隻大狗，怕一隻小狗？」

「我也不知道。可能太突然了吧。小狗，狗小，聲音又大又尖，或許，前面走過一隻大狗，那兩隻狗驚魂未定，突然，太突然了，小狗突然尖叫。那小狗，本來膽子小，膽小的，先叫，只是想護衛自己。是守，不是攻。」

「呃。」

石世文有些不了解。

「世文，你知道流浪狗怎麼處理的嗎？」

「呃，我想起來了。大概在二十年前，我曾經帶學生去過吳興街底的家畜疾病防治所看流浪狗的處理場。遠遠的看到一柱大煙囪，是一個焚化爐，在鐵架屋下面有很多籠子，每一個籠子裝了幾隻狗，還有的綁在鐵架柱上，地是水泥地，地上放著塑膠水桶，和沖水用的塑膠水管，可能是用它清洗場地，不知道是不小心沖到狗身上，或者替牠們沖洗，每一隻狗身上都濕的，都無力地趴在地上，有的身體不停發抖，看到有人來，有的一動不動，有的睜開眼睛直直看著人，牠們的眼睛是無力的，充滿著無助，有的還帶著恐懼，也有的好像是在求助。」

「聽說人被關久了，也會有同樣的情況。」

「我也有那種感覺。」

「我們怎麼處理？」

「我不是很清楚，大概用打針的方式，給牠們安樂死，然後送到焚化爐。」

「每一隻？」

「聽說，時間一到，沒有人領回，就這樣處理。聽說有些國家在處理死刑犯，也是用打針的。」

「要關多久？」

「聽說一個禮拜。聽說有保護動物的團體在呼籲要延長時間，不知延長了沒有。」

「在那裡，還看到什麼？」

「看到一隻大狼狗。那種狗，也有人丟的。沒有錯，牠是大狼犬，在街上走，多威風，在那裡，看起來變得那麼小。那是很高貴的狗，也是精明有用的狗，日本人還帶牠們去打仗呢。你們養過狼犬嗎？」

「沒有。」

「大狗，有時也很落魄，是不是這樣，大狗被小狗一吠，就躲起來了。」

「也許吧。」

「說不定，他們怕的，不是小狗，是牽小狗的人？」

「真的？」

「你們喜歡紀州犬？」

「對。」

「西羅之後又找到一隻了。這一隻，體型和西羅差不多，毛是淡一點的金色。牠叫莫莫，這是養狗的人給牠的名字。」

「我在處理廠還看到了一個牌位，小小的牌位，沒有名字。」

「聽說，愛狗的人，埋了狗，還給牠們一個簡單的墓碑，上面自己寫上狗的名字。」

「西羅有嗎？」

「沒有。台灣還沒有普遍。」

「你說，後來的那一隻叫莫莫？」

「對，叫莫莫。」

「莫莫，是桃子嗎？」

「有可能。聽說，在日本，對養狗的人，莫莫是一個很受歡迎的名字。」

莫莫活了十三年。那時候，大公園已完成，石世文常常在那裡遇到有時卓俊仁，有時卓太太在遛狗，有時，是兩個人一起。一邊走路，累了就坐在椅子上休息，和剛才那兩人一樣，不過狗只有一隻，都坐在地上。

莫莫死掉的時候，卓俊仁發誓不再養狗。卓太太的頭髮在一夜之間變全白了。石世文是有感覺，有些不自然，一看白色的頭髮還撒了一點淡淡的金黃色。

「那是染髮。」

石世文對林里美說。

「我不相信。有人把白髮染成黑的，哪裡有人把黑髮染成白的。」

林里美說。

「是染的。」

卓太太告訴林里美。

「為什麼？」

「有時候，俊仁睡到半夜，會摸著我的頭叫莫莫。我被他嚇壞了。我忽然了解，我去把頭髮染成和莫莫一樣的顏色，叫他摸摸。」

不到一個月，她頭髮的毛腳長出來了，顏色不一樣了，是原來的黑白摻半。

鬆。

「好難看喔。」

「要不要再去染？」

有一次，卓太太和林里美一起去市場。

「俊仁並不贊成再染。他說自然就好。」

所以有一段時間，差不多半年，卓太太的頭髮一直參差不齊，甚至讓人感到蓬蓬鬆鬆。

卓俊仁不想再養狗了。大概在七、八年前，他有一個女同事，也是教英文的，嫁給一個美國派來的銀行主管，要調回去了，女同事辭去教職，和先生一起去美國。當時他們養了一隻狗，知道卓俊仁喜歡狗，養過狗，也知道他們不再養狗，但是他們相信，他會照顧牠，就拜託他們收養牠。

「牠是講英語的。」

「牠是什麼狗？」

「台灣土狗。」

「說英語的台灣土狗？」

「狗不是看狗種，是看狗主人說什麼話。」

「呃。」

那位女同事生了兩個小孩，讀美國學校，大部分是講英文。

「教狗坐下叫sit，教狗去把東西咬回來，叫fetch。世文，你知道叫狗跟你走，英語怎麼講？」

「叫follow me吧。」

石世文很少有講英語的機會，英文程度只是一般大學畢業生的程度，他讀較多的是繪畫美術的書。

「開始，我也以為是follow me，不對，我孫子告訴我，那時他讀幼稚園小班，他說heel，就是高跟鞋的跟。我真慚愧，教了那麼久的英文，不會說出這樣一個字。這種生活語言。」

「就是他嗎？」

孫子還是在人群裡面，人太小，人又走來走去，有時看不見。

這時候，坐在椅子上的那兩位站起，牽了狗，臉帶微笑，輕輕的握了一下手，而後往不同的方向走開了。

「懷孕了。」

卓俊仁說。

「懷孕了？女的？」

「不是。男的狗是母狗，懷孕了。」

「呃。」

「喂……」

卓俊仁叫了一聲。

石世文看到卓太太走過來了。

「阿明，六點了，你在做什麼？你不是說會帶阿公回家吃飯？」

卓太太匆匆的走過來，腳上穿著拖鞋。

「阿媽，妳看，這隻小黑狗，好可愛。阿媽，買給我好嗎？」

「狗的事，你去問阿公。呃，石老師，你也在這裡。」

「我跟卓老師閒聊。」

「叫俊仁。」

「俊仁，回去吃飯了。」

「阿公，你來看，那隻小黑狗，好可愛。阿公買給我好嗎？」

「……」

「我們不賣狗，我們這裡只領養。」

站在旁邊的小姐說。

「阿公。」

「買狗，去問你爸爸、媽媽。」

「我有問過，他們說要問阿公和阿媽。阿公，好嗎？」

「我們回去吃飯。」

「阿公，再看一下。看一下就好。好可愛喔。」

三個人一齊站在狗籠前面。

「這一隻。」

一共有三隻小黑狗，毛細細，有點捲，眼睛初看小小的，仔細一看並不小。

「那是什麼狗？」

石世文問。

「牧羊犬吧。」

「阿公，你說可愛不可愛？」

「……」

「這是流浪狗生的小狗嗎？」

「對。牠們的母親，本來是要處理掉的。我們把牠救出來。」

小姐說。

石世文又想到那一個焚化場，沒有人認養，早就處理掉了。

「是她們救了那一隻母狗。」

「以後，不管活多久，就是多活的了。牠還生了小狗。這些小生命也是多出來的了。」

小姐繼續說。

「是嗎？」

卓俊仁看了石世文一眼，那眼神好像是利刀，但是很快就轉變成一種無奈的表情。

「阿公，阿公……」

「你會照顧嗎？」

「會、會。」

「你一個人可以照顧？」

「……」

「一個人喔。」

「我想，我一個人，我想，有時，爸爸、媽媽會幫助我。還有阿媽。」

「我沒有答應呢。不過俊仁，你記得嗎，石老師？

「曾經幫靜瑩的狗，畫了兩幅，那一幅跳舞的，靜瑩說有動作，有表情，好像在嬉笑，她喜歡，就帶去美國了。另外一幅，用槍對著牠的，牠裝著一臉無辜的樣子，還留在家裡，還掛在牆上。那一隻狗並沒有離開我們呀。不但這樣，一隻狗還變成兩隻呀。」

「阿公……」

「喂……」

「你要做決定。」

「阿公！」

孫子跳起來，兩手抱住阿公的脖子。

紙飛機

石世文和老周坐在榕樹下閒談。榕樹的氣根長長的垂下來。公園裡，到處可以聽到鳥聲，青笛仔的聲音細細的，白頭殼的聲音粗壯。麻雀的聲音吱吱喳喳，有時還飛到地上來，跳躍、啄食。

公園並不大，西側一條小街，大車小車來來往往，伴隨著引擎聲和喇叭聲。

上午十一點左右，阿和推著腳踏車，從北側的門進來。他戴著竹笠，腳踏車的把手上掛著兩三個麵粉袋，後車架上放著一個塑膠箱。

這一條小街，有人計算過，有兩百家餐飲店。阿和是來交茶葉的。

石世文曾經問過他，為什麼不騎摩托車。他說，騎腳踏車較習慣，反正不急，騎車也是一種運動。有時，騎摩托車，怕茶葉染到汽油味。

阿和坐在茄苳樹下的石條上，從把手的一個小塑膠袋，取出三明治，咬了一口，看到了石世文，把手放下來。

「等一下，我過去。」

石世文向他喊了一聲。

「阿和，你叫什麼名字。」

一個小孩走近他，母親跟在後面。

「叫阿伯。」

「阿伯，你叫什麼名字？」

「阿和。」

嘰——

小街上，有汽車煞車的聲音。接近中午，車子越來越多，行人也越來越多。有人走向餐廳，也有人出來買便當。

公園裡，也有不少人。有老人，也有小孩。老人多坐著，靜靜的坐著。小孩多是由母親陪伴。也有幼稚園的老師，帶了十幾個小孩出來。小孩，有的在玩球，有的坐蹺蹺板，有的在拉單槓，有的在跑跳，也有的溜滑梯。

那個小孩的母親，穿著淡紫色的碎花連身衣。她就住在附近，和石世文認識，有時在路上碰到，也會打招呼。

「阿伯，這是什麼？」

「茶葉。」

「都是茶葉嗎？」

「對。」

「為什麼有好幾個袋子？」

「有的貴一點，有的便宜一點。」

「阿伯，我要飛機。」

「好，好。」

阿和放下三明治，從塑膠箱裡取出一張廣告紙。他每次來公園休息，都會做紙飛機送小孩。大一點的小孩，他會教他們摺。

他將廣告紙對摺，撕開，很快摺成一隻紙飛機。

「阿伯，我要大的。」

「小飛機，一樣飛得很好。」

阿和拿起飛機，往前上方的空地射了出去。紙飛機由上往前，平穩的飛過去，略微彎了彎，緩緩地滑落到地上。

「阿伯，我要大的。」

「小祥……」

「沒有關係。」

這一次，阿和用整張廣告紙，做了一隻大一點的飛機。

大飛機，飛得不很平順。

小孩跑過去，撿了起來，捏好，照樣射了出去，紙飛機卻頭朝下，摔到地上。他把紙飛機撿了起來，再射一次。這一次，紙飛機飛得很順，不過沒有那麼遠。

「阿伯，我要不一樣的飛機。」

小孩又撿起紙飛機，跑回阿和面前。

「好，好。」

阿和曾經說過，他可以做一百種不一樣的紙飛機。

「真的？」

小孩的母親也曾經問過他。

「一百是個完整的數字。我沒有真正算過，十幾種，或者二十種，一定有。」

剛才做的，像協和式，現在又做了一隻像魟魚。他做好，就舉手射出去。

「飛機的翼尾，要往上翹一點，能飛得更平穩，也更遠。」

石世文聽說過，也看過他射飛過。他不知道道理，不過，好像就是這樣。

小孩和剛才一樣，跑過去追。突然，從滑梯那邊跑過來另外一個小孩，也想去撿紙飛機，兩個小孩，扣的一聲，撞在一起了。紙飛機掉在地上。

兩個小孩都坐在地上。先前的一個，用手揉著額頭，低聲哭泣，另外一個，先是張大嘴巴，什麼聲音都沒有，而後呱的大聲哭出來。

兩個母親都趕過去。

「你怎麼那麼笨。」

第二個小孩的母親說，用力把小孩拉起來，要把小孩拖走。

「我要飛機。」

小孩看著地上的飛機，半蹲著身子抵擋著。

「不行。掉在地上，髒。不要髒東西。」

她說，把孩子硬拖回滑梯下。

「不要再哭了。」

孩子擦擦眼睛，正要爬上滑梯。

「不行，不行。跌下來怎麼辦。」

「我不會跌下來。我要溜滑梯。」

「不行。我們回去。」

母親拉了拉小孩的手，孩子還是抵抗著。

「我要，我要溜滑梯……」

孩子一邊爬，一邊哭。

「很痛嗎？」

第一個小孩的母親蹲下來，仔細看著小孩的額頭，伸手摸了一下。

「很痛。」

小孩流著眼淚，沒有哭出聲。

「你很勇敢。」

「我要飛機。」

小孩，一手拿著一隻紙飛機。

「你把它撿起來。」

小孩看著母親遲疑了一下。

「阿和，你做竹蜻蜓？」

「我會做，不過要採竹子，比較花時間。石老師想要？」

「不是，不是。」

昨天，他剛參加學校的畢業典禮，從頭到尾，全是致詞，議員致詞，委員致詞，教育局官員致詞，區長也來致詞了。還有家長會長，最後才輪到校長。

他曾經看過電視，日本一個小學的校長，每一年，送畢業生一隻竹蜻蜓。他送走一屆，就開始為下一屆的學生，做竹蜻蜓，一直到他退休。

他看到阿和做紙飛機送小朋友，就開始想到那個校長。

「你賣什麼？」

一個從公園經過的中年婦女問。

「茶葉。」

「什麼茶葉？」

「坪林茶葉。」

「坪林？不是大陸的？」

「坪林的茶葉很不錯。要不要試試看？」

阿和從麵粉袋裡抓出一把茶葉，放在手掌上，婦女看也不看一下，匆匆的走開。

「貨都交了？」

石世文走過去，問阿和。

「交了。」

「今天，賣得好？」

「和上一次差不多。不減少，就算不錯了。」

阿和對石世文說過，近來，有些餐廳泡茶，不再用大壺，或用鋁桶，都是一小壺一小壺，現沖現泡。有些人，還認為阿和的茶不夠好。他們不要省茶的錢，以免影響生意。

「石老師，今天買多少？」

嘰——碰——

街上已圍了不少人，公園裡也有人跑出去。

「怎麼了？」

石世文問。

「摩托車撞到人了，撞到一個老阿婆。」

老周回答。

「老阿婆怎麼了？」

「躺在地上不能動了。」

「趕快叫救護車。」

有人在喊。

「這個地方，大概一個禮拜就發生一次。有時大，有時小。很多是摩托車肇事。」

老周說。

「石老師，今天買多少？」

「二斤，分成四包。」

石世文喝咖啡。茶是林里美要他買的。里美說，阿和的茶不錯，她也介紹給同事，同事也喜歡，也一起託石世文買。

阿和從車後架的塑膠箱，取出紙袋和小秤子。

「阿和，那是什麼？」

「秤子。」

阿和說，抓了一把茶葉，放進紙袋裡，用秤子秤。那是舊式的小型秤子，前面同時有秤鉤和用細鍊掛著的小秤盤。阿和將尾端向上翹。小孩目不轉睛的看著。

「要茶枝？」

阿和從另外一個麵粉袋，抓出一把茶枝。茶枝是褐色，有光澤，是茶葉的梗。

「給我一點，包成兩包。」

里美說，她的同事也要茶枝。

「茶枝，做什麼用？」

小孩的母親問。

「泡茶呀。它和茶葉差不多。」

「你賣什麼？」

另外一個婦女，五十多歲，走過來，手拖著一個菜籃，裡面裝滿魚肉和蔬菜，也有水果，最上面，有幾顆番茄在閃著紅色的亮光。

「茶葉。」

「哪裡的茶葉？」

婦女說，抓一小撮，拿到鼻前聞了一下。

「坪林。」

「一斤多少錢？」

「三百元。」

「三百元？」

「很便宜的了。」

「有沒有好一點的？」

「同樣的茶，妳到店裡買，至少要六百元。」

「你也買了？」

婦女問石世文。

「我買了二斤。」

「這是自己生產的，是今年現摘的。」

「有盒子嗎？裝了盒子，一斤至少一千元。」

「你起肖了？」

「我是說，在店裡，同樣的茶，用盒子裝，一斤賣一千元。」

「我要一斤，用盒子裝。三百元，對不對。」

「對，對。用盒子裝，要送人？」

「我們自己喝，也不喝散裝的。」

「要茶枝嗎？」

「誰喝茶枝？」

婦女說，將茶葉放進菜籃，拖著出去了。

小孩的母親，再走近一步，抓起一把茶葉聞了一下，轉頭看看石世文。

「我買了二斤。我太太說很不錯。」

「我要半斤喝喝看。可以嗎？」

「可以，可以。」

阿和秤好了茶，把小秤子放在椅條上。

「阿伯……」

小孩直看著阿和。

「你想玩。」

「嗯。」

阿和拿起小秤子，看小孩一眼，先教他如何提秤帶，如何移動秤錘，而後將秤錘移來移去。他將秤錘移到前面，秤桿就翹了起來。孩子一看，哈，笑了一聲。阿和把秤錘往後移，秤桿往下垂，忽然，秤錘滑下去了，掉在地上。同時，秤桿往上一彈。

「哎唷。」

阿和一手摸腳盤，一手摸前額。好像，腳被秤錘砸到，前額也被秤桿打到。

小孩先是怔了一下，而後哈哈的笑出來了。他前額上面的包，他一笑，就更加明顯了。

「要小心喔。」

阿和將小秤子交給小孩。

小孩也學著阿和，將秤錘移來移去，秤桿也隨著上翹或下垂。

「玩好了？」

母親問。

「好了。」

「要謝謝阿伯。」

「謝謝阿伯。」

「那我們回去吃飯。」

「阿伯，鳥在上面做什麼？」

「鳥？」

「樹上面。」

「呃。茄苳樹，有金龜，也有許多小毛毛蟲。牠們在吃蟲，也在唱歌。」

「阿伯，你會做鳥？」

「做鳥？用紙做？」

「對。」

「飛機給我。」

小孩手上拿著兩隻紙飛機，一手一隻。阿和拿過來，用原子筆在上面，各畫兩個小圈。

「不行，不行。這還是飛機。」

「真的，我不會做鳥。不過，我會餵鳥。」

「鳥會下來？」

阿和拿起只咬了幾口的三明治，掰了一小塊麵包，往上面一拋，拋在兩棵茄苳樹枝葉之間的空間。

嗶。兩三隻鳥，一齊飛向麵包屑，停下來，是白頭殼，有一隻咬到了，咬到和沒有咬到的，都飛回樹枝上。

阿和再拋。鳥越來越多，嗶，嗶的飛過來搶麵包，不管有多少隻，只有一隻搶到。牠們就是不會撞到。

阿和一邊掰，一邊拋，還一邊吃著剩下的餡。他把麵包拋光，餡也吃完了。

「鳥，為什麼不會相撞？」

孩子的母親說，眼睛看著石世文。

「你看，鳥都比你聰明，對不對？」

不知什麼時候，第二個小孩的母親也站在旁邊。

「媽，我肚子餓了。」

第二個小孩說。

「好，我們回去吃飯。」

「媽，我要吃麥當勞。」

「好，我們就去吃麥當勞。」

ㄅ，ㄅ，ㄅ。

救護車來了，醫護人員下車，用擔架把被車子撞到的老阿婆送走了。

夏子老師

わたしが一番きれいだったとき
わたしはおしゃれのきっかけを落としてしまった
——茨木のり子（一九二六—二〇〇六）

昨天，夏子老師打電話來，是林里美接的，約石世文，今天下午三點鐘在公園見面。下午兩點半，石世文帶了畫具，主要是筆和素描用紙出來。他想早一點去公園，看看雨景，看看樹木和草地。

以前，他去公園散步，碰到在大學教美術的朋友，剛好帶學生出來寫生，對著一片樹木，他只准學生畫樹幹和草地。這是他訓練學生的方法。

這時，石世文忽然想到莫內的畫，畫了一張又一張的麥草堆，不同的季節，不同的時分，不同的天氣，形成的不同的色彩，和不同的光和影。或許他也可以嘗試一下。

今天，雨不停的下著，一下子小，一下子大，公園裡人影也少了。他看到了樹木下面的草地，到處積水，積水不停的閃著白光。他較少在下雨天出來，這是較少看到的景色。他到以前寫生的地方看看，椅子是濕的，他站了一下，走向涼亭。

公園裡，有很多門，也有很多涼亭。東南角的這個涼亭，是在離夏子老師住家最近的門裡面，她來公園，都是從這裡進來的。

夏子老師已退休，幾年前搬到公園附近的住宅區定居，是高級住宅區，她的弟弟就住在附近。

杜夏子是舊鎮國校的老師，沒有教過石世文，卻有教過林里美。她教書一輩子，多教一、二年級的學生，全舊鎮的人都認識她，都叫她夏子老師。她的學生有被抓去管訓過的兄弟人物，回來舊鎮，也會去看她。

夏子老師的新家離石世文他們住家不遠，就隔著大公園，林里美已去看過她幾次，也幫忙做點雜事，石世文也去過一兩次。

夏子老師姓杜，是在夏至那天出生，命名夏子。其實夏子有日本名字的意味。在夏子老師出生的年代，日本式的名字還沒有風行，石世文看過國校的紀念冊，杜夏子的名字是杜氏夏子。當時，台灣女性在姓和名之間，多加一個「氏」字，用以識別。

在日治時代末期，有一些台灣人改日式姓名，都市比較多，石世文算過自己的紀念冊，畢業生三百多名，改姓名的只有十人。石世文畢業，是一九四五年三月，是日本投降的半年前。

改姓名的人不多，不過談的很多。有些姓，日本人也有，只是讀法不同。像林、吳、賴、柳、秦。但是，班上的同學，有姓林的，還是改成小林，姓吳的改成吉田，姓張的改成宮本，完全日本化的姓。

當時，因為工作的關係，或者和日本人接觸較多的人，多少有改姓名的壓力。杜夏子是國校老師。

夏子老師說，杜和森都讀作Mori，意思也一樣，所以只要讀法改一下就好了。

戰爭結束，在日治時代末期出生的，已有不少是日式名字，男人叫武雄、文雄、英雄的很多，很多都沿用下來，女子叫秀子、雪子、淑子的，都改回來了，像秀子就改成秀卿、秀慧、秀媛等等。

夏子老師還是沒有改。聽說，夏子老師的父親曾經去請教過一個秀才，還拿了幾個名字去請教，明夏、宜夏、夏儀。秀才說，不用改，中國不是有孔子、孟子嗎？父親說，那些都是男人，都是大人物。秀才說，誰說女人不能成為大人物。父親雖然覺得秀才有些離譜，他還是決定就叫她夏子，鎮民繼續叫她夏子老師。只是，有人，年紀大一點的，還是叫她なつこ先生。

涼亭裡面有三個人在躲雨。兩人是整理公園的女工，其中一人叫阿芳，石世文認識。第三個人，坐在亭柱邊的石椅上，石椅是L形，他穿著厚厚的外套，戴著黑色鴨舌帽，看來相當老舊。他整個人背靠在亭柱，帽緣上方有一塊長方形的帽徽，已褪色了，仍然可以看到一些紅色痕跡。兩個女工人面前，放著一部工作用的推車，上面放著工具，有竹掃帚，鐵耙子，塑膠桶，和雨傘。女工人身上穿著有桔色螢光橫條的工作衣，都穿著塑膠半統靴。看了鐵耙子，石世文想起以前是用竹耙子，製作較麻煩，是要用火烤彎。

「這種下雨天，也出來。」

男人說。

石世文看了他一下，以為他在問女工人。

「這種下雨天，也出來。」

男人的眼睛盯著石世文。

「雨小了。」

石世文回答他。

「醫生怕我。」

男人冒出一句。

阿芳和另外一個女工人笑了。阿芳露出缺了一顆的門牙。

「醫生怕我，一直叫我出來。」

兩個女工人還是笑著。

「不要笑，醫生真的怕我。」

「石老師，一個人？」

阿芳說。

「我和夏子老師約三點鐘。」

「夏子，日本名字，現在還有人用日本名字？」

「石老師，雨小了，我們還要去工作。」

「下雨天，都要出來。」

「不出來，做不完。」

「上午，出來的時候，沒有下雨。」

兩個女工人推著工作車走了。

「真的，醫生真的怕我。」

石世文看著手錶，也走向公園門，站在門口等著。

公園的門口，出去就是兩條馬路交叉的路口，石世文看著交通號誌，以及順著綠燈行走的車和人。雨又下了，不大，公園外，車子來來往往，行人也不少，有人撐傘，有人空手快步走過。他看到了夏子老師在人群中，矮矮小小的，手撐著小小的淺水色的雨傘，一步一步走過來。

「夏子老師。」

夏子老師穿著白色襯衫裙，灰綠色外套，過膝深灰色裙子，一手拿著黑色皮包，一手撐著淺水色雨傘。

「世文，真歹勢，這種天氣約你出來。」

石世文牽了夏子老師的手。已忘記什麼時候開始，他和夏子老師來公園散步，他就牽她的手。她的手，白白、小小的，可能是下雨的關係，有一點冷。

「世文，這是什麼？」

每次來公園散步，夏子老師就問很多問題。

她在舊鎮國小教書，教了四十多年，教過林里美。林里美告訴石世文，夏子老師在上課的時候，就喜歡問學生「這是什麼」。這是她的教學方法。和石世文一起，她也一直問「這是什麼」，好像她已變成學生了。

「世文，這是榕樹嗎？」

「是，這是榕樹。」

石世文發現，夏子老師的問法，改變了。

「這是什麼？」

「氣根。」

「榕樹長大了，也長鬍子嗎？」

「對。」

石世文有點急，夏子老師問得太快了。

「氣根是做什麼用的？」

「它幫助母樹吸取水分。」

「這一棵，也是榕樹嗎？葉子很大。」

「這是印度橡膠樹。」

「它的鬍子變成手，變成腳了。」

「對，對，氣根變成柱子，幫助支撐母樹。」

「蓋房子，要有很多柱子。」

「對，對。」

「呃，樹很聰明，自己幫助自己，不要倒下去。是不是？」

「是。」

「是不是像枴杖？」

「什麼？」

「年紀大了，要枴杖？」

「呃。我沒有想到年紀的問題。夏子老師，妳一直沒有用枴杖。」

「這，雨傘，就是我的枴杖。」

他們經過榕樹區，雨小了，幾乎變成很細的毛毛雨。

「這是阿彌陀……」

「是阿勃勒。」

「赫，對，對，是阿勃勒，你說是巴西原產。夏天，整棵樹是淡綠色的葉，開著一串一串淡黃色的花，那麼清新。現在冬天，葉子快掉光了，豆子變黑了，是水土不服嗎？」

「我不很清楚，不過，好像很多植物的適應力很強。」

「呃，那人呢？」

「人發明了衣服。」

「這種天氣，很難穿衣服。」

「今天早上我正要換衣服，接了一下電話，只一下，就打哈欠了。」

「里美在家？」

「她去上班。」

「呃，我真糊塗。退休之後，不上班，就忘掉別人還要上班。」

「我也快退休了。」

「你退休，還有事做。上次，我看你畫畫，就畫這一些樹。你說只畫樹幹，這些歪歪曲曲的樹幹？」

「只這一些，就畫不完。我記得夏子老師說，喜歡青仔欉。」

「我喜歡它，長得直。雖然我自己很矮，也有一點肥。」

石世文記得，在舊鎮公會堂兩側，各種了一排青仔欉，他曾經爬上去，拉下葉子，到港坪上做滑船。

「這是什麼？」

「樟樹。」

「對，對。以前，你就說過。就是做臭丸的樟腦樹。我們都是教員，人家都叫我們臭丸。臭丸，日語是ノ〡タリン，腦不足。我們教員，不但是臭丸，而且腦不足。」

「夏子老師，我也是臭丸，腦不足。」

「呃，世文，聽說，全世界，只有台灣出樟樹。」

「大概有百分之九十吧。」

「現在，沒有人用臭丸了吧。」

「不是完全沒有，不過不多。」

「我有一個同事，租了一片山地，種相思樹，說長大收成以後要請大家，結果樹是長大了，沒有人要了。」

相思樹可以做木炭，可以做枕木，還有礦內的支柱，現在除了少數做木炭，都用不上了。

「老師，我們走這一邊。」

「這條路太窄，你不用牽我。」

「為什麼？」

「對面有人走過來，大家有路走。」

這是讓路的問題。石世文記得，大概一個月以前，也是在這一條路上，迎面來了一家四個人，年輕的父母帶了兩個子女，兩個小孩一邊跳一邊笑，石世文讓到路邊的草地上，他們哄笑而過，一家四個人，沒有人說對不起，也沒有人說謝謝。

「世文，那是什麼？」

夏子指著樹木下積水的草地。

「我不確定，大概叫麻鷺。」

「牠在做什麼？」

「等蚯蚓。常常看到牠在樹下的草地上靜靜站著。有一次，看到牠啄到一條蚯蚓，開始我以為是在咬樹根，仔細一看，是蚯蚓，有一半還堅持在地中，看過去，好像在拔河。以前，草地乾，要等很久，現在，草地有一部分泡水了，蚯蚓可能要出來地面呼吸了，也容易找到了。」

「牠很聰明。」

「以前常常看到兩隻，最近只看到一隻。」

「另一隻呢？」

「不知道，可能不在了。」

「一隻就不會傳種了？」

「據說，牠也是一種瀕臨絕種的鳥類。」

「為什麼？」

「因為人。人奪走了牠們的棲息地，奪走了牠們的食物。」

兩人走到寬一點的路上，夏子老師又伸手給他。

「這叫台灣……」

「對，台灣欒樹。」

「為什麼加台灣兩字？」

「台灣原生種。」

「樟樹呢。」

「老師，這一次難倒我了。也許也是原生種，我不敢確定。」

「對不起，對不起。」

「我回去查清楚，下一次回答妳。」

「我記得，上一次看到，它開黃色的花，很鮮艷。第二次，變成咖啡色。現在，顏色淡了，就要謝掉了吧？」

「老師，這一棵樹。」

他們走到路的分岔點，在一棵小小的苦楝樹前停下來了。

「世文，我記起來了。」

沒有錯，那棵小數的樹幹上，還可以看到一個小洞，是五色鳥的巢。五色鳥是啄木鳥的一種。有一次，市政府在樹上掛了一份布告，說五色鳥在此築巢，不要靠近打擾牠，結果，至少有十部照相機架好等待著，賞鳥、照相。鳥並沒有出現。

另外一次，在另外一棵樹，他帶夏子老師去看，那一次，市政府的公告也出來了，賞鳥的人卻還沒有來。

「老師，妳看，就在那棵樹，兩根大樹枝交叉的地方，在那一根直立的樹枝上，有沒有看到一個小洞，裡面有小鳥，小鳥伸出頭來了。」

「哪裡？」

「那裡。」

「呃，看到了，好漂亮喔。」

「雖然，小鳥只是伸出頭，羽毛都長出來了，可能很快就離巢吧。」

「牠們都要離巢嗎？」

「大部分的鳥類，都要離巢，有的還沒有完全長大，飛不遠，是很危險的。不過，牠們必須離巢。」

「為什麼要離巢？」

「母鳥還要生卵，還要孵卵，生弟弟妹妹吧。」

「不能五代同堂。」

「鳥的想法，是大自然的想法。」

「人呢？」

「有些動物是大家族的，像猴子，像象。」

「對，我上次問你的問題，象的問題。」

夏子老師問他，象是不是能預知死期，是不是人以外唯一預知死期的動物。

象是群居的動物，一個家族，或幾個家族在一起。有些象老了，會離開象群，獨自出走去找死所。死所形成象塚，一般是沼澤地，或池塘，老象走進水裡，到了全身沒入水中，就把象鼻收回，溺水而亡。

這是傳說，石世文也不知道真假，不過，好像有記載，在印度的某些地方，有人找象牙，發現了象塚，那裡有很多象牙。

「很多動物死了，屍體呢？」

「被其他的野獸，或鳥類吃掉。」

「象的死法，是不是避免屍體被毀掉？」

「真的，我不知道那種傳說是不是真的。」

「我很希望它是真的。那是很美的故事，懂得找自己歸宿的場所。那麼自在，不過有點淒涼。」

「老師，走上面？還是走下面？」

二人走到分岔點，一條可以上人造小山，另一條走向音樂台前面。

「上面有很多樟樹？」

夏子老師說過幾次，她很喜歡樟樹。

「老師想上去？路會滑。下面也可以看到樟樹，樟樹在山坡上，整片都是，上面和下面都可以看到。」

「那我們走下面好了。」

過了樟樹林，就是音樂台。

音樂台前面有一排排，排成弧形、漆成豬肝紅的長椅，平時都會有人坐在那裡，有人看書，有人玩手機，有人休息，也有人睡覺。有音樂會的時候，人就多了，連椅子後面的草坡地坐了不少人。今天，只有一個中年女人在音樂台上，在運動，動作很多，不但手腳不停地伸縮，有踢有跳，還全身扭動，包括頭部、頸部和腰部。

「這是健身操？」

「應該是。」

「這會太激烈嗎？」

「有時候，我從這裡經過，常常看到這個人，都是這樣，不但激烈，時間也很長，要持續一個鐘頭以上。」

「這是有益健康的運動嗎？」

「吃東西，可以吸取營養，吃多了，有時反而會傷害身體。」

「純純有跟你聯絡嗎？」

「沒有。老師呢？」

「也沒有。」

「沒有電話，也沒有信？」

「都沒有。」

「聽說，她很不喜歡寫信？」

「她中文、日文、英文都不算好。你們這一代，碰到戰爭的這一代，雖然她讀過高中，讀中文、日文可以，寫信卻有點困難。」

「呃。」

「你有讀大學，不算。」

「那她的音樂呢？」

他們正要走過音樂台。

「基本的可以，不過要彈中等以上的曲子，就很難。」

石世文知道，林純純和夏子老師接近，是因為音樂。當時，夏子老師在舊鎮是很少數有鋼琴的家庭。林純純向她借鋼琴練習，夏子老師也可以教她。

嘎、嘎、嘎、嘎。

「世文，樹上很吵，那是什麼聲音。」

夏子老師抬頭看樹上。

「喜鵲的叫聲吧。」

「喜鵲的叫聲那麼難聽？」

「牠們在爭吵。」

「爭吵什麼？」

「展示雄威，爭取母鳥。」

「呃。」

夏子老師低下頭。

「老師，那邊有涼亭，要不要休息一下？」

「世文，你看這些樹。落葉松，葉子全都掉下來了。」

石世文看地上，針狀帶紅的咖啡色落葉，像鋪著地毯。上次，夏子老師也說落葉松，他記得以前也聽過落葉松，不過他查了資料，是叫落羽松，日本也叫落羽松。

「世文，這一排樹，到了春天，又會長出新葉，很漂亮的綠葉，對不對？不過，我有一種奇怪的感覺，看著這一排樹，知道台灣也有春夏秋冬。不知為什麼，冬天的感覺特別清楚。」

「大概，在台灣，會落葉的樹並不多，更少像這一種樹，掉到連一片葉子都沒有。」

夏子老師說，彎腰撿起一兩絲枯葉。石世文看到，她彎腰的時候，有點吃力。

「老師，我們還是去涼亭裡休息一下。」

那個亭子，平時都有一些人，有男的也有女的，都是中年以上的人，他們有時會帶點心，也有人泡茶，有時，也有人吹口琴，今天可能是因為下雨，只看到兩個人坐在那裡。

「世文，我看到了，很多鳥。你過來，那是什麼鳥？」

「暗光鳥。」

池塘邊，還有樹上，停著許多暗光鳥，偶爾也有一兩隻飛過來，飛過去。

「不是，不是，那鳥小小的，鼻子紅紅的。」

「小水鴨吧。」

「牠在吃東西，吃什麼東西？」

「吃青苔吧。」

「今天，沒有人來餵鳥。」

「天氣不好，沒有人出來。」

「中間那一隻是什麼？鶴嗎？」

「不是鶴，是蒼鷺。」

「牠腳很長？」

「是很長。」

「水很深嗎？」

「蒼鷺可以站在水中，不會很深吧。」

「你看。」

夏子老師指著一塊塑膠板，上面寫著「水深危險」。

「這是做官的人的一種護身符。萬一有什麼事發生，他們會說有提出警告，就可以免除責任。」

「世文，我看到了。」

「什麼？」

「龜。」

「呃，我也看到了。」

「龜很長壽吧。聽說可以活千年？」

「千年？我不知道，大概可以活一百年吧。不過，龜的種類也很多。」

「龜、鶴、鹿，都很長壽，是嗎？」

「那是以前的人說的。鹿，在台灣並不長壽。」

「為什麼？」

「因為鹿皮漂亮，差一點被獵光。」

「呃。」

又下雨了，雨勢並不大，有一點風，吹到臉頰。

「老師，我們還是進去休息一下。」

這個亭子，和剛才的不同，中間沒有桌子，椅子在四個角落。風的關係，東側是濕，西側是乾的。石世文和夏子老師坐下來。

這時，石世文看到亭子裡那兩個人，兩個年輕人，應該是男女朋友。夏子老師也看到了。他們坐在長椅上，還撐著淺紅色的雨傘，男的手裡拿著一個紙袋，兩個人用竹籤叉著，舉到嘴邊，一邊吃，一邊笑。

石世文聞到了香味，他們是在吃鹽酥雞。

「嘴張開。」

男的叉了一塊鹽酥雞，自己先張開嘴巴，好像要和女的比誰張得大。女的把嘴張開，張得很大，還笑著。

「你。」

女的說，也叉了一塊，因為嘴裡塞著雞肉，講不出話。

「下雨天，一個人變成兩個人了。不，四個人了。」

石世文和夏子老師走進亭子裡，還不到五分鐘，剛才在另外的亭子裡碰到的男人也走進來了，西側有人，他只好坐在東側的石椅上，腳伸直，擱在石椅上。東側會濺到雨水，不過雨不大。他把帽子拉一下。

「醫生怕我，叫我出來。」

夏子老師看了他一眼，把視線移開。

不久，那對母女也走進來了。夏子老師對他們輕輕的點頭，母親看了她一眼，沒有回答，女兒低頭笑，眼睛看著遠方，那姿勢，好像眼睛長在額頭上，但視線並不集中，兩顆眼睛，眼球顯得格外的大。

石世文和夏子老師一起，或單獨一個人，在公園散步的時候，常常碰到這一對母女，大概都是在下午，她們的衣服很類似，體態也差不多。她們都是穿著布衣、花裙子，天氣熱，衣服少一點，天氣冷，像今天，就會披上厚厚的外套，都穿長襪，兩個人，身材矮矮的，母親年紀大了，女兒年紀小，體態卻差不多，腰身比較粗。

「她是不是有病？什麼病？」

夏子老師問過。

「我不確定，好像叫蒙古症？現在叫唐氏症。」

「生下來就這樣？」

「對。」

「不會好嗎？」

「好像不會。」

「好可憐喔。母親要陪女兒一輩子？」

「很可能。」

「如果女兒先走了？」

「母親，或許可以解脫。」

「像出獄？」

「像出獄。」

「不過，母親已經陪她二十年以上了吧。如果母親先走呢？」

「她要自己走吧。」

「自己怎麼走？」

「總是要走的。」

母女在亭子裡大概停了三分鐘，沒有坐，一直站著，然後母親牽了女兒的手，走向竹林的方向。

「唉。」

夏子老師眼眶紅了。

「你會下棋嗎？」

男人問石世文。

「會一點。」

「你知道什麼叫死棋吧，她會餓死。」

「真的會餓死嗎？」

「如果沒有其他的家人，她又不會照顧自己……」

「真的會餓死？」

夏子老師眼眶紅了，淚水也滴下來了。

「看來，她還不到不會照顧自己的程度。」

「這叫死棋。死棋就是死期。」

「老師，我們走吧。」

石世文牽了夏子老師的手。

「你們不相信嗎，醫生怕我。」

那個男人說話，還摸一下帽子。

「世文……」

夏子老師站起來，主動拉了石世文的手。

「你們也怕我？」

他們走向竹林的方向，也就是母女走去的方向。

他們走到觀音塑像前面，有人在參拜，都是合掌胸前，有人靜靜站著，也有人微動著嘴，而後鞠躬。其中也有看到母女二人。母親拜，女兒也跟著拜。

石世文在公園內，常常看到母女相偕走過，今天是第一次看到二人站在佛像前面。

夏子老師合掌拜了三次。

「世文，你不拜嗎？」

石世文沒有說話，帶她到佛像側面，那裡立有一個公告牌，有字的一面是向外，站在佛像前面只能看到公告牌的背面。上面寫著，這是藝術品，不是一般神像，請遊園民眾不要膜拜。

石世文想到，他在大四那一年，台北上演《宮本武藏》，一共有三集，其中有一集，武藏出門決鬥，他知道這一次是強敵，對方聚集整個道場的兵力來對付他。他走到神社前，上面掛著一個大鈴，從大鈴垂下一條粗繩，他伸手拉繩子，這是不是和台灣上香的動作同樣，告訴神明，我來了，我就在祢面前，我有所祈願。

武藏忽然放下手，靜靜站著，在心裡唸著，「敬神不求神」。

「為什麼？」

石世文帶夏子老師去看告示牌。他還記得，當時在建造公園的時候，這個塑像已存在。在附近，有一家佛堂，供奉著同樣的佛像，公園裡的這一座，是放大的。當時就有很多人來參拜。建造公園時，有人反對，並要求拆除，其中一個主要的理由是，佛像是佛教的，為什麼只重視佛教，其他基督教、道教，也可以塑像呀。所以，就用藝術作品的名義留下來。

「為什麼文字不向正面？」

「用藝術品的名義就不用拆。另一方面，也考慮不讓信徒直接看到。」

「世文，我懂了。」

夏子老師說，拉了石世文的手，跟著母女離開佛像。

「世文，你看她們的背影，像不像象？」

夏子老師說，眼眶紅起來了。

「我也這樣想。」

今天，她們是穿著接近淺灰色系列的外套。象很大，不過，從遠處看，她們縮成一團，的確有一點像兩隻象。

「她們來公園散步，另外一個目的，就是來拜佛。」

「看來，她們已拜好幾年了。」

「好幾年了。」

「這樣子，心理負擔就可以減輕一點吧。」

石世文和夏子老師從佛像側面的路繞出來。

「世文，那是什麼鳥？」

有一對鳥在樹下草地上停停跳跳，而後啄一下，又跳起來。有時雙腳一起跳，有時一腳先，一腳後，跨步走著。一望過去，草地上還是濕的，有些地方還有積水，牠們都能精確的跳開水地。

「就是剛才很吵，聲音很難聽的那一種鳥。」

「現在很靜了？」

「牠們已相配好了，一起覓食。」

「那是什麼鳥？」

一對年輕的男女走過，女的問。

「烏鴉。」

男的毫不考慮的回答了。

「是烏鴉嗎？」

夏子老師再問。

「是喜鵲。烏鴉，全身就是黑的，喜鵲比較小，身上有白毛。」

「在七夕，牛郎和織女要相會，為他們搭橋的，就是這種鳥？」

「對，對。」

「他們相會，而後，在同一天，就必須再分開？」

「對，對。」

「必須分開嗎？」

「傳說是這樣。」

「世文，你看，那邊另外還有一對。」

夏子老師指著遠處較遠的草地上，樹叢的邊緣，另外一對喜鵲。

有一個六十多歲的男人，穿著深藍色西裝褲，上身穿著淺綠色夾克，戴著灰色無緣帽，手拿著小型照相機，走向喜鵲。

喜鵲看到有人接近，就慢慢跳開。男人看牠們跳開，就更靠近，人已走進草地，鞋子已經碰到積水。他越靠近，鳥更跳開，他加快腳步，鳥飛走了。

男人退到路上，鞋子已濕了，褲管也濕了。

「世文，牛郎和織女分手的時候，喜鵲也搭橋嗎？」

「什麼？」

「喜鵲也搭橋讓他們分手嗎？」

「我不知道。」

石世文想到，俗語有「見合不見離」。

「那他們怎麼分開？」

「不知道，我真的不知道。」

石世文完全沒有想到夏子老師會問這種問題。

「老師這是什麼？」

他們已走到路快分岔的地方，公園裡有很多分岔。

「荔枝。我記得，上一次看到荔枝掉落滿地，有的已爛掉了。你說，這些，不是珍珠，也不是鑽石，現在沒有人吃土荔枝了。」

「對，對，老師記性真好。」

「我一直感覺，太可惜了。所以，印象很深。」

「我也有這種感覺。」

「人被寵壞了。我記得在舊鎮，有一家麥芽糖廠，圍著紅磚牆，裡面有一個小庭，種有兩三棵荔枝，我和他們家人有熟，荔枝熟了，我們就去摘，但是比我們更早，就有小孩越牆進去偷摘。就是這種，現在沒有人要的。」

「時代變了。」

「那是什麼？」

「松鼠。」

一隻松鼠，在荔枝樹枝上迅速的走過。

「松鼠也吃荔枝？」

「我沒有看過。」

「動物也挑食嗎？」

「貓就挑食。」

「為什麼？」

「不捉老鼠了。」

「呃，貓也被寵壞了。」

他們走到公園的兩條主要道路的交叉點，那裡有一個更大的亭子，平時有很多輪椅聚集那裡。公園裡，有好幾處，有輪椅陣，這裡是其中的一隊，大概有七、八輛。坐在輪椅上的，大部分是老人，平時都是靜靜的坐著，有的在打盹。

「她們在做生日。」

那一次，是夏子老師先發現的。推車的外傭在那裡切蛋糕，也有飲料。

「她們講什麼話？」

「菲律賓來的，講的是塔加拉語吧。」

她們講話很快，好像在打卡賓槍。

大部分的老人家都坐著不動，只有一個老婦人在吃蛋糕，是外傭在餵她，把蛋糕切成一小塊、一小塊，慢慢的餵著。

「奶奶……」

外傭詞彙不多，一叫「奶奶」，老人就張開嘴。

好像在吃五頓。石世文回憶以前在農村，看農人在田邊吃五頓的情景。

「好溫暖喔。」

夏子老師說。

忽然有一輛腳踏車匆匆駛過，是個洋人。

「他不是幼稚園的老師嗎？」

夏子老師問。

那個洋人，常常帶幼稚園的小朋友來公園，一邊玩，一邊跳，一邊教英語。

「現在的小孩，太好命了。」

「我們學英語一輩子，連電影也聽不懂。」

「世文，公園裡不是禁止騎車嗎？」

「是禁止的。」

「他們看不懂中文？」

「布告，也有英文呀。還有圖。」

「那為什麼？」

「下雨天呀。」

「下雨天？」

下雨天，人少，警察不來，路又濕，走近路，方便多了。

「外國人，不是很守法嗎？」

「我們這邊，有不少去外國留學的，有的還是法學博士。他們在外國守法，回來台灣，就不一定了。」

「呃。」

「老師，我帶妳去看一棵樹，也是現在沒有人吃的水果樹。」

「什麼樹？」

「妳猜。」

他們站在一棵矮樹前面。

「我猜不出來。」

「可以吃的，我們一定都吃過。」

「世文，我猜不出來，你告訴我。」

「楊梅，也就是樹梅。」

「樹梅，真的，現在好像沒有看到。我問你，樹梅開花嗎？」

「開花。」

「晚上才開花？」

「為什麼？」

「以前，在學校，有一位從廈門來的老師，她說樹梅只在晚上開花，在日出以前就謝掉，人看不到，看到樹梅開花的人會死掉。會是真的？」

「不是真的。樹梅會開花，不會馬上謝掉，而且和茄苳一樣，有公樹和母樹，都會開花。如果老師所聽到的是真的，楊梅，桃園那個楊梅，是楊梅，也就是樹梅的產地，人不是都死光了？」

「呃，真的？我真的不知道。聽說廈門那邊的樹梅，又大又甜？」

「有可能。有些植物，這個地方有，另外的地方沒有。有的地方長得比別的地方好。像甘蔗，在印尼，長得又大又甜又多水，台灣差一點，日本……」

「聽說沖繩有種甘蔗。」

「對，對，我有聽說過。」

「世文。」

夏子老師看著前面椰子樹區一個年輕女人，撐著傘，站在路邊看著樹。

「上次也是在那裡看到他們。」

上次看到，是兩個人。女的已懷孕，另外一個人可能是丈夫。兩個人，慢慢的走，一邊看著椰子樹。男的，牽著女的，另外一手不時伸出去摸她的肚子。路上的行人，有人瞟眼看他們，也有人盯著眼睛看。他們走到一棵大王椰子前面，停下來了，兩人伸手去摸大王椰子的樹幹，再抬頭看著樹，從下面看上去。

「他們在做什麼？」

夏子老師小聲問。

「我不清楚。」

「會不會是一種儀式？」

「什麼儀式？噢，我想可能是在做胎教。」

石世文想到，許多胎教的方式，有人讀書，有人聽音樂。

「胎教？」

「胎兒在肚子裡的時候，聽說胎教很有效。這對夫妻，可能希望將來，小孩能像椰子樹，又高又直。」

他的推想如果正確，現在有這種想法的人恐怕不會多吧。

「今天，為什麼只有一個人？」

「先生可能上班去了。」

「太太一個人也出來了？不怕滑倒？要不要扶她一下？」

「大概，她認為這很重要吧，有機會就出來。老師教學生，重要的是很好的方法，對不對？我看，她走得很小心。」

「世文，你為什麼不畫這種又直又高的椰子樹。拚命畫那些扭來扭去的榕樹？」

「因為我心理有點扭曲吧。」

「你？」

「還有，我眼睛也有問題。」

「是你看到的東西扭曲，還是你斜視？」

「以前，在台灣，做玻璃的技術還不夠好的時代，做出來的鏡子不平整，照出來的映像是會扭曲的，看久了，映像好像就動起來了。」

「你是說，不好的鏡子，照出來的事物會扭曲？」

「老師有沒有看過那種鏡子？」

石世文記得，好像是在十六世紀，在翡冷翠，有一位畫家就是畫出凸面鏡的自畫像，手較近，畫的特別大。這算不算是扭曲的一種開始？

「有，有。」

「夏子老師。」

是阿芳，和另外一個女工，正在樹下草地上耙著落下來的枯葉。

「阿芳，這種天氣，妳也出來？」

「妳們在收落葉，落葉泡了水，要重幾倍喔。」

「沒有辦法，上面說要趕工。」

阿芳笑著說，露出牙齒，缺少一顆門牙。

「阿芳，妳的牙齒還沒有補？」

「領工資就去補。」

阿芳笑著說。

「上次，妳不是也說過，領工資就去補？」

「我有說嗎？」

「有呀。」

「老師，這一次，我一定會去補。」

「阿芳說，這一次，還是不行。」

另外一個女工人說。

「不要亂說。」

「不補不行，不好看，還有吃東西不方便。」

「是真的，咬香蕉，就會像菜股，留下一條凸出來的痕跡。」

阿芳笑著說。

「世文，你看樹葉掉那麼多，又黏在地面上，怎麼掃呢？」

「老師，要不要再休息一下？」

他們來到剛才和阿芳和他們一起歇雨的亭子。

夏子老師坐下來，有點不安的樣子。

「老師，怎麼了？椅子上有水嗎？」

「沒有，沒有，沒有什麼。」

「有不舒服嗎？」

「沒有，沒有。」

「林純純什麼時候回來？」

林純純去美國看她兒子。

「我也不知道。」

石世文聽林里美說，林純純在舊鎮，有一個很好的朋友，是小學同學，因為家境關係，很早就結婚，沒有升學，後來丈夫死掉了，她請她去家裡幫忙打掃，她家裡很多食物，有的是買的，有的是病人送的，那時候還沒有冰箱，林純純寧願讓食物壞掉，也不會送給她。

「怎麼會這樣呢？」

這和石世文對林純純的感覺完全不符合。她個子小，皮膚白，像夏子老師。小嘴，一排又小、又白、又整齊的牙齒，還有輕輕的笑。那時他晚上睡覺都會夢到她。

「她沒有寫信？」

「沒有。她雖然考上高女，戰後改制，也讀到高中，中文、日文、英文都好像不太好，好像都不習慣用來寫信。」

「真的？」

這是有可能的，那是一個時代造成的缺陷，三種語文都會，但是都不很好。

「有沒有打電話？」

「也沒有。」

「呃。」

「世文，我想回去了。讓你花那麼多的時間陪我。」

夏子老師站了起來，卻不動。

「我很高興能陪老師。里美常常提到老師，如果不上班，她也很想出來看老師。」

「里美是很好的女孩，你很福氣。不，應該說，你們兩個人都很福氣。」

夏子老師說，又坐下來。

「老師，妳有不舒服嗎？」

「沒有，沒有事。」

「老師，我來幫妳按摩一下。」

以前，他替她按摩過，開始是他自動，後來，有時，她也會要求。

「世文，幫我抓一下。」

石世文輕輕的抓她的肩膀。

「世文，你會日文吧？」

「可以讀，不能講。」

「為什麼？」

「敬語的問題。」

「呃。我了解。敬語的確很麻煩，還有男女語言的區分。」

夏子老師說，從黑色皮包拿出一個信封，是直式的，上面寫舊鎮國民學校，「杜夏子樣」，寄信人的名字寫在背面，「高木惠」，信是由沖繩的石垣市寄來的。

「是誰寄來的？」

「你自己讀。」

信是用日文寫的。

夏子樣

很突然的寫信給妳，請多多包含。

我叫高木惠，我的主人叫高木堅。他在三個月前過世。他的遺言，一定要我寫一封信給妳。他是癌症過世。妳知道他自己是醫生，卻一直沒有發覺。我不認為他是疏忽。我想，他是有感覺。我自己是個護士，我知道怎麼照顧他，他沒有很痛苦。

「高木堅是誰？」

「我認識的人。」

「台灣人？」

「對，台灣人。」

「他姓高，名木堅，去日本，變成姓高木，名堅，名字沒有變，讀法變了。太太是日本人，依日本習慣，從夫姓，叫高木惠？」

「大概是這樣，你再讀下去。」

他在昭和二十二年，也就是一九四七年，由台灣逃到與那國島，再逃到石垣島。「逃」是他常用的字。

一九四七年三月以後，台灣的局勢很不平靜。他是在長崎學醫的，戰後回去台灣，遇到一位從沖繩去台灣開設醫院的院長，正在計畫如何移轉醫院的事。這個醫院的另外一個醫生，去過滿洲，他知道中國人的做法，所以在那一件事發生以後不久，就勸他逃走，他本來很猶豫，說自己沒有做錯什麼事，但是那位醫生舉了一些統治者在中國殘害百姓的事例，他就從台灣的東部海邊，坐船到與那國，再由與那國逃到石垣。

石垣島有很多台灣移民，他們是從台灣中南部農村過來的移民，他們是來種甘蔗和鳳梨的，那位勸他逃走的人，也是石垣島的人。

他有日本醫生執照，就到我們醫院來，我是護士。大概經過三年同事，我們結婚了。

在這期間，他不敢和家人聯絡，後來，他也知道不少人在那一事件之後，受難了，有幾個是同事或親友。

有一件事，我是一定要告訴妳，每年夏天，在夏至前後，大約就在那一天，他會去與那國島，很多人知道那裡的落日很美。他還說，那一天，太陽最接近台灣。他從那裡可以看到台灣，看到從台灣下去的落日，美麗的落日。最美麗的夏天的落日。

我想告訴妳，他死後，我曾經有一次去與那國，不過不是夏天，去看落日。我唯一的遺憾，就是沒有和他一起。我們一起去過很多地方，與那國，他就是沒有帶我去過。我去的那天，因為雲層，沒有看到太陽，不過雲彩呈現鮮妍的各種彩色，隨著時刻，不斷的變幻，還有鑲著黃金色的邊緣，美極了。

聽說，現在台灣變很多了，有錢了，也自由了。

我現在有一個希望，我們兩個人，妳和我，可以相約，見見面，甚至可以去與那國，或許可以看到更完整也更完美的落日，從台灣下去的落日。可以嗎？かしこ。

高木惠

「老師，かしこ是什麼意思？」

「かしこ、かしこ……」

夏子老師已滿面淚水，忽然，整個人趴在石世文身上，雙手緊緊抱住他的背部。

「夏子老師……」

石世文輕輕的摸了她的頭髮，然後再輕輕的抓了她的肩膀，抓了幾下。

「かしこ，大概是敬畏的意思，日本女人寫信常用的結尾詞。」

「這封信，寫得很真誠。」

「世文，我應該去嗎？」

夏子老師忽然轉身，臉朝著石世文，雙手抓著石世文的手臂。

她的皮膚很白，肌肉已鬆弛了。她的頭髮白多於黑，眉毛也白多於黑，她的臉上，眼角，尤其是脖子，都刻著深淺不同的皺紋，眼皮也顯得有些浮腫。

「我想，她是充滿著友善。」

「我這年紀，還可以坐船？」

「不知道有沒有飛機？」

「其實，我只是想，可以和惠桑見一次面，也等於看到木堅。」

夏子老師說，臉依然朝向他，睜大眼睛看著他。

「也許，可以在台北見面。」

「在台北，又看不到台灣的落日。」

「老師想去，我可以陪妳去。」

「世文……」

「老師……」

「我不想去了，現在，我什麼都不是。」

夏子老師又哭了，淚水已融化了臉上的一些化妝，淡淡的口紅，也脫色了，看起來，一下子又更老了很多。

在舊鎮時，石世文就聽說過，夏子老師有一個男友，他們就要結婚了，忽然發生那一件事，那個男友，應該就是這個高木堅，失蹤了。當時，他有一個醫生同伴遇害了，另外也有失蹤的。

「當時，完全沒有想到他已逃到石垣島。」

夏子老師喃喃的說。

石世文也想到，林純純曾對他說過，夏子老師，差一點被她的先生，也就是何醫師強暴。她全身光裸，直直躺在床上，完全沒有抵抗。

為什麼？

石世文曾經看過紀錄片，舊的公獅被新的公獅趕走，母獅會對新的公獅翻身，露出腹部，表示順從。狗也會有類似的動作。

米萊有一幅畫〈歐菲麗雅〉。歐菲麗雅一個人，盛裝，躺在小溪流上，不但手上握著花，身上，小溪流四周都是花。這幅畫最神祕的，就是歐菲麗雅臉上的表情。

為了了解，他重讀了《哈姆雷特》，歐菲麗雅落水身亡，在埋葬她的時候，哈姆雷特的母親，也就是王后，在她身上撒了一些花，說這些花本來是要裝飾妳的新娘房的，沒有想到現在要撒在死去的妳身上。

「世文……」

夏子老師拿出一張相片。

「他就是高木堅？」

「嗯。」

「長得很帥。」

「……」

「只一個人？」

「嗯。」

「夾在信裡面？」

「嗯。」

「為什麼不是合照？」

「一種思い遣り吧。」

思い遣り，就是「思慮別人」吧。

石世文又想到歐菲麗雅，好像有一種了解，那是失去一切，捨棄一切的表情。

「世文，你讓我靜一下。」

涼亭外面，下著雨，雨不大，也有風，風也不大，不過，依然有冷的感覺。夏子老師，閉著眼睛，在石世文的腿上躺了十分鐘左右。

他看到夏子老師的臉，那些皺紋，慢慢的緩和下去，不過眼眶依然有點浮腫，眼角還有點淚水，他伸手幫她擦了一下。

「當時他如果沒有逃走……」

石世文說了一半，停住了。

「世文，這幾天，我自己都在想這個問題……」

「老師，對不起。」

「世文，我要回去了。」

「老師，我送妳。」

石世文牽了夏子老師的手，走出公園，站在兩條馬路交叉的地方等著紅燈變成綠燈。外面，來往的人很多，車也很多。

「老師，我送妳回家。」

「世文，到這裡就好。整個下午陪著我，真的謝謝你。」

一向，夏子老師都只讓石世文送她到這裡。

紅燈變綠燈了。人像浪潮，有人從這邊走過去，有人從那邊走過來。雨不大，有人撐傘，有人拿紙袋子遮頭部，有人走的較慢，有人走的較快，也有人小步跑著。卜卜卜，轟轟轟，兩邊的各種車子也一起衝出。

夏子老師說，在公園裡面，有那麼多樹，她卻沒有人在森林中的感覺。她自己住高樓，她在高樓夾縫中行走，卻好像在ジャングル裡面。ジャングル怎麼說？

石世文說：叢林。

夏子老師在人群中走過馬路，圓著背，看來那麼矮小，體型有點像那對母女。因為面前有高架橋，橋柱擋住了視線，夏子老師很快的沒入人潮裡面了。

終章：日出

篤篤篤。

「哪一位？」

「是我，石世文。」

「阿叔，請進來。」

蔡文鈴開了一點門縫。

「對不起，我房間就在隔壁，沒有先打電話。」

「阿叔，請進來。」

蔡文鈴好像剛洗好澡，手裡拿著一條大毛巾，頭髮還濕濕的，有點亂。

「對不起，我應該先打電話。」

「阿叔，請坐。」

蔡文鈴說，轉身走向浴室。

「阿鈴……」

「阿母都叫我文鈴。」

蔡文鈴回頭看了石世文一眼。

「文鈴。」

「……」

蔡文鈴轉身過來，沒有回答。

「我只是想看一下。」

蔡文鈴剛洗好澡，只穿內衣和內褲，並沒有戴胸罩，黑褐色的乳頭頂著內衣，她身材瘦長，和張杏華一樣，不過比她高一點，皮膚是一樣的白。

「阿叔，那我先去穿衣服。」

今天傍晚，石世文去火車站接她。一起去吃晚飯，而後帶她來旅館。旅館是一位師範大學的同學代訂的，他在這邊的學院當教授。

「阿叔，我這件衣服好看嗎？」

蔡文鈴穿白色襯衫，淡咖啡色過膝長裙，是他去火車站接她時所穿的。那時還穿了一件淡紅色帶有乳黃的衣服。她的小腹已有點隆起。

「妳很會挑衣服。妳頭髮不用吹乾？」

「這短頭髮，我已擦過了，很快就乾。」

「文鈴……」

「阿叔……」

「妳要我陪妳來這裡看海？」

「阿母說過，你答應陪她來。」

「妳說，她已經過世了？」

「一年多了。醫生說是心臟病，心肌梗塞，不過她走得很安詳。早上起來，發現她已沒有呼吸，手腳也涼了，只是身體有點蜷縮，眼睛輕閉，嘴唇微開，臉上完全沒有痛苦的表情。」

「妳阿母有沒有對妳說過什麼？」

「關於……」

「關於我的事。」

「她說，她曾經和阿叔去過北海，看海，不過海水不乾淨，她希望能再一起來東部看海。她有聽說，這裡的海水很乾淨。她還說，想看這裡的日出。」

石世文想起當時一起去北海的情景。

文鈴從襯衫領子裡拉出戴著的一條金項鍊。

「你記得這個嗎。」

「呃。」

石世文記得去北海時，張杏華戴著一條金項鍊，不知道是不是同一條。

「這是阿母留給我的。她還說，阿叔畫過好幾張畫，是她年輕時在溪邊洗衣服的畫。她說，當時，因為二舅的事，很多鄰居，朋友都不敢靠近她，阿叔卻一直畫著她。」

「她很孤單。很多女人在一起，一邊洗衣服，一邊聊天，說長說短。她卻一個人，而且只能在水尾，在下游洗。」

「那些畫，阿叔還留著？」

「嗯。後來，她結婚了。」

「和那一位我沒有見過面的父親。」

「我見過他。」

「阿叔，阿母說在結婚的前夜，她去見過你。」

「有，有。一個很冷的下雨天的晚上。」

「阿叔……」

「她告訴妳了？」

「她說，她的生命，在離開阿叔的時候結束了。」

「呃。」

「她告訴我，是在她去世一兩個月前。那時，她是不是已經感到身體有什麼異狀。這些話，好像是她的遺言。」

「妳說是心臟病，聽說，有人有感覺，甚至有症狀。有些人，完全沒有。」

「阿叔，我父親過世之後，你一直沒有和阿母連絡？」

「有，我在離開壽山之前，去看過她一次。」

「阿叔，對不起，我不該問這種話。阿母應該是說你離開壽山以後。」

「妳阿母已結婚，我也不知道妳父親已過世。」

「我父親是被殺，聽說新聞有報導。」

「可能，我那時候已離開壽山，又剛考上大學，有很多事要準備，也沒有看到新聞。」

「阿叔，要是你知道我父親過世，你會回去找阿母？」

「這個，我不知道。那時候，我又是一個學生，我實在不知道。不過，我會去看她，說不定會在一起。」

「阿叔，我也沒有想到會和天福在一起。」

「你們沒有結婚？」

「我也不知道算不算結婚，不過，我們是夫妻。」

「你們有幾個小孩？」

「三個，一女二男，女的是老大。」

「她很大了？」

「大學畢業了。」

「什麼？已大學畢業了？」

「阿母生我的時候，還不滿二十一歲，我生頭胎，還不滿十九歲。」

「她在做什麼？」

「她已考上會計師，在一家會計事務所工作。」

「呃。」

「阿母在世，她考上大學，阿母對她說，秀雲呀，妳趕緊畢業，趕緊結婚，趕緊生子，我要做阿祖了，做少年阿祖。阿母是有點講笑，我知道。當時誰知道她沒有做阿祖就走了。」

「呃，我也想不到。」

「阿叔有幾個小孩？」

「三個，二男一女。」

「多大了？」

「有一個做爸爸和另外一個做媽媽，但是離做阿祖還很遠。最大的孫子，才三歲。」

「呃。」

「我只是來看妳一下，趕快去把頭髮擦乾。」

石世文說，回到自己的房間。

篤篤篤。

大概過了一個鐘頭。

「哪一位？」

「我是文鈴。」

蔡文鈴帶著手提袋站在房間門口。

「文鈴，怎麼了？」

「阿叔，我想住到這邊來。」

「為什麼？妳怕什麼嗎？」

「我不怕。我什麼都不怕。我只是想有人做伴。」

「我，我不了解。」

「我要阿叔陪我。」

「陪妳？」

「我要陪阿叔。」

「陪我？」

「對。我要在這裡過夜，和阿叔一起。可以嗎？」

「這個……」

「阿叔如果不行，我就回去那邊住。」

「妳，那妳先進來。」

「阿叔，對不起，我很任性？」

「這個房間，只有一個床。」

石世文想起四十年前，張杏華在結婚前夜，又冷又濕的下雨天，一個人跑到宿舍來找他。

「沒有關係。」

「那妳睡床上，我睡沙發。」

「不。」

「妳是說，兩個人睡一個床？」

「對，對。這個床很大。」

「這個……」

「阿叔有不方便嗎？」

「不會，不會。」

「阿叔，我們明天要很早，對不對？」

「五點以前要起床，因為我們要去海邊看日出。」

「那我們，誰先睡醒，就叫另外一個。」

「現在快十一點了。阿叔很累嗎？」

「阿叔，我沒有帶睡衣來。」

蔡文鈴，一邊脫下毛衣。

「櫥子裡有。」

「我不習慣穿外面的。」

「那妳……」

「我穿外衣睡覺好了。」

「……」

「不行，會皺掉。這種衣料，皺掉很難看。」

「……」

「我想穿內衣褲，阿叔，可以嗎？」

「嗯。」

「阿叔，我想睡了。你也來嗎？」

「我等一下。」

「阿叔，你和女兒一起睡過？」

「女兒？」

「你不是有一個女兒？」

「女兒，有呀，有呀。她小時候，她小時候喜歡和我們睡在一起。」

「睡到幾歲？」

「她讀幼稚園的時候。她上小學，就不再睡在一起了。」

「為什麼？」

「她長大了。」

「阿叔，我沒有讀幼稚園。」

「呃。」

「阿叔，這裡有兩條棉被。」

「很多旅館是這樣。」

「一個人一條嗎？」

「大概是這樣吧。」

「阿叔，你睡哪一邊？」

蔡文鈴看石世文坐在沙發上。

「妳先睡？」

「阿叔，我睡這邊，你睡那邊。」

蔡文鈴說，躺到床上，面對床緣，身體略微蜷縮。

「阿母死去的時候，就是這個樣子。」

蔡文鈴說。

「呃。」

石世文站起來，看看蔡文鈴。

「阿叔，你睡這邊。」

蔡文鈴轉身，看看床的另外一半，看著石世文躺下來，面對另外一邊，就再轉過身去，成為背對背的狀態。

鈴鈴鈴。

四點四十五分，電話鈴響了。

睡的時候，是一人一條棉被，石世文發現，醒來時，蔡文鈴已鑽到他的棉被裡面，雙手輕輕抱著他的肩膀。石世文轉身過去，兩個人面對著面。

「阿叔，我一直想問你一句話。」

蔡文鈴露出微笑，不過她的頭髮披在枕頭上，散開。

「什麼話？」

「我可以叫你爸爸？」

「……」

石世文完全沒有想到。

「很小聲，可以嗎？」

蔡文鈴的眼睛，睜得很大。

「我們不是要去看日出嗎？趕快起來準備。」

「爸爸。」

蔡文鈴叫得很小聲，卻用力抱住石世文。

「我，快做阿媽了。」

蔡文鈴放開手。

「什麼？」

「我快要做阿媽了。但是，我卻沒有叫過人爸爸。」

「蔡先生，呃，他在妳出生之前就死掉了。還有林先生。」

「我沒有叫過他爸爸。以前，阿母都叫我叫阿叔，後來，我和天福在一起，還是叫他阿叔。其實，那以後，我連阿叔都沒叫過。」

「為什麼？」

「他想強暴我。」

「怎麼會？」

「如果不是他想強暴我，我和天福一起出走，那以後，我會不會和天福在一起，都很難說。」

「妳現在和他一起，不是很好嗎？」

「這是運氣。我不喜歡說運氣，這還是運氣。因為當時，幾乎沒有別的選擇。」

「結果好，就是好。」

「阿叔。不對，我要叫你爸爸，你有反對嗎？」

「……」

「爸爸，我們該起來洗臉了吧。」

「……」

清晨，天還未亮，石世文睜開眼睛，發覺蔡文鈴還抱著他。他轉身看她，她也睜開眼睛，看著他。

「我做了夢。」

「夢見什麼？」

「有一條溪，很多石頭，那些石頭，變成鴨子，那些鴨子，還會講話。」

「講什麼？」

「嘎嘎，也好像在叫爸爸。」

「呃。」

「阿叔，我可以叫你爸爸？」

「什麼？」

「我想叫你爸爸。」

「……」

「可以嗎？我不會像夢裡的鴨子，我會很小聲的叫。可以嗎？」

「妳不是有……」

「我有兩個可以叫爸爸的人。一個是戶籍上的生父，他是警察，又是被警察利用的流氓，利用完了之後，把他殺掉。另外一個，是阿母的後夫，阿母叫我叫他阿叔。他被關了三年，好像，阿媽說他是思想犯，阿母說是政治犯。他放了出來之後，脾氣變得很怪，動不動就發脾氣，動不動就攻擊人。我差一點被他強暴。我和他的兒子逃走，就變成夫妻了。我們連婚禮都沒有辦，兩個人就住在一起了。」

「文鈴，妳好辛苦喔。」

石世文說，抱住她。

「爸爸。」

蔡文鈴說，淚水不停流出來。

「我知道，只因為妳二舅的事，妳阿母，妳阿媽，你們一家人，都活得好辛苦。」

「爸爸，我們不是要去看日出嗎？」

「對，那要快準備。」

石世文和蔡文鈴趕到海邊，太陽還沒有出來。東邊海上面，有一點雲，只在海平面上露出一點深紅色的光，雲染成暗紫色。

「太陽，還很久？」

蔡文鈴問，身體緊靠著石世文。

「快了吧。」

那一點深紅色的光，漸漸變成鮮紅，暗紫色的雲，也有一部分染成淡紅，天空也漸漸露出藍色。

天空變幻很快，天越來越亮，鮮紅色染上金紅，雲也嵌上金邊。海水，本來是暗藍色的，開始只在遠處，靠近海平線的遠方，點綴一點閃光，閃光由淡薄的深紅色，轉變成金紅色，金紅色由遠向近處慢慢延伸。

很快的，水平線上，劃出一條黃金色，太陽露出了一個頂點，光芒向天空射出，雲的顏色變了，黃金色取代了金紅色，海水也變了，光線依然由遠而近，反映著天的顏色。

太陽出來了，點變成弦，弦變成弧，弧變成半圓，很快的衝出水面，變成完整的圓。

天空的雲，由紅色變成黃金色，也倒映在海上。海水也露出顏色，在閃閃的微波中，可以看到一片淺藍。

「爸爸，我沒有看過太陽從海面出來。」

「我也沒有看過。」

石世文曾經想過，到宜蘭這邊畫畫，畫風景，一直沒有實行。

「我也沒有看過。」

「真的？」

「阿母有對妳講什麼？」

「阿母講，你陪她去北海岸看海，還一起過夜。她還說，西海岸太髒，所以和你約好，要一起來東海岸。這是她的心願。」

太陽繼續上升，雲的色彩不停的變化，海水也跟著變，更清楚的看出它的顏色。波浪不大，輕輕的漾著藍。

「爸爸，今天，我要一直這樣叫你，可以嗎？」

石世文沒有回答，只是一直抱緊她。

天越來越亮，紅色和黃色漸漸消去，天空變成藍色，雲也變成白色。海水也一樣，露出原來的顏色，一片清藍。

「爸爸，那個島。」

蔡文鈴指著右側的海面。

「那叫綠島，以前叫火燒島。」

「那是關犯人的，叫監獄島的？」

「對。日治時代，關流氓的。戰後關了不少政治犯，也就是阿媽說的思想犯。」

「政治犯和思想犯，有什麼不同？」

「可以說，沒有什麼不同。一邊是從想法去判斷的，一邊是從立場去判斷的。」

「人從那裡出來，是不是會變？」

「很多人會變。」

「我那個阿叔，人很溫和，也很膽小，不過，有時，真的，突然變了，像狗，本來是很溫馴的狗，忽然變成像瘋狗一樣。」

「妳阿母一定很受苦。」

「本來，她不想結婚。我父親，蔡根木死後，她不想再嫁。所以他們只有同居。所以阿母叫我叫他阿叔，也不想生小孩。」

「你當時有沒有想帶阿母逃走，叫什麼？私奔？」

「私奔。沒有。我太年輕，膽子也太小。妳阿母決定和蔡根木結婚，是為了家庭。」

「蔡根木也關在那個島上？」

「我想是。」

「流氓和政治犯有什麼差別？」

「都是犯人，被管訓的犯人。因為政府不喜歡麻煩。流氓被關，至少知道自己是大尾的。政治犯被關，很多人認為是沒有道理的，這些人，心理是很容易不平衡的。像林有成？」

「阿母心裡一直掛念著一件事。二舅會不會下地獄，還有阿媽是不是能救他。阿母也死了，她會不會下地獄，會不會去會二舅和阿媽？」

「地獄，妳阿母有問過我。」

「有地獄嗎？」

「地獄是人造出來的。」

「沒有地獄嗎？」

「生前的地獄，死後的地獄，都是人造出來的。那個島，就是人造出來的。可以說是監獄島，也可以說是活地獄。」

「但是，從這裡看過去，很漂亮的。」

「在裡面，就完全不一樣了。」

「那裡還有關人嗎？」

「聽說，還有，有的已關三十年了。」

「三十年，不是半輩子嗎？」

「扣除幼年，少年，還有老年，不止半輩子了。」

「關那麼久，有人說，死比活好。我二舅是比較好嗎？」

「對妳二舅來說，也許，死比較好。但是，對活著的人，妳阿母，妳阿媽，妳阿公，我們很少提到他，其實他也一樣，還有妳阿姨，你們一家人，就不一樣了。我還是認為活比死好。」

「那死後，真的沒有地獄嗎？」

「死後的地獄，也是活人製造的。」

「為什麼要製造地獄？」

「希望能減少壞人。」

「壞人有減少嗎？」

「大概沒有吧。」

「為什麼？」

「好人不敢，也不會做壞事。壞人不信，也不怕有地獄。」

「那地獄是要做什麼？」

「因為道士需要告訴人有地獄，和尚需要告訴人有地獄，牧師需要告訴人有地獄，神父也需要告訴人有地獄。」

「那我二舅也不會下地獄了？」

「如果妳二舅要下地獄，現在，台灣至少有一半的人要下地獄。」

「為什麼？」

「妳二舅的罪，就是用腳去踩一個包子。妳在經營餐廳，妳知道有多少食物被浪費，不要說糟蹋。客人吃不完的，不是都要丟掉嗎？」

「噢，從這一點看，我們要比二舅更應該下地獄了。」

「但是，妳沒有那種感覺吧。」

「我阿媽說，想死後去會見二舅，想把二舅救出來。所以，她生前一直做好事。」

「妳阿媽是個好人。我在壽山的時候，就知道。我有聽說，妳阿媽家開了豆干店，她送豆花、豆漿給鄰居吃。不過，我去壽山的時候，妳二舅的事已發生，很多人不敢接近妳的家人。」

「聽說，只有爸爸一個人敢接近阿母。阿母很漂亮？」

「她很漂亮。一個人，很孤獨的一個人，看起來，更漂亮。」

「你膽子很大？」

「妳阿母並沒有做錯事。我心裡想，妳二舅也沒有做錯事呀。」

「你真的這樣想？」

「以前，現在都這樣。」

「所以你認為二舅不可能下地獄，即使有地獄？」

「嗯。」

「那誰該下地獄？如果真的有地獄？」

「我有讀過一本書，是很長的詩，叫《神曲》，是一個義大利人寫的。上次，在北海和妳阿母見面之後，我想對地獄要有多一點的了解，我就看了一些書，包括《神曲》。這本書分成三個部分，第一部分叫〈地獄〉，第二部分叫〈煉獄〉，第三部分叫〈天堂〉。

有些人被打入地獄，永久受苦，不能超生，是〈地獄〉所描述的。這裡面，有教宗，有皇帝，有貴族，有神父，有富翁，有貴婦，有妓女。」

「教宗和皇帝都要下地獄？」

「好人，壞人，不是要用地位來分的。」

「我有一個問題，殺我二舅的人，算不算壞人？」

「依《神曲》的標準，他們都是壞人，包括統治者，法官，及執行的人。」

「聽說，那些人都活得很好。」

「當然，有的已經死了。不過，依照妳的說法，他們，大部分都過得很好。」

石世文記得，張杏華在北海和他約會的時候，曾經說過，害人的人，最大的，已死了，他的兒子也死了，她要等，等下去，看下去，不過，她自己卻也走了。

「這樣呃，這樣叫天理嗎？」

「太陽從東方出來，從西邊下去，是天理。不過，人的世界就沒有那麼有規則了。」

「阿母最不滿的是，二舅活的時候，是地獄，死了還要下地獄。」

「她有對我說過。」

「你說，《神曲》裡面，是《神曲》吧，教皇和皇帝都下地獄了。那些人，現在，是相當於總統或行政院長之類的吧？」

「不一樣，不過也可以這樣說。」

「那，如果有人寫詩，也可以把那麼壞的高官，打入地獄吧？」

「可以，可以。不過，那些大人物，因為有《神曲》，所以將名字留下來了。」

「壞名字，臭名，也可以留下來？」

「可以呀，像希特勒，像史達林。」

「會不會有人寫他們？」

「一定會。」

「阿母說，人被殺，還要下地獄，雙重處罰，沒有公理。西洋，聽說懺悔，就可以贖罪？」

「中國也有放下屠刀，立地成佛的說法。不過，這只是一種說法，反悔很難。《神曲》的〈地獄〉，在那裡的人，永遠不能超生。還有〈煉獄〉，罪較輕的，在那裡淨罪，才可以走向天堂。」

「什麼罪最重？什麼罪較輕？」

「最重的罪大概是瀆神吧。這是天主教的想法。可以贖罪的，有七種，有驕傲、貪婪、色慾、嫉妒、暴食、憤怒及懶惰。」

「文鈴，我們要不要回去吃早餐？」

石世文看著太陽，太陽已上升，至少有十五度了。天空呈現一片淡青色，幾絲白雲點綴著。海風吹起，海水漾著不高的波浪，從遠處打過來，打上沙灘。水是乾淨的，沙灘也是乾淨的，比北海乾淨多了。真的。

「好吧。」

蔡文鈴轉頭看他，兩顆眼睛睜得大大的。

「爸爸，我們開店之後，我從二樓有看到你在對街，看著我們的店。後來，生意順了，你就沒有再來了。」

「呃。你有看到。」

「爸爸，要不要在海邊走一點路？」

「好呀。」

「這兩天，真的謝謝爸爸。」

蔡文鈴說，拉了他的手。她的頭髮，在海風中輕飄著。

「哪一點，妳最滿足？」

「我看了海，乾淨的海，阿母想看，沒有看到。我也知道二舅不會下地獄。還有……」

「還有……」

「我找到了爸爸。」

蔡文鈴說，用力抱住石世文。

「爸爸。」

「我也很高興。」

「以後，我還要去找爸爸，你會不方便？」

「不會，不會。」

「我做阿媽，一定會告訴你。阿母沒有來得及做阿祖，你也是阿祖。」

「呃。妳等一下要坐飛機回台北？」

「對，我沒有坐過飛機，聽說坐飛機，不要一個鐘頭，就可以到台北。我還要看看海，從飛機上看。」

兩個人拉著手在沙灘上走了一、二十分鐘。

太陽已經高高在天空中。

後記

鄭谷苑

鄭清文短篇小說連作《紅磚港坪》，已經寫作超過二十年，仍然是未完成作品。雖然未完成，但是在寫作的大綱中，〈日出〉始終就是最終章。

台灣四百年史，是被壓迫的歷史。《紅磚港坪》以數十萬字的短篇小說，鄭清文化身為石世文，以周圍豐富的人物，來描述和記錄台灣的生命歷程。台灣經過日治、二二八、戒嚴、白色恐怖，好不容易解嚴了，還不能喘一口氣，中國對台灣各方面的威脅，更是日趨嚴重。鄭清文以〈日出〉做為最終章，是在對台灣命運的關心和擔心之外，也充滿希望。

日出，是光明的。讓所有人物角色的苦難，在台東美麗的日出中，獲得某種昇華。蔡文鈴代表母親，來和她終生所愛的人一起看日出，完成願望。是生命的延續和傳承。

石世文和蔡文鈴父女相認。是和過去的苦難的一種和解。

鄭清文的作品中，一個最重要的主題，就是在苦難中的「自救」。地獄是人造的，那天堂是否也是人造的。人或許卑微，但也可以不向命運低頭。張杏華的母親、她本人、她二哥、蔡文鈴，這一家三代，透過自身的痛苦，把自己從地獄中解救出來。

命運或許殘酷、人生或許苦難，人的力量或許有限，但是，最終，人還是有自救的能力。這個力量，讓人偉大。

因此，未完成的〈日出〉，或許也是鄭清文五十九年寫作的一個很適合的最終章：不完美（因為未完成），但是充滿對人性的關懷和希望。

附錄　鄭清文手稿

（未刊稿，鄭清文家屬提供）

陸梅伶從沒有打電話給林里美。陸梅伶倒有什麼一個私秘了。

西餐

「里美，晚上有空嗎？我們去吃西餐。」

陸梅伶今天穿的很樸素，是淺灰色的套裝，白襯衫。童朝民剛認識她的頭兩個月，陸梅伶天天穿著大紅、大綠、大黃橙色的衣服，顏色鮮艷，甚至可以說已到了野俗的地步。不要說這些顏色不相配，林里美總感覺到不自然，甚至有不舒服的感覺。

有一次，有人打電話來找陸梅伶，林里美去洗手間找她，沒有，再到二樓也沒有，再到三樓。她看到陸梅伶一個人站在窗邊抽煙。

公司在舊市區，
行舍是舊式房子，
只有三樓，
其實三樓也只有前段。

「我沒有抽，只是[illegible]。」

陸梅伶[illegible]的一笑。

注意 前得過？

童和鄭一起？

「為什麼呢？」

林里美在心裡想著。

前些日子，鄭小虹常常撕信紙，唰唰唰。

「怕羞。」

有一次，陸梅伶寫錯了信紙，就唰的把它撕掉。那以後，寫不完，也會拿出一張空白的信紙亂記一通，再唰唰唰的撕起來。

梅伶「小虹姐，有電話。」

「客戶嗎？」

「不是。」

如果是客戶，林里美會代她回答。一般都是查存款餘額。

「是小姐的電話。」

林里美常常接到叫小姐的電話，人家沒有見過。

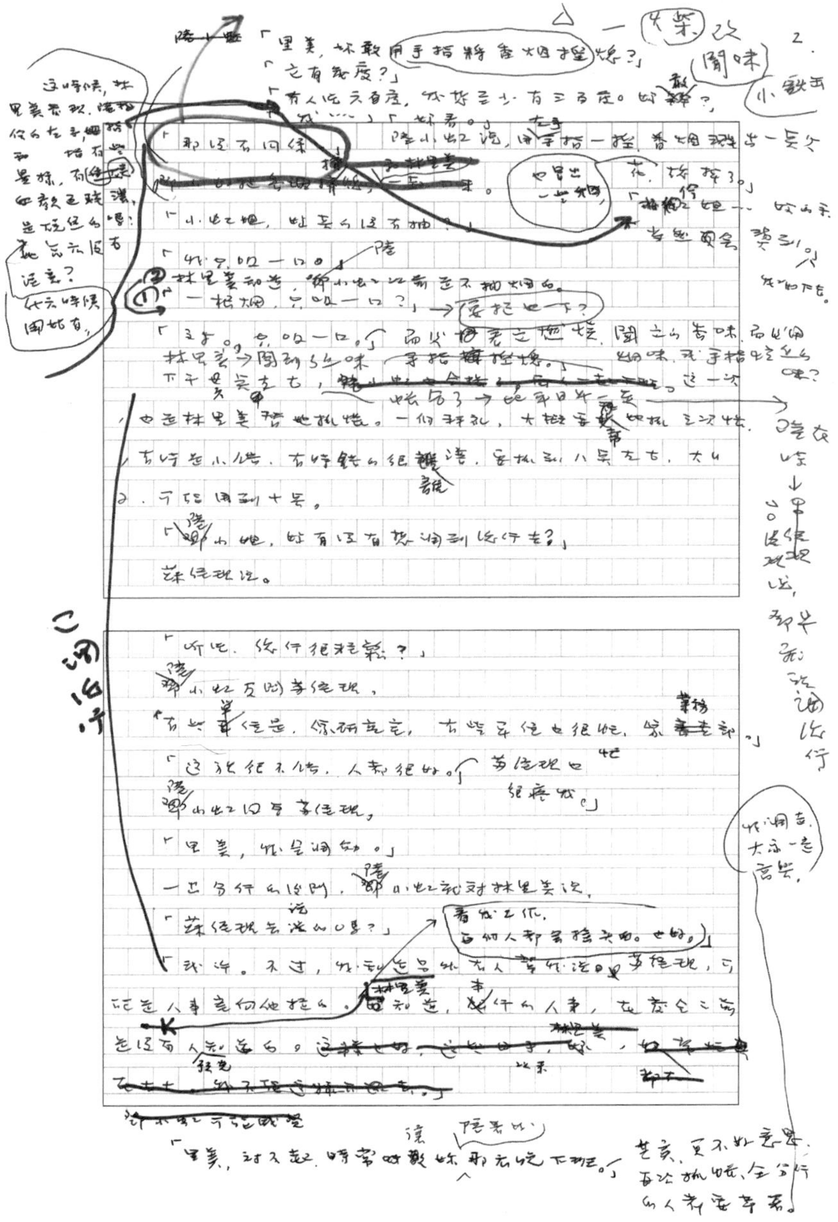

3

「妳去總行，那一個單位？」
「我在秘書室吧。」
「秘書室是做什麼的？」
「是董事長室工作吧。」
「工作？」
「回答的，就是收發，接待工作的電話，打字，翻譯。」

「小虹姐，妳去的是[illegible]？」

「去總行。還是同一家銀行。在台北，這邊，她說不近一些。不過，她也想去總行，也可以告訴她。」

她們坐三輪車到城內。以前，林月美祇要搭公路局，去總行，去要搭公路局，都是坐三輪車，銀行的三輪車，比在街上跑的，又大又亮麗。在[illegible]自己，[illegible]坐過。

那一家店叫「明星」，聽說是俄羅斯人開的。

「俄羅斯人？」

在分行附近有一家西點店，叫「波麗路」，林月美和同事去過。那裡的咖哩飯很有名，林月美也喜歡吃。聽說，那裡是相親的好場所。不過，有同事告訴她，要相親最好不要去，因為去的都是相親的。

「明星」，林月美是第一次來。鄭小虹告訴她，這裡的咖啡是全台北市最好的。其實，林月美並不常喝咖啡，咖啡的好壞，她分不出來。

不過，那裡的氣氛很特別，全是木材，特別是[illegible]，古意，裝潢也有點[illegible]。

「月美，我會調動。」

剛坐下來，鄭小虹再講一次。

所有分行裡的人都不了解，鄭小虹為什麼會派到分行來。有人說像她這種人，會因為[illegible]也不好，才會下來，是一種懲罰。尤其是她，好像身分很特別，要[illegible]的工作，[illegible]。

「總行嗎？」

林月美問道，在反共抗俄時節，俄羅斯人，好像是壞人，有共匪的感覺。

「小虹姐，聽說妳去年就[illegible]。」「聽說，秘書室[illegible]的人[illegible]，不是[illegible]一般[illegible]。」

還有牆壁的[illegible]，是天花板，用了不少木材，看來古色古香。

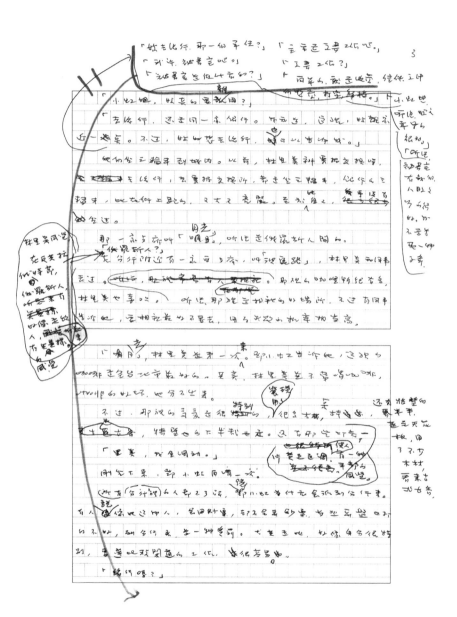

侍者拿了菜單來。「這裡的牛排做得不錯。」

4

②「我……」

「妳吃牛排好了。」

「不，我不吃牛肉。」

「為什麼？」

「牛要工作，辛苦工作。」

「這種牛肉是進口的，這種牛是不用工作的。哈哈，[illegible]我。」

「真的，我不吃牛肉。」

「那妳吃魚好了。」

侍者送了麵包來。

「大概是吧。」

「那一部門？」

林里美覺得，不能說得太多，銀行對這（人事任命）方面，任何人都不能說出去，也不能問。

（P A）「里美，妳想吃什麼？」

①「希望是研究室或秘書室。」

許小姐說著，[illegible]

「研究室是做什麼的？」

林里美看著她，拿了麵包，塗了一點果醬。

「聽說，看看報紙，剪剪報紙，再把它[illegible]一點。」

「那秘書室呢？」

「大概是整理一些檔案吧。」「小姐，妳會打字？」「已忘光了啦。」

「難道那也是銀行業務嗎？」

「既然有人要做，也該是吧。」

「那還不用打算盤吧？」

「大概不需要吧。不過，我又要學習了。」

「很不一樣的工作。」

「是很不一樣。里美，妳有想過做什麼？」

「可是……」

「我看，[illegible]。還有，妳算盤打得那麼好，可以去會計室。」

「呃。」

「妳不喜歡？很多人想去呢。」

「我，我也不知道。」

「里美，我們是好朋友，其實，我也說過，我們[illegible]

5

妹。我們在同一個銀行。陽明可以打電話，她去到他行，也可以來看她。我們還可以常常約會。有的事，她可以打電話給他，緊急時是的事，如果，找到他行來，那最好；「我們可以常常見面，也可以一起吃飯。」

「小姐姐，有一件事，我想請教妳。」

「妳就說吧，不要這樣客氣。」

「有些事他……」　→問她有男朋友　拉手

「他怎麼了？」

「我不想和他……」

「妳想分手？」

「我怕。和他在一起，我很不自在。」

「他對妳怎麼了？」

改：稍自動

「他碰我的胸部。」

「摸妳的胸部？」

「不，只碰到，也許不是故意的。」

「我問妳，妳有喜歡他？」

「不討厭。」

「妳說得明白一點。」

「我有喜歡。」

「很喜歡？」

「……」

「如果妳喜歡，讓他摸摸胸部會怎樣？」

「我怕。」

「怕什麼？」

6.

保全二個多也.

「我找我的家人。」
「妳家人怎麼了？」
「他們反對。」
「為什麼？」
「他們反對我嫁人。我大姐沒有嫁時，他們全家人反對。我二姐也沒有嫁人，因為全家反對。大姐的時候，二姐也反對。二姐的時候，大姐也反對。」
「妳呢？」
「我沒有反對。但是，我只有一個人。」
「如果妳喜歡，妳要這樣想一些。」
「你要嫁？」
「不是。只要讓他知道，我不討厭他。」

「你已和他去過也有了？」
「沒有呢。」
「妳知道？小姐姐，」
「嗯。我的朋友告訴我的。」
「打聽是怎樣的朋友？妳會……」
「不是，是也好的。」
「為什麼？」
「如果他是好人，你就讓出來。」
妳的朋友，都會奇怪。
「什麼？小姐姐，好可怕喔。」
「我的朋友告訴我，他很好。」
「怎知道？」
「他雖然小，我絕對不會做大的壞事。」
「小玲姐……」

7.

「什麼事？」

「妳可以問，怎麼看出來？」

「我的朋友，有一次下課在停車站等他，人很多，大也很擠，也正和他靠近，胸部抵著[illegible]他，他[illegible]反應，[illegible]他的[illegible]用手抵他的手，他只是把手伸去，手掌張開，[illegible]他行動[illegible]，那一天，我的朋友[illegible]走了，我的朋友說，她[illegible]在這樹[illegible]，一直挨他，[illegible]。」

「嗯。」

「也許，也不會做什麼好事。」

「那——」「不過，這種人，會替悟妻子吧。」

「小玲姐……」

「妳不高興吧？」

「不是，不是……不過……」

「妳打算結婚……那種人？」

「不，不。」

「那妳可以讓他摸妳的胸部。」

「不行，不行。」

「為什麼？」

「我不喜歡他，他是好人。」

「怎麼了？」

「小時候……，媽媽講過的故事。」

家庭會議

月光餐廳

戴小虹調到總行以後，第二次約林里美過去吃飯。地點同樣是「月光」西餐廳。

這個餐廳，好像整個房間都是木頭，　的木頭，天花板、牆、桌子、椅子都是。

戴小虹告訴她，「月光」是德國餐廳，那裡最有名的是各種香腸和咖啡。

以前林里美沒有喝過咖啡。戴小虹教她喝咖啡的方法。如何加糖，加多少，如何加牛奶，加多少，如何攪拌，攪拌之後，湯匙不能放在咖啡杯裡，要放在碟上。

「妳和他去看過電影了？」

「嗯，看過了。」

「看幾次？」

「一次。只有一次。」

「怎麼搞的，只一次？」

「我不知道怎麼再約他。」

「不是約過一次了，照約就好了。」

「可是……」

「你們看了什麼電影？」

「宮本武藏。」

「不是有三集？」

「第三集還沒有演，我們以前各自看了第一集，所以這一次，只看第二集。」

「我很喜歡阿通那個角色。」

「妳也看過？日本片？」

「日本已經輸了，我不全面反日。我喜歡那種彩色。我也很喜歡阿通。她很柔，卻不容易屈服。」

「那一次，我很緊張，好像什麼都沒有看到。」

「妳不是說，有看過第一集嗎？」

「……」

「如果妳是阿通，他是宮本武藏……不行，宮本武藏只知道修道學藝。」

「宮本武藏並不是一個懂感情的男人？」

「他有沒有拉妳的手？」

「沒有。」

「怪不得。妳喜歡他嗎？」

「不討厭他。」

「妳膽子小，他也膽子小。沒有火花。」

「什麼？」

「沒有熱度，撞不出火花。」

「我們是鄰居，」

「你們的關係有一點像阿通他們，是青梅竹馬？」

「不是。小時候有講過話，大了，就不講話了。小鎮上，就是這樣。」

「妳對他有什麼印象？」

「現在？小時候？」

「都可以……」

「小時候，就是戰爭末期，物資缺乏。我們家本來有做肉脯，因為戰爭，豬肉配給，我們改做蜜餞，做冬瓜糖柚和桔餅。他去撿，也可以說去收柚子皮，來換柚子糖，他還分給我。」

「妳是說，妳家做的柚子糖，他還給妳？」

「我們家人都不吃。」

「捨不得吃？」

「嗯。」

「妳印象很深，現在還記得？」

「嗯。那時候，我們還一起玩過。」

「他是一個膽子小的人。膽子小的人，不能做大事，大好事和大壞事。妳會喜歡這種人？」

「我不知道。」

「我有一個朋友，女的朋友，在師範學院碰到他……」

「現在已改為師範大學了。」

「對，對。已改成師範大學了。我有一個朋友，女性朋友，裝作學生，等他下課，和他一起上車，因為下課時間，人多車擠，我的朋友擠到他身邊，先是擠他一下，他沒有反應，再拉他的手，他……」

「他有什麼反應？」

「沒有反應，讓她拉他的手。」

「一直到下車？」

「她再進一步，用身體擠他……」

「呃。」

「他依然沒有反應。他就是這樣一個人。宮本武藏不懂女人，他也好像不懂女人。我那個朋友，是個標準的女人喔。」

戴小虹是什麼人？林里美想起，童朝民發生事故那天，很多辦案人員去分行辦案，那個帶隊的，還對她客客氣氣的問候。她是什麼人？可以叫人做那種事。還有，她想調總行，很快就調了。她到底是什麼人？

「里美，妳在想什麼？湯來了，喝湯呀，要小心，不要燙到。」

「小虹姐，我，我有一點怕。」

「有什麼好怕的？不喜歡就不再想他，喜歡，就積極一點，向阿通學習。像阿通那麼積極，還不一定成功呢。」

香腸來了，有五種，也就是說有五根，不同的顏色，不同的粗度，不同的長度。

「吃東西的方法，很重要的一點，就是如何用刀叉。歐洲人，右手拿刀，左手拿叉子，一邊切，一邊吃。美國人，右手拿刀，先切好，再用右手拿叉子。妳看，就是這樣。」

戴小虹，左手拿叉子叉住一根香腸，比較粗的一根，切了三分之一，繼續用左手叉起來吃。

「我喜歡歐洲的方式，又方便，又雅觀。這是佐醬，我喜歡抹一點芥末。還有醬菜，也是德國餐的特色。」

林里美學著戴小虹，想用叉子叉住和戴小虹選的同一根香腸，叉子沒有叉好，鏗了一聲，叉到碟子。林里美臉紅了。

「沒有關係。在這裡，又不能用筷子。吃西餐，要先學好拿刀叉。」

吃過了主菜，來了咖啡。

「里美，妳知道嗎？全世界的咖啡，只有一種，原產是非洲的衣索比亞。由那裡傳到全世界，因為各地的氣溫、土壤，還有烘焙的方法不同，變成幾百種咖啡。咖啡有兩個主要系列，苦和酸。我喜歡酸的，妳呢？」

「我不知道。」

「沒有關係，慢慢會知道。」

戴小虹教她加糖，加奶油，她自己是喝什麼都不加的黑咖啡。

「里美，妳有想到總行來嗎？到了總行，妳才知道銀行充是有不同的。在分行，午餐最多只一個小時，在總行，可以有兩個小時。」

「謝謝小虹姊。」

「妳要學阿通，選定對象，不要退縮。」

「我知道，謝謝小虹姊。」

星空下

石世文坐在公會堂河邊的石椅條上，下面，往舊鎮的人叫港坪的斜坡下去是大水河的河面。水面上來，一公尺多的地方有一條沿河的通路，戰爭末期，黃昏時分，他看過有幾個朝鮮婆子在那裡散步，有時還小聲唱歌。

過年已經過了，風是冷的，風吹動著河水。遠處，是台北的夜景，燈光明滅，也可以看到總統府的高塔，在戰時，美軍飛機來空襲，那時的總督府也中彈燃燒起來。

天上，沒有月亮，只有星光明滅閃爍。他想到梵谷的一幅叫「星空下」的畫，比現在的夜景閃亮多，也熱鬧多了。

他也想到阿子，林里美。

三天前的夜晚，和現在類似的情況，他感覺有人接近的腳步聲。後面有公會堂的側門，後街的人從那裡出入，常常有人經過。但是，那個人影一直走向他，停在他的側面。那是阿子，林里美。

港坪上，有三條石椅條，成一直線，和大水河平行。石世文是坐在中間，林里美坐在他左邊的石椅條上，默默的看著河面。大概經過五分鐘，她站起來，坐到石世文這邊的石椅條上。兩人之間，大概有十多公分的距離。

「謝謝妳請我看電影。」

又過了十幾分，風是冷的，他感覺，峰在吹動著她的頭髮。她穿著長褲，上身穿著短外套。

「我要回去了。」

林里美站起來，慢慢走開。

隔天，他去泰岳鄉找阿姨。

「世文，你來了，有什麼事想到阿姨了？又要來偷看阿姨洗澡？」

「阿姨，不要再挖苦我好嗎？」

「那你有什麼事？一定有事才會想到阿姨。」

「阿姨，妳還記得我家隔壁的肉脯店？」

「當然記得。他們的肉脯很好吃，不過我討厭他們一家人。」

「他們姊妹，有一個叫阿子，林里美，在銀行工作的那個女孩子，阿姨記得嗎？」

「我記得，不過，那個時候她還小，皮膚白白的，下巴戽斗的那個？不對，她們姊妹，都戽斗。暗地，我們叫她們花王姊妹。她怎麼了？你看上她了？」

「我喜歡她。」

「可是，他們一家人……」

「這就是我的困擾。」

「我看，你的困擾，不只這樣吧。你想知道，她為什麼會坐到你的身邊。是公會堂，不是巴士上吧。」

「阿姨的意思……」

「你膽子不夠大，不敢向她表示，對不對？」

「阿姨，我怎麼辦？」

「很簡單，拉她的手。你敢嗎？」

「阿姨，我敢。」

國家圖書館出版品預行編目資料

紅磚港坪：鄭清文短篇連作小說集. 3 / 鄭清文著. -- 初版. --
臺北市：麥田出版：家庭傳媒城邦分公司發行, 2018.12
面；　公分. --（鄭清文短篇小說全集；11）

ISBN 978-986-344-607-1（平裝）

857.63　　107018955

鄭清文短篇小說全集　11

紅磚港坪——鄭清文短篇連作小說集(3)（解嚴．民主篇）

作　　者　鄭清文
原稿提供　鄭谷苑　丁士欣
責任編輯　林秀梅
校　　對　鄭谷苑　丁士欣　許素蘭　林秀梅　吳淑芳

版　　權　吳玲緯　蔡傳宜
行　　銷　艾青荷　蘇莞婷
業　　務　李再星　陳玫潾　陳美燕　馮逸華
副總編輯　林秀梅
編輯總監　劉麗真
總 經 理　陳逸瑛
發 行 人　凃玉雲

出　　版　麥田出版
104台北市民生東路二段141號5樓
電話：(886)2-2500-7696　傳真：(886)2-2500-1967
發　　行　英屬蓋曼群島商家庭傳媒股份有限公司城邦分公司
104台北市民生東路二段141號11樓
書虫客服服務專線：(886)2-2500-7718、2500-7719
24小時傳真服務：(886)2-2500-1990、2500-1991
服務時間：週一至週五09:30-12:00．13:30-17:00
郵撥帳號：19863813　戶名：書虫股份有限公司
讀者服務信箱E-mail：service@readingclub.com.tw
麥田部落格：http://ryefield.pixnet.net/blog
麥田出版Facebook：https://www.facebook.com/RyeField.Cite/

香港發行所　城邦（香港）出版集團有限公司
香港灣仔駱克道193號東超商業中心1樓
電話：(852) 2508-6231　傳真：(852) 2578-9337
E-mail：hkcite@biznetvigator.com

馬新發行所　城邦（馬新）出版集團【Cite(M) Sdn. Bhd. (458372U)】
41, Jalan Radin Anum, Bandar Baru Sri Petaling,
57000 Kuala Lumpur, Malaysia.
電話：(603)9057-8822
傳真：(603)9057-6622
E-mail：cite@cite.com.my

書封設計　黃暐鵬
電腦排版　宸遠彩藝有限公司
印　　刷　前進彩藝有限公司

初版一刷　2018年12月04日

定價／520元
ISBN：978-986-344-607-1

城邦讀書花園
www.cite.com.tw